藍小說 ⑨①①

村上春樹作品集

舞・舞・舞

（下）

村上春樹著　賴明珠譯

舞・舞・舞 下

舞・舞・舞

下

25

七點鐘後雪才晃回來。她說到海邊散步去了。怎麼樣要不要去吃飯，牧村拓問。雪搖搖頭。因爲肚子不餓，要回去了，她說。

「那麼，下次想來的時候就來玩吧。我想這個月我還會一直在日本。」她父親說。然後轉向我說謝謝你特地來一趟，什麼都沒招待眞抱歉。哪裡哪裡，我說。

書生星期五(Friday)送我們出來。庭院後面停車場上看得見吉普車 Cherokee 和本田 750CC 和越野腳踏車。

「看起來還滿責任重大的生活啊。」我試著對星期五說。

「是不輕鬆。」星期五考慮了一下才回答。「不是所謂作家的典型。因爲一切都是以行動爲第一的人。」

「像傻瓜一樣。」雪小聲說。

我和星期五都裝成沒聽見。

♪ ♪ ♪ ♪

上了 Subaru 雪立刻說肚子餓了。我在海岸旁的「Hungry Tiger」停車，吃牛排。並喝了不含酒精的啤酒。

「你們談了什麼？」她一面吃著甜點布丁一面說。

因爲也沒有什麼非隱瞞不可的理由，於是我說明一下大體的內容。

「我就想大概是那麼回事。」她皺一下眉說。「很像他會想的事情。然後，你怎麼回答？」

「我拒絕了啊，當然。那種事情不適合我。道理說不通。不過那是另外一回事，我們倒不妨常常見面我想。爲了彼此都好。雖然我們年齡差太多，或許生活環境、想法、感覺、生活方式都相當不同，不過我們兩個好像很多話還是很談得來。妳不覺得嗎？」

她聳聳肩。

「想見面的話由妳那邊打電話給我好了。人與人沒有任何必要爲了義務而見面。只要想見面就見面好了。我們可以把沒有告訴過任何人的事互相坦白說出來，共同擁有祕密。對嗎？不是嗎？」

她猶豫了一下然後說「嗯。」

「那些話如果不去管他會在體內逐漸膨脹。有時候會壓制不住。不偶爾把空氣放掉，會爆炸噢。砰一聲。明白嗎？那樣的話活下去會很困難。一個人抱著什麼祕密是很辛苦的。妳也辛苦，我也曾經覺得辛苦過。不能告訴誰，誰也不瞭解。但我們可以互相瞭解。可以互相坦白直說。」

她點點頭。

「我什麼都不勉強妳。妳如果有什麼話想說就可以打電話給我。這跟妳父親所說的沒有任何關係。或許我對妳並不想扮演一個善解人意的哥哥或叔叔的角色。我們在某種意義上是對等的。我想我們可以互相幫忙。因此我們最好能偶爾見見面。」

她什麼也沒回答。吃完甜點之後，便咕嘟咕嘟地喝水。然後斜眼瞄一瞄鄰桌坐著的肥胖的一家人，正熱心地張口大吃的樣子。雙親和一個女兒，一個小男孩。全都胖嘟嘟的。我手肘支在桌上，一面喝咖啡一面看雪的臉。眞是漂亮的孩子，我想。定睛看著時覺得心的最深處像被投入小石頭似的。是那種美。洞穴彎彎曲曲複雜轉折，是那樣的深處不是普通能到達得了的，而她卻能夠好好投進小石頭。如果我才十五歲的話一定會墜入情網，我這樣反覆想過二十次之多。但如果是十五歲的我首先就無法瞭解她的心情吧。現在某種程度可以瞭解。也可以盡我的力量去庇護她。但我已經三十四，不能和十三歲的女孩子變愛。這是不會順利的。

同班同學爲什麼會欺負她，那種心情我也不是不能瞭解。大概她太美了超越了他們的日常性。而且太敏銳了。何況她從來不主動去走近他們。因此他們覺得害怕，於是歇斯底里地欺負她。他們感覺到由於她而使自己親密的共同體彷佛受到不當的藐視似的。這是和五反田君不一樣的地方。五反田君非常明白自己帶給別人的印象強度，而小心地收斂著。控制著。他不會帶給別人恐懼感。當他的存在在不知不覺之間變得太大了時，他會咧嘴微笑說起笑話。並不需要多高明的笑話。不要感覺很好地微笑一下開個普通的玩笑就行了。這樣一來大家也就可以變輕鬆地一笑置之。好傢伙，大家會這樣想。那就是——大概眞的是好男人吧——五反田君。但雪卻不是這樣。雪是抱著自己一個人活下去就已經很費力了。沒有餘裕去仔細思考周圍的人感情的動向並細心地去對應。於是結果便傷害了別人，也因此而透過別人也傷害到自己。她跟五反田君根本上不一樣。這是艱辛的人生。對十三歲的女孩子說有點過於艱辛了。連對大人都很艱辛的。

往後她會變怎麼樣，我無法預想。如果順利的話，也許會像她母親那樣發現並獲得表現自己的什麼方法，往藝術領域發展也不一定。大概無論是任何領域，只要適合她所擁有力量的性向，她便可以做出被別人承認的工作吧，我想。沒有什麼根據。但有這種感覺。正如牧村拓說的，她身上有一股力量，有靈氣，有才華。有超越常人的東西。不是劃雪性的東西。

或者她到十八、九歲時會變成一個普通女孩子也不一定。我看過幾個這種例子。十三、四歲時美得像要透明似的，敏銳少女，長到思春期的階段之後，便逐漸失去那光采了。好像把手伸出一碰就會被切斷似的那種銳利也鈍化了。並且變成一個「雖然漂亮，但說不上多有印象」的女孩。不過本人那樣子看來卻很快樂。

雪會往其中的哪一邊成長呢？當然我無法預測。奇妙的是，每個人都各有所謂的顛峯時期。如果登上了，以後就只有走下坡。這是毫無辦法的事。而那顛峯到底在什麼地方則誰也不知道。心想大概還沒問題吧，突然間那分水嶺卻來臨了。誰也不知道。有人十二歲就到達顛峯了。然後便過著不怎麼樣的一生。有人到死之前還在繼續上升。有人在顛峯上死去。很多詩人、作曲家像疾風般地活著，由於太激烈地上升了因而在尚未達到三十歲時便死去。畢卡索過了八十歲依然繼續畫著有力的畫，就那樣安然死去。只有這回事是不到最後終了都還不知道的。

我會怎麼樣呢，我試著想。

顛峯，我想。沒有任何地方曾經有過。回頭看看，覺得那甚至算不上是人生。稍微有過些起伏。嘻嘻嗦嗦地爬上爬下。但只有這樣。幾乎什麼也沒做。什麼也沒生出來過。曾經愛過人，也曾經被愛過。但什麼也沒留下。出奇地平坦，風景是平板的。感覺簡直就像是走在電視遊樂器的遊戲中似的。像小精靈一樣。啪噠啪噠地在迷魂陣裡張口吃著點子。漫無目的地。而且終究確實會死。

你大概不會幸福，羊男說過。所以只好跳舞噢，跳得高明得讓人佩服。

我停止再想，閉了一下眼睛。

張開眼睛時，雪從桌子對面安靜地注視著我。

「沒問題嗎？」她說。「你好像很傷腦筋的樣子。是不是我說了什麼很過份的話？」

我微笑著搖搖頭。「不，妳什麼也沒說。」

「你剛才想到討厭的事嗎？」

「也許。」

「你常常想那些嗎？」

「大概有時候吧。」

雪嘆一口氣，在桌上折著餐巾紙玩一會兒。「你曾不曾覺得非常寂寞？也就是說，半夜裡忽然想到那種事情？」

「當然有。」我說。

「嘿，爲什麼現在在這裡會忽然想到那種事情呢？」

「大概因爲妳太漂亮了。」我說。

雪以和她父親一樣空虛的眼神看了我的臉一會兒。然後安靜地搖搖頭。什麼也沒說。

♪♪♪♪

晚餐的帳是雪付的。爸爸給我很多錢所以沒關係呀，她說。於是拿起帳單往收銀櫃台走，從口袋抽出五、六張一疊的萬圓鈔票，以其中一張付了帳，找的零錢也不仔細算過便塞進皮夾克口袋裡。

「他以爲只要給我錢就好了。」她說。「像傻瓜一樣。所以今天我請你。我們不是對等的嗎，**在某種意義上**？因爲每次都讓你請，偶爾這樣總可以吧？」

「謝謝。」我說。「不過我先告訴妳一個有用的經驗談，這種做法是違反古典約會禮儀的。」

「是嗎？」

「約會時吃過飯，女孩子不可以自己抓起帳單到櫃台去付錢。應該讓男孩子先付，事後再還他。這是社會的禮儀。不然會傷害男人的自尊。我當然不會受傷。我不管從任何觀點看都不是大男人主義的人。不過我沒關係，世上會介意的男人倒有很多。世界還是依然大男人主義盛行。」

「像傻瓜一樣。」她說。「我才不跟那種男人約會呢。」

「這也是一種見解。」我說。於是把Subaru開出停車場。「不過人有時候會毫無道理地開始戀愛。有些事由不得妳選擇。那就是所謂戀愛。等妳到了可以讓家裡買胸罩給妳的年齡時大概就會知道了。」

「**我不是說過我有了**嗎？」她握起拳頭使勁捶我的肩膀。因此我車子差一點就撞上塗成紅色的大垃圾箱。

「開玩笑的。」我停下車說。「在大人的世界我們都是互相開開玩笑的。或許那是很無聊的玩笑也不一定。不過妳也必須去習慣才行。」

「哼。」她說。

「哼。」我也說。

「像傻瓜一樣。」她說。

「像傻瓜一樣。」我也說。

「你不要學人家嘛。」她說。

我停止模仿。然後把車子開出停車場。

「不過像現在這樣用拳頭捶正在駕駛中的人是不行的噢，不是開玩笑。」我說。「這樣做的話可能撞上什麼，兩個人都死掉。這是約會禮儀第二條。不要死要活下去。」

「哼。」雪說。

♪　♪　♪　♪

在回程的車裡雪幾乎沒開口。她以全身放鬆的倦怠姿勢靠在椅背上，想著什麼。有時候好像睡著了似的，但睡著時，和沒睡時不太有什麼差別。已經不聽錄音帶了。我試著放John Coltrane的『Ballads』錄音帶，但她並沒有特別抱怨。好像沒留意到有什麼在響似的。我一面小聲和著樂曲的獨唱調哼唱一面開著車。

夜晚從湘南回東京的路是單調的路程。我一直集中注意在前面車子的車尾燈上。並沒有說什麼話。進入首都高速公路後，她坐起身一直嚼著口香糖。並抽了一根煙。吹了三、四次煙便丟出窗外。如果她抽第二根我就準備抱怨的，但她只抽一根。第六感很好。知道我在想什麼。懂得適可而止。

到她赤坂的公寓前面我停下車。並說「到了噢，公主。」

她把口香糖包進包裝紙放在儀表板上。並倦怠地打開車門下了車，就那樣走掉。也不說一聲再見，也沒關車門，也沒回頭看，眞複雜的年紀。或許只是單純因爲生理期到了也說不定。不過這樣子簡直就像五反田君演的電影情節一樣，我想。容易受傷年紀的少女。不，如果是五反田君的話一定比我擅長處理這種情況吧。如果對象是他的話，也許連雪也會著迷而暗戀他也不一定。如果不這樣就不成爲電影了。而且……眞要命，又在想五反田君了。我搖搖頭，把身體移到助手席伸手把車門關上。啪噠。然後一面哼著 Freddie Hubbard 的『Red Clay』一面開回家。

♪ ♪ ♪ ♪

早上起來，我到車站去買報紙。因爲是九點以前，上班的人潮在澀谷車站前像漩渦般洶湧著。雖然是春天，但看不見幾個面帶微笑的人。而且那幾個數得出來的人或許也不是在微笑，而是拉扯著臉而已。我在販賣店買了兩份報，到 Dunkin' Donuts 一面吃甜甜圈、喝咖啡，一面看報紙。兩份報都不再刊登 May 的報導了。只登著迪士尼樂園開園的事、越南和高棉戰爭的事、都知事選舉的事，中學生不良行爲的事。然而赤坂飯店有年輕貌美的女子被勒死的事卻已經一行都不提了。正如牧村拓說的那樣，很平常不稀奇的事件。無法跟迪士尼樂園的開園相提並論。發生這種事件，大家立刻就會遺忘掉。當然也會有幾個忘不了的人。我是其中的一個。殺人兇手也是其中的一個。那兩個刑警也忘不了吧。

我想去看個電影於是翻開報紙的電影欄來看。『單戀』已經演完了。於是我想起五反田君來。至少應該告訴他May的事吧。萬一因爲某個原因他被調查，而扯出我的名字的話，我會處於非常糟糕的立場。光是想像再度被警察盤問的事就頭痛。

我用Dunkin'、Donuts的粉紅色電話打電話到五反田君住的大廈看看。當然他沒接。是電話答錄。我說有一點重要事情請聯絡。然後把報紙丟進垃圾筒回家。一面走著一面想爲什麼越南和高棉要戰爭呢。眞不明白。好複雜的世界。

爲了調整的一天。

很多事情非做不可。就有這樣的一天。不得不變得現實，從正面去面對現實性現實的一天。

首先我拿幾件襯衫到洗衣店去洗，拿幾件襯衫回來。然後到銀行去付現金，繳電話費、瓦斯費。並把房租匯過去。到修鞋店去，換新的鞋後跟。買了鬧鐘的電池和六捲空白錄音帶。然後回到家裡一面聽FEN一面整理房間。把浴缸洗乾淨。把冰箱裡的東西全部拿出來，把裡面擦乾淨，檢點、整理一下食品。擦擦瓦斯爐，把抽風機的污垢清除掉，擦地板，擦窗戶，把垃圾處理好。換牀單枕頭套。用吸塵器清潔。光做這些就耗到兩點。

我一面合著Styx的『Mr. Roboto』唱著一面用抹布擦百葉窗簾時，電話鈴響了。是五反田君打的。

「能不能見個面直接慢慢談？電話裡有點不方便說。」我說。

「可以呀。不過很急嗎？現在工作排滿了走不開。電影和電視的錄影重疊在一起。要是再過兩、三天的話就可以輕鬆了。」

「很抱歉在你正忙的時候打攪你。可是有一個人死了。」我說。「是我們共同認識的，警察正在出動。」

他在電話上沈默下來。安靜而有說服力的沈默。到目前爲止，我以爲所謂沈默就只是安靜不動的沈默而已。但五反田君的沈默卻不是這樣。那就和五反田君身上所有其他一切資質一般帥氣、酷而充滿智慧。雖然我想這說法有點奇怪，不過側耳傾聽的話好像可以聽見他的頭腦正以最高速度轉動的聲音似的。「我知道了。我想今天晚上可以碰面。可能會很晚，沒關係嗎？」

「沒關係。」

「我想會到一點或兩點才能打電話來喲。很抱歉目前在那之前無論如何沒辦法挪出時間。」

「可以，沒關係。我會醒著等你。」

電話掛斷之後，我試著一一回想那會話。

可是有一個人死了。是我們共同認識的，警察正在出動。

這簡直就像犯罪電影嘛，我想。和五反田君一扯上關係，好像什麼都變成電影的一幕似的。爲什麼呢？我覺得現實逐漸一點一點地後退了似的。自己好像變成在扮演被賦與的角色似的。或許他擁有這種光暈似的東西吧。我想像戴著太陽眼鏡、立起雙排扣風衣外套的衣領，從他的 Maserati 轎車下來時五反田君的姿勢。吸引人。像副射鋼絲輪胎的廣告一樣。我搖搖頭繼續擦著剩下的百葉窗簾。不要再想了，今天是現實性的一天。

♪ ♪ ♪ ♪

五點我散步到原宿，在竹下路找艾維斯普里斯萊的徽章。但艾維斯的徽章沒那麼容易找。有很多Kiss啦、Journey啦、Iron Maiden啦、AC/DC啦、Motorhead啦、Michael Jackson啦、Prince的，但卻沒有艾維斯的。不過在第三家店終於找到所謂「ELVIS・THE KING」的，於是買下來。我開玩笑地試著問店員有沒有Sly & The Family Stone的徽章。結著小型方巾蝴蝶結的十七、八歲女店員以啞然的表情看我。

「那是什麼？沒聽過。是New Wave的或是龐克的嗎？」

「嗯，大約是在那中間吧。」

「最近出了很多新的。眞的。好像假的一樣。」她說著咋舌。「實在跟不上。」

「就是啊。」我同意道。

然後我在「鶴岡」喝啤酒，吃天婦羅。就這樣漫漫然地時間流過，太陽西沈。Sunrise, Sunset。我獨立一個人以平面式的小精靈漫無目的地只有啪噠啪噠繼續吃著點線。感覺事態好像毫無進展。覺得我好像什麼地方也沒接近。中途伏線卻逐漸增加。而最重要的和奇奇連繫的線卻完全斷了蹤迹。我覺得好像一直往岔路前進似的。在到達主場戲之前，無謂地耗費太多時間和精力在關聯的附屬劇上似的。但到底主場戲在什麼地方上演呢？還有那是不是眞的在演呢？

因爲半夜之前沒事可做，因此七點開始我在澀谷的電影院看保羅紐曼的『大審判』。雖然是不錯的電影，但我在中間幾次想到別的事情，因此劇情便零零散散地中斷了。看著銀幕時，覺得好像奇奇的赤裸背部忽然出現，因此不禁想著她的各種事情。奇奇——妳到底要我怎麼樣？

電影劇終標幟出現時，我幾乎在完全弄不清楚劇情之下站起來，走出外面。在街上走了一會兒，然後走進常去的酒吧。一面嚼著核果一面喝了兩杯 Vodka gimlets。然後十點過回到家，一面看書一面等五反田君的電話。我不時瞄一眼電話機的方向。因為覺得電話機好像一直在盯著我看似的。眞是神經質。

我把書丟開，仰頭往牀上一躺，試著想想埋在土裡的貓沙丁魚的事。牠是不是已經變成只剩下骨頭了呢？我想。在泥土中很安靜吧。而且骨頭也安靜吧。骨頭雪白而漂亮，刑警說。而且什麼也沒說。是我在那樹林裡把牠埋在泥土下的。裝在西友百貨公司的紙袋裡。

什麼也沒說。

一留神時，無力感正安靜無聲地，像水一般充滿房間。我像在撥開那無力感似地走到浴室，一面用口哨吹著『Red Clay』一面沖淋浴，站在廚房喝罐裝啤酒。然後閉上眼睛用西班牙語從一數到十，出聲說「完了」，啪一聲拍手。於是無力感像被吹到風裡去了似的悄然消失。這是我的魔術。一個人獨自生活的人在不知不覺之間似乎也會自然學到各種能力。要不這樣是無法生存下去的。

26

五反田君打電話來是十二點半。

「很抱歉，如果方便的話能不能用你的車子開到我家來？」他說。「你還記得我家在什麼地方嗎？」

記得，我說。

「忙得亂七八糟的，結果還是沒辦法抽出時間。不過我想可以在車子上談。我想用你的車子比較好。讓司機聽見大概不方便吧？」

「嗯，是啊。」我說。「我現在出發。我想大約二十分會到那邊。」

「那麼，回頭見。」他說著掛斷電話。

我從附近的停車場把 Subaru 開出來，往他麻布的大廈開。只花了十五分鐘。我按了大門口寫著「五反田」本名的門鈴時，他立刻就下來。「這麼晚了眞抱歉。實在忙透了。好糟糕的一天。」他說。「我接下來還得趕去橫濱。明天一大早要拍電影。在那之前想睡一下。已經訂了飯店。」

「那我送你到橫濱。」我說。「這樣的話在路上可以談話，也可以節省時間。」

「能這樣的話就幫忙很大。」他說。

五反田君上了Subaru後，像很稀奇似地環視車內。

「很安穩。」他說。

「因爲心情相通啊。」我說。

『原來如此。」他說。

五反田君令我吃驚的是他眞的穿了雙排扣風衣外套。而且眞的很搭配。沒戴太陽眼鏡。代替的是戴著極普通的透明鏡片眼鏡。那眼鏡也非常搭配。看來非常有學問。我在深夜空蕩的道路上把車開往第三京濱的入口。

他拿起放在儀表板上Beach Boys的錄音帶，看了一會兒。

「好懷念啊。」他說。「從前經常聽。中學時代吧。Beach Boys——怎麼說呢，是一種特別的聲音。既親密又甜蜜的聲音。太陽總是閃亮著，飄著海的香氣，旁邊躺著漂亮女孩似的聲音。聽著歌的時候心情會變得好像那種世界眞的存在似的。大家永遠年輕，一切東西都永遠閃亮著似的，那種神話世界。永遠的青春期。古老的傳說。」

「對。」我說，並點頭。「你說的一點沒錯。」

他就像在測量重量似的把那錄音帶放在手掌上。

「不過，那當然不可能永遠持續。大家年紀都會變大。世界也在改變。所謂神話就是大家總有一天都會死。沒有什麼是永遠繼續存在的。」

「沒錯。」

「這麼說來，自『Good Vibration』之後的 Beach Boys 我幾乎都沒在聽。好像已經不太會想聽了。現在都聽更重的東西。Cream, The Who, Led Zeppelin, Jimi Hendrix……。變成更重的時代。已經不是聽 Beach Boys 的時代了。不過現在還記得很清楚噢。『衝浪女郎(Surfer Girl)』之類的。古老傳說。不過還不錯。」

「是不錯。」我說。「不過『Good Vibration』以後的 Beach Boys 也不錯噢。有聽的價值。『20／20』、『Wild Honey』、『Olanda』、『Surfs Up』都是不錯的LP。我也喜歡喏。沒有初期東西那樣的光輝。內容也比較零散。不過從那裡可以感覺出某種確實的意志力。布萊恩威爾遜精神上漸漸不行。最後幾乎對樂團無所貢獻，但雖然如此大家都還很團結地努力生存下去，這種拚命的想法可以令人感覺得到。不過確實不合時代了。正如你所說的。不過還不錯。」

「我下次也想聽聽看。」他說。

「你一定不喜歡。」我說。

他把錄音帶放進片匣裡。『Fun Fun Fun』音樂便流出來。五反田君合著錄音帶小聲用口哨吹了一會兒。

「好懷念。」他說。「嘿，你相信嗎?這曲子流行已經是二十年前的事了。」

「簡直感覺還是昨天一樣嘛。」我說。

五反田君以好像難以決定的表情看了我一會兒。然後咧嘴微笑。「你常常會開一些複雜的玩笑啊。」他說。

「大家都不太瞭解。」我說。「我開玩笑的時候，人家大多當眞的。實在是糟糕的世界。連開個玩笑都不行。」

「不過一定比我所住的世界要好太多了。」他笑著說。「在那裡便當盒裡放玩具狗的大便就被當成高級笑話呢。」

「如果放眞的話以笑話來說比較高級。」

「確實。」

然後有一會兒我們默默聽著Beach Boys的音樂。都是『California Girls』、『409』、『Catch A Wave』，那種天眞無邪的曲子。細雨開始飄下來。我不時動一下雨刷，再停一會兒，然後再動一下。那種程度的雨。溫柔的春雨。

「提到中學時代，你會想起什麼？」五反田君問我。

「所謂自己這個存在的不成樣子和令人討厭。」我回答。

「其他呢？」

我試著想了一下。「我想起你在理科實驗時間用瓦斯棒點火。」

「怎麼會呢？」他不可思議地說。

「點火的手法，怎麼說呢，非常帥。一點火的時候，看來就像是人類史上殘存的偉業似的。」

「這有點誇張吧。」他笑著說。「不過我瞭解你想說什麼。你想說的也就是……太愛現了對嗎？嗯，我也被人家說過幾次。而且以前曾經爲這受傷過噢。因爲我自己完全沒有愛現的本意。不過，我大概是這樣做了吧。很自然地。從小時候開始大家就一直在看著我。我受到注目。所以當然會意識到這個。做什麼的時候多少變得有點演技性。這漸漸養成習慣，也就是說，我在演出啊。所以當了演員之後，有點鬆一口氣。因爲從現在開始可以堂堂正正地演了啊。」他把雙手的手掌在膝蓋上整齊地重疊合上。然後看著那一會兒。「不過，我並不是那麼差勁的人喏。眞的——或者說，本來不是。不是那麼差勁的人。我也有我坦誠的一面，也很容易受傷。不是一直戴著假面具活著的。」

「當然。」我說。「而且我說的不是這個意思。我想說的只是單純的你點點瓦斯火時的手法很帥而已，甚至很想再看一次呢。」

他好像很樂地笑了，摘下眼鏡用手帕擦一擦。非常迷人的擦法。「可以呀，那麼我下次試試看。」他說。「事先準備好瓦斯棒跟火柴噢。」

「爲了防備昏倒，我會帶枕頭過去。」我說。

「想得很好。」他說。然後咯咯地笑了，再把眼鏡戴上。考慮了一下，把汽車音響的聲量調低。「如果方便的話，我們差不多該來談談你說的，那個死掉的人的事了，好嗎？」

「May。」我一面睨著雨刷的對面一面說。「她死了。被殺了。在赤坂的飯店，被人用絲襪勒死。犯人還沒查出來。」

五反田君一時以恍惚的眼光看著我。花了三秒或四秒才瞭解話的意思。瞭解之後臉都歪了。好像被大地震震歪的窗框的歪法。我斜眼瞄了幾次他的表情變化。他似乎是深受打擊的樣子。

「是哪一天被殺的？」他問。

我告訴他正確日期。五反田君像在整理著情緒似地沈默了一會兒。

「太過份了。」他說。然後搖了幾次頭。「這未免太殘酷了。根本沒有殺她的理由。她是個好女孩。而且——」

他又搖了幾次頭。

「她是個好女孩喲。」我說。「像童話一樣。」

他全身失去力氣，深深地嘆一口氣。疲勞急速覆蓋著他的臉。好像再也藏不住了似的。他把那疲勞一直藏在體內別人看不見的某個地方。眞是不可思議的男人，我想。居然能夠做到這個。疲倦的五反田君看來比平常稍微老些。不過疲勞一旦落在他身上看來依然迷人。看來像是人生的裝飾品似的。不過當然這種說法是不公平的。他也會眞的疲倦。眞的受傷的。我可以感覺到。只是不管做什麼終究看來都很迷人而已。就像不管手碰到什麼，都會變成黃金的傳說中的國王一樣。

「我們經常三個人聊天到天亮。」五反田君安靜地說。「我和 May 和奇奇。很快樂。感覺很親密。你會說像童話。不過就算是童話也不容易得到的。所以我很珍惜。不過卻一一消失了。」

然後兩個人都一直沈默著。我一直望著前方的路面，他一直瞪著儀表板。我把雨刷動動停停。Beach Boys 小聲唱著古老的歌。關於太陽、衝浪和賽車的歌。

「你怎麼會知道她死的事？」五反田君問我。

「我被警察叫去。」我說明。「她有我的名片。上次我給她的。我說如果有奇奇的消息請她告訴我。May 把那放在皮包最裡面。她爲什麼會把那種東西帶在身上呢？不過總之她帶著。而且不巧的是，那成爲能夠確認她身分的唯一遺物。因此我被傳喚。他們給我看屍體相片，問我認不認識這個女的。兩個很強悍的刑警。我說不認識。我說了謊。」

「爲什麼？」

「爲什麼？難道我應該說在你的介紹下兩個人買了女人？這種事情說出來你想會怎麼樣？喂！你怎麼搞的？你的想像力跑到什麼地方去了？」

「抱歉。」他坦然道歉。「我也有點混亂了。多此一問。這種事想一想就明白了。眞無聊。然後怎麼樣?」

「警察完全不相信。因爲他們是行家，誰說謊聞都聞得出來。我被盤問了三天。在不觸犯法律之下，在身體不留傷痕之下，徹底被盤問。相當辛苦。已經年紀大了。跟從前不能比。因爲也沒地方可以睡，就睡在拘留所。沒有上鎖。不過就算沒上鎖，拘留所還是拘留所啊。心情變得好暗淡。變得好軟弱。」

「我瞭解。我以前也進去過兩星期。完全沈默。總之人家叫我完全沈默於是我就完全沈默。不過好害怕。兩星期之間沒有看過一次太陽。我想大概從此再也見不到太陽了。變成那種心情。他們會揍人的。像用啤酒瓶捶絞肉一樣。他們知道怎麼做法，怎麼做人會屈服。」他一直盯著手指的指甲。「不過你被盤問三天，結果什麼也沒說嗎?」

「當然哪。總不能中途供出『其實是……』怎麼樣吧。那樣一來，才眞的會回不了家呢。在那種地方一旦說出口的事就只好死守到最後。不管怎麼樣都只好堅持到底。」

五反田君又稍微歪一下臉。「眞抱歉啊。我才剛介紹她給你，就讓你碰到這麼倒楣的事。被捲進來。」

「這個不是你該道歉的。」我說。「那時候是那時候。那次我也很快樂。而這次又是這次。她死並不是因爲你的關係。」

「那倒沒錯。不過總之你爲了我向警察說謊。爲了不連累我而一個人承受折磨。那是爲了我。因爲我也有關。」

我在等紅綠燈時，一面看著他的眼睛一面向他說明最重要的部分。「嘿，那件事都沒關係，你不用介意。不用道歉。不用感謝。你有你的立場，這個我瞭解。問題是，我不能夠把她的身份抖出來。她也應該有家人吧，我也希望能逮捕到犯人。我也想把全部都供出來。但卻不能說。我爲這個而難過。May 在連名字都不明白的狀態下一個人死掉想必也很寂寞吧？」

他長久閉著眼睛沈思著。令人以爲他是不是睡著了。因爲 Beach Boys 的錄音帶已經全部播完了，於是我按按鈕取出錄音帶。周遭忽然靜下來。只聽見車子輪胎輾過薄薄的水膜時發出咻嗚咻嗚的均勻聲音而已。現在正是半夜啊，我想。

「我打電話給警察好了。」五反田君張開眼睛安靜地說。「我去打匿名電話。並說出她所屬的俱樂部名字。這樣就可以查出她的身分，也許能對搜查有幫助。」

「眞了不起。」我說。「你頭腦眞好。原來有這種辦法啊。這樣警察就可以從俱樂部著手去查。然後知道 May 在被殺的幾天之前，被你指名叫到家裡去。當然警察就會傳喚你。這樣一來我被盤問了三天卻沈默地死守祕密的意義又在哪裡？」

他點點頭。「正如你說的。嗯，我眞的是怎麼搞的。亂成一團。」

「亂成一團。」我說。「這種時候只要安靜不動就好了。那樣的話一切都會過去。這是時間問題。只是一個女的在飯店裡被勒死了而已。這是常有的事，現在大家已經忘了。你沒有理由去感覺責任問題。你只要縮著脖子安靜不動就好了。什麼都不必做。現在你多管閒事反而會把事情弄糟。」

或許聲音有些過於冷酷吧。說法過於嚴厲吧。但我也有所謂的感情這東西。我也……。

「很抱歉。」我說。「我不是在責備你。只是我也很難過。對她我什麼也幫不上忙。只是這樣而已。不是在怪你。」

「不，應該怪我。」他說。

因爲沈默變得很沈重。於是我換上新的錄音帶。Ben E. King唱『Spanish Harlem』。一直到進入橫濱市內爲止我們都各自沈默著。但由於那沈默我終於能對五反田君懷有過去所沒有過的親密感。我伸手放在他背上，想要對他說，好了，事情都已經過去了。但我沒有說。有一個人死掉了。有一個人被冰冷地埋葬掉了。那擁有超越我的力量所能解決的沈重。

「到底是誰殺的？」過了很久他才說。

「誰知道。」我說。「做那種工作的話就會遇到各種對象。也可能發生各種事情。不光只是童話。」

「不過，那家俱樂部只以身分明確的人爲對象。而且都嚴格地透過組織仲介，因此只要調查的話，應該立刻就能查出對方是誰。」

「那時候大概沒有透過俱樂部吧。我這樣覺得。是工作之外的私人對象，或沒有透過俱樂部的私下打工，一定是這二者之一。不管是哪一種，選的對象都惡劣。」

「眞可憐。」他說。

「她太相信童話了。」我說。「她所相信的是印象世界。但那不可能永遠繼續。要繼續那樣需要有確實的規則。不過並不是大家都尊重並嚴守規則的。對象選錯的話事情就糟糕了。」

「眞不可思議。」五反田君說。「爲什麼那麼漂亮，頭腦又好的女孩子會去當妓女呢。眞不可思議。那樣的女孩子應該可以找到更高明的生存之道啊。應該可以找到不錯的工作，也可以找到有錢男人的。當模特兒也行啊。爲什麼會去當妓女呢？也許能賺到錢吧。不過那個女孩好像對錢也不是那麼有興趣。大概她在追求正如你所說的那種童話世界吧？」

「大概吧。」我說。「就跟你一樣。跟我一樣。跟其他人家都一樣。大家都各有不同的追求方式。所以有時候會擦肩錯過或互相誤解。而且有時候有人會死掉。」

我把車子停在New Grand Hotel前面。

「嘿，今天你要不要也在這裡住下來？」他問我。「我想可以訂到房間。我們叫酒到房間來，我想兩個人喝一下。反正看樣子也睡不著覺。」

我搖搖頭。「喝酒等下次吧。我也有點累了。我想就這樣回家什麼也不想地睡一覺。」

「我知道了。」他說。「謝謝你送我。我今天好像一直在說一些莫名奇妙的話啊。」

「你也累了。」我說。「人都死掉了不用急著去想。沒問題，她一直還是死著的。等你稍微有精神了再慢慢想就行了。我說的你懂嗎？一直死著。非常地、完全地，死著呢。被解剖，被冷凍著呢。不管覺得有責任，或覺得怎麼樣都活不回來了。」

五反田君點點頭。「我很瞭解你說的。」

「早點休息。」我說。

「很多事要謝謝你。」他說。

「只要下次點瓦斯火給我看就好了。」

他微笑著正要下車，忽然又想到什麼看著我的臉。

「說起來有些不可思議，不過我除了你之外，真的連一個能稱得上朋友的人都沒有。二十年後重逢，而且今天才第二次見面。眞是不可思議。」

這樣說完他就走了。他立起風衣外套的領子，在春天的小雨中走進New Grand Hotel的大門。像『北非諜影』一樣，我想。美好友情的開始……。

不過我也和他有同樣的感覺。因此他所說的我可以充份瞭解。我也覺得現在能夠稱得上朋友的只有他而已。而且我也覺得這不可思議。那看來像『北非諜影』，並不是因爲他。

♪ ♪ ♪ ♪

我聽著Sly & The Family Stone，一面和著曲子啪噠啪噠地敲著方向盤一面回到東京，令人懷念的『Everyday People』。

「我不是多了不起的人，
妳也不過半斤八兩，
雖然做的事不同，
我們卻相似雷同。
嗚夏夏、Everyday People。」

雨依然安靜均勻地繼續下著。夜裡引出植物的嫩芽，溫柔地下著的雨。「非常地、完全地、死著。」我試著對自己說看看。並且忽然想道，我是不是應該住在那家飯店和五反田君喝酒呢？我和五反田君之間有四個共通點。首先是同一個理科實驗班。其次都離婚了現在是獨身。然後都跟奇奇睡過。第四是都跟May睡過。而May死了。非常地、完全地。是有一起喝酒的價值。其實陪他喝也是可以的。反正我也閒著，尤其明天並沒有什麼預定。是什麼阻止了我？大概因爲那看起來像是電影的一幕所以我不喜歡吧，我得到這樣的結論。有時想起來還蠻可憐的男人。實在是太過於迷人了。而且那也不能怪他。大概。

回到澀谷的公寓，我一面從百葉窗簾的空隙間眺望高速公路一面喝威士忌。四點鐘前睏了起來於是上牀睡覺。

27

一星期過去了。春天已經在地上一步一步確實前進的一星期。春天一次也沒有倒退過。和三月全然不同。櫻花開了，然後夜雨又將花打落。選舉終於結束，學校新學期開學了。東京狄士尼樂園開園。Bjorn Borg 引退。電台的前十名排行榜第一名一直是麥可傑克森。死者依然還是死者。

對我來說那是無從捉摸的一星期。

不知道何去何從的每一天的羅列。那星期我到游泳池去游了兩次泳。並上了理髮廳。偶爾買報紙來看，但都沒看到關於 May 的記載。大概依然身分未明吧。我每次都在澀谷車站的販賣店買報紙，在 Dunkin' Donuts 裡看，看完後丟進垃圾筒。沒有什麼特別的報導。

那星期二、四和雪見面談話，用餐。並在一週過去後的星期一，一面聽著音樂一面開車出遠門。和她見面很快樂。我們有共通點。就是有空閒。她母親還沒有回國。據說沒跟我見面時，除了星期天之外白天幾乎都沒外出。要是到處亂逛的話會被輔導，她說。

「下次，我們到狄士尼樂園去看看好嗎？」我試著問。

「我才不想到那種地方呢。」她皺起眉頭說。「我討厭那種地方。」

「那種軟性的、柔弱的、做作的、適合小孩的商業主義的米老鼠式的地方，妳討厭對嗎？」

「對呀。」她簡單地回答。

「不過一直待在屋子裡對健康不好。」我說。

「嘿，要不要去夏威夷？」她說。

「夏威夷？」我吃驚地說。

「媽媽打電話來，跟我說可以到夏威夷去小住一陣子。她現在，在夏威夷。在夏威夷拍照。一定是因爲一直把我丟著不管，突然擔心起來了吧。所以才會打電話來。媽媽還有一段日子無法回日本，反正我也不上學。嗯，夏威夷不錯吧。而且她說如果你能來的話你那一部分的費用她會出。因爲我一個人沒辦法去對嗎？我們就去玩一星期左右嘛。一定很好玩喏。」

我笑了。「狄士尼樂園和夏威夷有什麼不一樣？」

「夏威夷沒有輔導員哪。至少。」

「嗯，這想法倒不錯。」我承認。

「那麼你要一起去？」

我試著想了一下。而且越想越覺得去夏威夷好像也可以的樣子。倒不如說，有點想離開東京這個都市讓自己置身於完全不同的環境試試看。我在東京這個都市已經完全走投無路了。頭腦完全浮不出什麼好想法來。線頭依然中斷著，絲毫沒有出現新線索的跡象。覺得好像是在搞錯的地方做著搞錯的事情似的。無論做什麼都無法得心應手。像在繼續吃著錯誤的食物，買著錯誤的東西似的心情暗淡。而死人則非常地、完全地，死著。用一句話來說，我有點累了。在警察局被盤問的三天之間的疲勞還沒有完全消除。

以前我曾經在夏威夷住過一天。爲了工作到洛杉磯去時，中途飛機引擎出了問題，在夏威夷被迫歇腳，被安排在火奴魯魯住一夜。我在航空公司爲我們安排的飯店販賣店裡買了太陽眼鏡和游泳褲，在沙灘躺一天度過。很棒的一天。夏威夷，不壞。

可以到那邊悠閒地待一星期，游泳游個夠，喝喝皮納可拉達(Pina Colada)水果酒然後回來。可以消除疲勞、讓心情也變愉快。好好曬曬太陽。並試著重新改變看事情的觀點和想法。而且大概會這樣想，是啊，有這種想法嘛。不壞。

「不壞。」我說。

「那麼，決定囉。我們去買機票吧。」

在那之前我問她電話號碼打到牧村拓家。是書生星期五來接電話。我報了名字，他便殷勤地幫我轉接。我向牧村拓說明事情緣由。並問他可以帶雪去夏威夷嗎？他說這是求之不得的事。

「你也到外國去放鬆一下比較好。」他說。「剷雪勞動者也需要休假。免得被警察盤問。那件事還沒了結吧？他們還會到你那裡去喲。一定的。」

「也許會。」我說。

「你不用擔心錢的事，盡興地去吧。」他說。跟這個人談話結果總是扯到錢上。眞現實。

「說要盡興也很難。頂多只能去一星期左右吧。」我說。「因爲我還有很多事不得不做。」

「都可以。只要隨你高興就好了。」牧村拓說。「那麼什麼時候走？嗯？越快越好吧？旅行這種事情就是這樣。一想到就立刻去。這是訣竅噢。不需要帶什麼了不起的行李。又不是去西伯利亞。不夠的話到那邊再買就可以了，那邊什麼都有賣。對了，我想後天的機票應該訂得到。這樣可以嗎？」

「可以呀，我的機票我自己會付錢噢。所以——」

「少嚕嗦了。因爲我在做這種工作，所以機票可以買得非常便宜。立刻可以拿到好位子。這就交給我來辦好了。每個人各有不同的能力呀。你就不用多說了。別提什麼系統如何如何的。飯店也由我這邊來訂。兩個房間。你和雪的份。怎麼樣？是不是要附廚房的比較好？」

「嗯，如果能自己開伙的話，我覺得比較方便——」

「我知道不錯的地方。靠近海灘，安靜、漂亮。以前我住過。我暫且先幫你們在那裡訂兩星期。高興住多久就繼續住好了。」

「可是——」

「什麼都不用多想。全部交給我。沒問題的。她母親那裡我會事先聯絡好。你只要到火奴魯魯去，和雪一塊兒躺在海灘休息，好好吃飯就行了。她母親反正會爲了工作到處跑。一工作起來不管女兒也好什麼也好，全都忘光了。所以你也完全不必介意。悠閒地去玩就行了。只要讓雪好好吃飯就可以了。放輕鬆。全身力氣都放鬆。只有這樣。噢，對了，你有簽證吧？」

「有。只是——」

「後天噢。可以嗎？只要帶游泳褲、太陽眼鏡和護照就可以了。其他都可以用買的。很簡單。不是去西伯利亞，去西伯利亞好辛苦啊，那地方眞糟糕。阿富汗也很辛苦。到夏威夷就像去狄士尼樂園一樣。一轉眼之間就到了。只要躺下來張開嘴巴就行了。不過你，英語還可以吧？」

「普通的會話還可——」

「很好。」他說。「夠了。太完美了。沒話說。我會叫中村明天送機票過去。那時候也會叫他把上次從札幌回來的機票錢也一起帶去。走之前再通電話吧。」

「中村？」

「書生啊。上次見過吧。住在我這裡的年輕人。」

書生星期五。

「有什麼問題嗎？」牧村拓問。雖然覺得好像有很多問題，但我一個也想不起。沒什麼，我說。

「很好。」他說。「反應很快。我喜歡。啊，對了，我還要送你一件禮物。也請你收下。那是什麼等你到那邊後就會知道。等著打開絲帶吧。夏威夷。好地方噢。遊樂場一樣。Relax。沒有剷雪。氣味好香。好好玩吧！下次再見了。」

於是掛斷電話。

Heavy Duty 的作家。

我回到座位，對雪說，可能會決定後天出發。「好棒。」她說。

「妳一個人能準備嗎？行李呀、皮包、游泳衣、之類的東西。」我問問看。

「不是去夏威夷嗎？」她一臉訝異地說。「那就跟去大磯沒有兩樣啊。又不是去加德滿都。」

「說得也是。」我說。

不過話雖這麼說，我行前還是有幾件事必須先做。我第二天到銀行去提錢，買了旅行支票。存款餘額還不少。因爲上個月的稿費也進帳了，因此不如說還增加了。然後到書店去買了幾本書。到洗衣店拿幾件襯衫回來。回到家整理冰箱的食物。三點鐘星期五打電話來。說現在在丸之內，問我現在送機票過來好嗎。我們約在巴而可的咖啡屋見。他交給我厚厚的信封袋。裡面有雪從札幌回東京的機票費，JAL 日本航空頭等艙回程開放的二人份機票，美國運通旅行支票兩本。另外還有火奴魯魯公寓式旅館的地圖。「到那裡去報您的名字的話應該就知道了。」星期五說。「雖然預訂了兩星期，但都可以縮短或延長。還有旅行支票請您先簽您的名字。請隨便用。不用客氣，反正可以報經費，就是這樣。」

「什麼都可以用經費報銷。」我吃驚地說。

「全部也許辦不到，但可能的話請盡量能拿收據就拿。事後由我來處理，所以有的話就比較方便。」星期五笑著說。絕對不是令人生厭的笑法。

「我會」，我說。

「小心一點，祝您旅途愉快。」他說。

「謝謝。」我說。

「不過因爲是夏威夷。」星期五一面咧著嘴笑一面說。「又不是去非洲的辛巴威。」有各種說法。

♪ ♪ ♪ ♪

天黑之後，我把冰箱裡的東西搜刮出來做了晚餐。剛好可以做蔬菜沙拉、煎蛋包和味噌湯。一想到明天起要去夏威夷就覺得有點不可思議。對我來說那感覺就像明天開始就在辛巴威一樣的不可思議。那大概因爲沒去過辛巴威的關係吧。

我從壁櫥裡拿出一個不太大的旅行袋，把裝了盥洗用具的小袋、書、換洗內衣和襪子放進去。然後把游泳褲、太陽眼鏡、防曬油放進去。馬德拉斯細格子夏天的棉襯衫折疊整齊放在最上面。然後把旅行袋的拉鏈拉上，確認好護照、旅行支票、駕駛執照、飛機票和信用卡。其他還有什麼要帶的東西嗎？

我想不到任何東西。

到夏威夷是非常簡單的事。確實和到大磯去沒什麼兩樣。反而到北海道去要準備的行李才多得多呢。

我把整理好的旅行袋放在地板上，準備了要穿去的衣服。把牛仔褲、T恤衫、遊艇連帽衫和擋風薄夾克先摺好疊起來放。做完這些之後，就變得非常空閒，沒有任何事可做了。沒辦法只好泡個澡，喝喝啤酒，看看電視新聞。沒什麼大新聞。播音員說明天開始天氣可能轉壞。很好，我想。我們明天開始已經在火奴魯魯了。我關掉電視，躺在牀上喝啤酒。然後又想到May的事。非常地、完全地，死著的May。她現在，正在非常冷的地方。身分還不明。沒有人去指認。也不能再聽Dire Straits和Bob Dylan。而我明天起就要到夏威夷去了。而且是花別人的經費。這是世界正確的做法嗎？

我搖搖頭，把May的印象趕出頭腦外。以後再想吧。這對現在來說是太硬的話題，太硬、也太熱了。

我試著想想札幌的海豚飯店裡女孩子的事。戴眼鏡的櫃台女孩。連名字都不知道的女孩。我最近幾天非常想和她說話。我連她的夢都做了。但到底該怎麼辦，我也不知道。如果要打電話給她該怎麼說呢？說我想跟戴眼鏡的櫃台小姐說話，這樣說就可以嗎？不行。這樣是行不通的。大概不會有人幫我接吧。飯店這種地方是很嚴格的工作場所。

我試著想了一下這個問題。並且想一定有什麼更高明的方法。有意志的地方就會產生方法。十分鐘後我想到那方法了。不管是不是順利，總之有試一試的價值。

我試著打電話給雪。並聯絡明天的事。說明天早上九點半我坐計程車去接她。並且好像是順便似地，問她知不知道那個女孩的名字。就是，把妳託給我的飯店櫃台的女孩。戴眼鏡的。

「嗯，我想我知道。因為確實是很不可思議的名字，所以我記在日記上了。現在想不起來，不過我想查一下日記就知道了。」她說。

「妳現在幫我查好嗎？」我說。

「我現在正在看電視，等一下可以吧？」

「很抱歉，我很急。」

她雖然嘀嘀咕咕地抱怨，不過還是幫我查了日記。「Yumiyoshi。」她說。

「Yumiyoshi？」我說。「那字到底怎麼寫？」

「不知道啊。所以我不是說非常不可思議的名字嗎？我才不知道字呢。會不會是琉球人呢？那名字有這種感覺吧？」

「不，我想琉球也沒有這種名字。」

「不過總之是這樣啊。叫做 Yumiyoshi。」雪說。「嘿，好了嗎？我在看電視呢。」

「妳在看什麼節目？」

她沒回答就咔鏘掛斷電話。

我試著查東京的電話號碼簿，從頭翻起找看看有沒有叫做 Yumiyo-shi 的姓。令人難以相信的是東京都內有兩個姓 Yumiyoshi 的。一個寫成「弓吉」。另一個是照相館，用片假名寫著「ユミヨシ 寫眞館」。世上眞有各種姓名。

然後我打電話到海豚飯店，試著問道請問 Yumiyoshi 小姐在嗎？雖然不太抱有什麼希望，但對方卻確實地轉接給她了。嗨，我說。她還記得我。我還沒有被遺棄。

「我現在正在工作中。」她以小聲冷靜簡潔地說。「我等一下再打。」

「好啊，等一下再說。」我說。

我在等 Yumiyoshi 小姐的電話時，打電話到五反田君家，在電話答錄機上留言說決定明天開始臨時到夏威夷去一陣子。

五反田君好像在家的樣子，立刻打電話過來。

「眞好。好羨慕你。」他說。「去轉換一下心情非常好。如果能去的話我也想去。」

「你也不是不能去吧？」我說。

「不，沒那麼簡單。我向事務所借了錢。結婚、離婚東搞西搞的借了不少錢。我應該跟你提過因此弄得一文不名的事對嗎？為了還那個錢我正賣命工作。連不想演的廣告片也接來演。說起來眞是怪事。經費可以大筆的花。但借的錢卻老是還不了。世間變得越來越複雜。我都搞不清楚自己到底是貧窮還是富有。雖然物質是很豐富，但卻沒有自己想要的東西。錢可以盡量花，但卻不能花在自己想用的地方。漂亮女孩買幾個都行，卻不能跟喜歡的女孩睡覺。眞是不可思議的人生。」

「借的錢金額很高嗎？」

「相當高。」他說。「不過，正因為相當高，所以到底變怎樣了連當事者的我都完全搞不清楚。嘿，不是我自豪，大多的事情我都不比人家差，或者比人家強。但是金錢的計算我卻完全不行。看到帳簿上錢的金額我生理上就會起反感。眼睛自然會避開。我們家算是比較保守的家，被教育成這個樣子。說是錢的事情去斤斤計較就不是高尚的人。別去在意數字，只要拚命工作能換得份內應得的生活就好了。不要去計較細節，只要掌握大原則確實地去活就行了。那也是一種想法噢。至少當時是這樣。不過，在份內應得的觀念本身已經消失的現在，那種想法已經沒有什麼意義了。因而事情變得有點麻煩。大原則沒了，只留下對數字不靈光的細節。這是最糟糕的。什麼事情變怎樣了，我完全不知道。事務所的稅務會計師為我詳細說明。但太麻煩了我實在無法理解。錢一會兒往這邊去，一會兒往那邊去。有名義上的借款，名義上的貸款，有經費的操作，複雜得不得了。我說希望能更簡單清爽一點。不過這種話說了也沒有人理睬。我說那就只告訴我結果吧。於是告訴我。這很簡單。貸款還有相當多。雖然已經減少很多了，但還剩下一大堆。所以必須工作。另一方面經費可以盡量用。是這麼回事。眞無聊。簡直像是螞蟻地獄般的陷阱一樣。嘿，工作是很棒噢，我。並不討厭。只是我無法理解這裡頭的花樣卻傷腦筋。有時候。常常覺得很恐怖——。啊，又談太多了。很抱歉。一跟你聊起來就不知不覺說太多了。」

「不要緊。沒關係呀。」我說。

「不過這跟你無關，下次見面再好好聊吧。」五反田君說。「你小心去吧。你不在我好寂寞。我一直在想有空的話要找你喝喝呢。」

「是夏威夷喲。」我笑著說。「又不是去象牙海岸。一星期就可以回來了。」

「嗯，這倒也是，回來之後給我電話噢？」

「我會。」我說。

「當你躺在威基基海灘的時候，我正在模倣牙醫的動作，償還著貸款。」

「世上眞是有各種人生啊。」我說。「每個人各有不同的生活方式。Different strckes for different folks.」

「Sly & The Family Stone。」五反田君啪吱地彈響一下手指說。跟同年代的人談話時確實可以省掉一些麻煩。

Yumiyoshi小姐十點前給我電話。說是剛剛下班回家，現在是從家裡打電話。我忽然想起大雪紛飛中她的公寓。非常簡單的公寓。非常簡單的樓梯。非常簡單的門。她有點神經質似的微笑。這一切都令人非常懷念。我閉上眼睛想像夜晚的黑暗中安靜飛舞的雪花。簡直像在戀愛一樣，我想。

「你怎麼知道我的名字？」她首先發問。

我說明是雪告訴我的。「我沒有做什麼不正當的事。也沒有在做購併。沒有竊聽。沒有毆打誰去打聽出來。我很有禮貌地問她之後她就告訴我了。」

她似乎有點懷疑地沈默一下。「那女孩怎麼樣？你把她好好送回去了嗎？」

「平安無事啊。」我說。「我好好送她回去了，現在還常常見面。她很好。雖然是有點怪的孩子。」

「她跟你很像。」Yumiyoshi 小姐不帶任何特別感情地說。那聽起來就像是全世界大家都知道的明白事實似的。就像猴子喜歡吃香蕉，撒哈拉沙漠不太下雨之類的感覺。

「嗨，爲什麼一直對我隱瞞名字？」我試著問。

「沒有啊。我不是說下次來的時候告訴你嗎？並沒有隱瞞哪。」她說。「沒有隱瞞，只是要告訴你太麻煩了而已。字要怎麼寫啦，這種姓常不常有啦，什麼地方出身啦，大家都會問這種事，所以嫌麻煩，我不太喜歡告訴人家姓名。這可是比你所想的還要麻煩喏。每次、每次都不得不回答同樣的問題啊。」

「不過是個好名字噢。我剛剛查了一下，東京都內也有兩個 Yumiyoshi 家。妳知道嗎？」

「我知道啊。」她說。「我不是說過我以前住過東京嗎？這一點我早就調查過了。當你擁有一個怪姓的時候，自然會養成一個怪癖，每到一個地方就會去查電話號碼簿。到哪裡去都會先翻電話簿。Yumiyoshi、Yumiyoshi 的。京都也有一家噢。好了，找我有什麼事嗎？」

「並沒有什麼特別的事。」我坦白說。「明天起要去旅行暫時會不在家。所以在那之前想要先聽聽妳的聲音。只有這樣。常常好想聽妳的聲音。」

她又再沈默了一會兒。電話有些混線。聽得見非常遙遠的地方女人在說話的聲音。好像從長走廊盡頭的那邊傳來的聲音似的。小小乾乾的，奇怪的響法。雖然聽不出話的內容，但那聽起來是很難過的聲音。很難過的，斷斷續續的那聲音繼續說著。

「嘿，我上次跟你說過，一走出電梯一片漆黑的事，對嗎？」Yumiyoshi 小姐說。

「嗯，我聽過。」我說。

「其實後來我又遇到過一次。」她說。

我沈默著。她也沈默著。遙遠的地方女人還在很難過地繼續說著。她的談話對方不時搭腔著，但那聲音非常難聽出來。以含糊的聲音說「嗯」或「啊」之類——我想大概是這樣說的吧——只是很短的回答。女人好像在慢慢爬著梯子似地，辛苦地繼續說著。簡直像死人在說著話似的，我忽然想。死人從長走廊的盡頭向誰訴說著。死掉這回事，是多麼難過的事。

「嘿，你在聽嗎？」Yumiyoshi 小姐說。

「我在聽啊。」我說。「你說吧，那件事。」

「不過，你眞的相信我那時候說的話嗎？或者只是隨便聽過去而已呢？」

「我相信哪。」我說。「雖然我沒有對妳提起，不過在那之後我也去過和妳去的同一個地方。搭電梯，到同樣黑漆漆的地方。而且體驗到和妳完全一樣的事。所以妳說的話我完全相信。」

「你去了？」

「這件事改天我再慢慢告訴妳。我現在還無法適當說明。因爲很多事情都還沒有解決。下次跟妳見面的時候我會依照順序從頭到尾好好說明。所以我爲了這個也有必要再見妳一面。不過那是一回事，現在總之能先告訴我妳的事嗎？因爲那是非常重要的事。」

沈默繼續了一陣子。混線的會話已經聽不見了。那只剩下電話上的沈默而已。

「幾天前。」Yumiyoshi小姐說。「大概是十天左右前吧。我搭電梯想下到地下停車場。是晚上的八點左右。於是又到了那個地方。跟上次一樣的。一走出電梯忽然發現已經在那裡了。這次既不是半夜裡，也不是十六樓。不過卻一樣。黑漆漆的，一股發黴的味道，濕濕的。氣味和黑暗和濕氣都完全一樣。這次我沒有到任何地方去。只是靜靜地一直站在那裡，等電梯回來。雖然覺得時間好像經過相當長。但電梯還是回來了，我搭上電梯離開那裡。只有這樣。」

「這件事有沒有告訴誰？」我問。

「我誰也沒說。」她說。「因爲是第二次了對嗎？我想這次最好不要告訴任何人比較好。」

「這樣就好。不要告訴別人比較好。」

「你看我到底該怎麼辦才好呢？最近我每次搭電梯都害怕得不得了，怕電梯門一開會不會又再遇上那黑暗呢。但在這種大飯店上班，一天總是必須搭好幾次電梯。你說我該怎麼辦？這種事除了你之外，我就沒有別人可以商量了。」

「嘿Yumiyoshi小姐，」我說。「妳爲什麼不早點打電話給我呢？要是那樣的話我就可以更早跟妳說明了。」

「我打過好幾次電話啊。」她小聲耳語似地說。「可是你總是不在。」

「不是有電話答錄嗎？」

「我討厭那個。好緊張噢。」

「我知道了。那麼我現在簡單說明。那黑暗不是邪惡的東西，對妳也沒有惡意。所以妳不必害怕。只是有個東西住在那裡——妳不是聽過那腳步聲嗎——那絕對不會傷害妳。那不是會傷害別人的東西。所以如果妳再遇到那黑暗時，只要安靜閉上眼睛，等著電梯回來就行了。知道嗎？」

Yumiyoshi小姐沈默了一會兒咀嚼著我的話。「我可以坦白說出我的感想嗎？」

「當然。」

「我不太瞭解你。」Yumiyoshi小姐非常平靜地說。「有時候我會想起你。但卻不瞭解你這個人的實體。」

「我很瞭解妳所說的。」我說。「我雖然已經三十四歲了，但很遺憾的是和年齡比起來，還有太多尚未瞭解的部分。保留事項也太多。現在這些正在逐步整理中。我正在盡量努力。所以我想再經過一些時間，很多事情就可以正確地向妳說明了。而且我想我們也應該會更加深對彼此的瞭解。」

「如果能那樣就好了。」她以非常第三者式的說法說。就像電視的新聞播報員一樣，我忽然想通。「如果能那樣就好了。好，那麼下一件新聞……」似的感覺。那麼下一件新聞……

其實我明天要去夏威夷，我說。

「哦？」她無感動地說。那是我們會話的結束，我們說再見掛了電話。我只喝了一杯威士忌，便關掉電燈睡覺。

28

那麼下一件新聞。我躺在Fort De Russy的海灘，一面仰望著藍藍的天、高聳的椰子葉和海鷗，一面試著這樣說出口。雪在我旁邊。我在草蓆上仰躺著，她則趴著閉上眼睛。從放在她身旁的巨大SANYO收錄音機正流出艾立克克拉普頓的新曲。雪穿著橄欖綠的小比基尼，一直到腳指尖為止塗了大量的椰子油。她像年輕的瘦身海豚般全身滑溜溜油亮亮。年輕的薩摩亞族人抱著衝浪板從前面橫越而過，曬得黑黝黝的救生員坐在瞭望台上，金屬項鍊牌發出冷酷的閃光。整個街頭散發著鮮花、水果和防曬油的香氣。夏威夷。

那麼下一件新聞。

發生了各種事情，各種人物出場，場面一一變換。不久以前還在雪花紛飛的札幌街頭漫無目的地閒逛。現在卻躺在火奴魯魯的海灘仰望著天空。這就是所謂的順其自然。順著點前進拉起線來就變成這樣了。合著音樂跳舞的話，就來到這裡了。**我是否跳得很高明呢**？我在腦子裡一一順序回想到目前為止的事情進展，試著一一檢查自己對這些所採取的行動。不太差，我想。或許不算太好。但也不壞。即使再一次站在同樣的立場，我還是會採取同樣的行動吧。這就是所謂的系統。總之腳是在動著。繼續在踩著步子。

而我現在正在火奴魯魯。這是休閒時間。

休閒時間，我試著說出口看看。雖然只準備很小聲說的，但雪似乎聽見了。她一轉身望著我這邊，拿下太陽眼鏡懷疑地瞇細了眼睛，一直瞪著我。「嘿，你剛才一直在想什麼？」她以沙啞的聲音說。

「沒想什麼不得了的事啊。只是些瑣碎的事。」我說。

「你想什麼都可以，但不要在旁邊嘀嘀咕咕的自言自語。如果想說的話，回房間一個人的時候再說吧。」

「很抱歉。我不再說了。」

雪以相當安穩的眼光看著我。「像傻瓜一樣噢，那樣。」

「嗯。」我說。

「簡直像個孤獨的獨居老人一樣。」雪說。然後又再一轉身朝向別的地方。

從機場搭計程車到火奴魯魯的公寓飯店，把行李放在房間，換上短褲和T恤衫，然後我們所做的第一件事，就是到附近的購物中心去買大型的收錄音機。雪這樣要求。

「盡量要大型的聲音巨大的。」雪對我說。

我用牧村拓給的支票買了一個還算大的SANYO收錄音機。並買了足夠多的電池和幾卷錄音帶。我問問雪還要不要別的什麼。要不要衣服、游泳衣、這一類的？她搖搖頭。什麼都不需要，她說。每次到海灘去，她一定要帶那收錄音機。當然攜帶是我的任務。我把那像出現在泰山電影裡的驃悍原住民一樣扛在肩上（「主人，再過去我不想去了。那裡住著惡魔呢」）跟在她後面。D.J.不停地播放著熱門歌曲。因此，那年春天流行的曲子我全都記得了。麥可傑克森的歌像清潔的疫病般覆蓋了全世界。比那稍微平凡幾分的 Hall & Oates 也拚命奮鬥著打開屬於自己的道路。缺乏想像力的 Duran Duran，雖然擁有某種光輝但要把那普遍化卻有幾分能力不足的（我覺得不足）Joe Jackson，怎麼想都沒有前途的 Pretenders、總是喚起中立性苦笑的 Supertramp 和 Cars……其他不知其數的熱門歌曲和歌手。

房間正如牧村拓所說的相當不錯。當然家具、室內設計和壁畫離所謂時尚的標準相當遙遠，但那依然住起來不可思議地令人感覺舒服（人們到底在夏威夷羣島的什麼地方能尋找到時尚的東西呢？）離海灘也又近又方便。因為房間在十樓，因此安靜而視野開闊。從陽台也可以一面眺望海一面做日光浴。廚房寬闊、機能優異而清潔。從微波爐、到洗碗機一應俱全。旁邊是雪的房間，那邊比我的房間小，沒有廚房但附有雅緻的爐台廚具，在電梯和服務台前見到的人們都穿著高尚良好。

買完收錄音機後，我一個人到附近的超級市場去，買了大量的啤酒、加州葡萄酒、水果和果汁。並買了可以做簡單三明治程度的食品材料。然後和雪兩個人走到海灘並排躺下，望著海和天空度過時間直到傍晚。我們幾乎什麼話也沒說。只偶爾翻身朝上偶爾轉身朝下而已，此外就什麼也沒做只是任憑時間過去而已。陽光令人驚嘆毫不吝惜地普照大地灼燒沙子。優雅溫柔而含帶濕氣的海風，不時像想起來了似地陣陣搖擺著椰子樹葉。我好幾次熏然欲睡，忽然又被腳下通過的人們聲音或風聲喚醒，每次這樣時就會想道我在哪裡呢？稍微花一些時間才說服自己現在是在夏威夷呢。汗和防曬油混合著順著臉頰，從耳根啪噠啪噠地滴落地面。各種聲音像波浪般湧來又退去。偶爾也可以聽見自己的心臟鼓動聲混合著那些一起響著。我感覺到我的心臟也是地球巨大營生中的一環。

我把頭腦的螺絲轉開，放鬆。是休閒時間哪。

雪臉上的表情也呈現明顯的變化。飛機在機場降落，一接觸到夏威夷特有的甘美溫和生鮮空氣時，就已經起了變化。她走下飛機的階梯時，便站定下來好像眩眼得受不了似地閉上眼睛，深呼吸，然後張開眼睛看我。就在那時候，她臉上向來覆蓋著像一層薄膜般的緊張感已經消失。那上面再也沒有害怕和焦躁。連伸手摸頭髮，把口香糖揉成一團丟掉，無意義地聳肩之類她日常經常做的不怎麼樣的動作，看來也顯得從容不迫自然多了。相反地，這讓我更確實感覺到這孩子到目前為止所過的生活有多糟糕。那不但是糟糕，顯然是錯誤的生活。

把頭髮往上一紮，戴上深色太陽眼鏡，身上包著小比基尼躺在沙灘上時，雪的年齡變成不太看得出來。雖然身材本身還是小孩子，但她所呈現的自然而有些自我完結式的嶄新裝扮，讓她看來比實際年齡要大得多。雖然手腳纖細修長，但並不顯得軟弱，其中含有某種強有力的東西。她盡情地伸展那四肢時，連周圍的空間感覺都往四面拉長了似的。她現在正在經歷著成長最旺盛的階段啊，我想。正繼續激烈急速地成長為大人。

我們互相幫對方在背上塗抹防曬油。首先由雪在我背上塗油。好大的背，她說。我第一次被別人說背很大。我幫她塗時雪覺得癢而扭動著身體。因為頭髮紮起來的關係而露出小而白皙的耳朵和脖子。而那令我微笑。從遠處看時躺在沙灘的雪，有時連我都會猛然吃驚地顯得大人氣，但只有脖子還和年紀相應地年輕，並可以說是不適合場合般地殘留著孩子氣。還是小孩子嘛，我想。雖然很不可思議，但女人的脖子就像年輪一般逐漸依照順序上年紀。不知道為什麼，要問有什麼不一樣也無法正確說明。但總之少女有像少女的脖子，成熟的女人有成熟女人的脖子。

「剛開始要慢慢曬噢。」雪以一副很懂事的臉色對我說。「先在陰影下曬，再稍微在太陽下曬，又回到陰影下。要不然會變成像被火灼傷一樣噢。會起水疱，也會留下痕跡。變得非常醜噢。」

「陰影下、太陽下、蔭影下」我一面在她背上塗油一面複誦。

就因爲這樣，到夏威夷的第一天下午，我們便大多躺在椰子樹蔭下聽著 FM 的 D.J.。我偶爾到海裡游泳，再到海邊的飲料吧台喝冰得透透的 Pina Colada 水果酒。她沒有游。先放鬆一下，她說。喝著鳳梨果汁，花時間一口一口慢慢地嚼著夾了滿滿的芥末醬和酸黃瓜的熱狗。於是巨大的太陽西沉把水平線染成蕃茄醬一般紅，直到日落時分遊艇的船隻開始在帆柱上點起燈火爲止，我們就那樣躺在那裡。直到她繼續品味到最後一道光爲止。

「回去吧。」我說。「天也黑了肚子也餓了。稍微散步一下再去吃個像樣的漢堡吧。肉脆脆的還會有肉汁，番茄醬徹底不用客氣，夾有美味而起焦的鮮脆洋蔥的眞正漢堡。」

她雖然點頭了，但卻還不站起來，依然保持原來的姿勢蹲在那裡。好像捨不得這一整天所殘餘的僅有時間似的。我把蓆子捲起來，扛起收音機。

「沒關係，還有明天哪。什麼都不用想。明天結束了還有後天。」我說。

她抬頭仰望我的臉，咧嘴微笑。我把手伸出去，她便握住我的手站了起來。

29

第二天早晨，雪說要去見她媽媽。因爲她只知道她母親住的地方和電話號碼，因此我打了電話簡單地打過招呼，便問她家怎麼走。她在馬卡哈附近租了渡假別墅住。從火奴魯魯開車大約三十分鐘她說。我預先說好大約一點過後會去拜訪。然後我到附近的租車辦事處去租了三菱Lancer。暢快得沒說話的兜風。我們把汽車音響放大音量，車窗敞開，沿著海岸公路以時速一百二十公里飛馳。所有的地方都滿溢著陽光、海風和花香。

妳媽媽是一個人生活嗎？我忽然想到試著問道。

「怎麼可能。」雪嘴唇略微歪一下說。「她不可能一個人在外國待這麼久。因爲眞的是很非現實的人。她如果沒有人照顧的話就完全不行。我可以打賭是跟男朋友一起。大概是年輕英俊的男朋友。和爸爸一樣。嘿，爸爸那邊不是也有一個嗎？那個皮膚光滑令人不舒服的同性戀男朋友啊？那個男的一天一定是洗三次澡，換兩次內衣喲。」

「同性戀？」我問。

「你不知道嗎？」

「不，不知道。」

「像傻瓜一樣。不是一看就知道嗎？」雪說。「爸爸有沒有這種興趣我不知道，不過那個人總之是同性戀喏。完全是百分之兩百。」

Roxy Music 一播出，雪就把音量轉大。

「媽媽以前一直喜歡詩人。詩人或者志願詩人之類的年輕男孩子。她在顯影沖相或做東做西的時候就讓他們在後面朗讀詩。這是她的興趣。好奇怪的興趣。只要是詩什麼都好噢。好像是會宿命性地被吸引。所以爸爸如果能寫詩的話就好了。但他不管怎麼轉變都沒辦法寫詩。……」

眞是不可思議的家庭，我重新想道。宇宙家庭。行動派作家和天才女攝影師和靈媒少女和同性戀書生和詩人男朋友。要命。我在這抽象性擴大家族之中到底佔著什麼位置，扮演著什麼角色呢？是不是扮演照顧乖離常態女兒的滑稽貼身男侍，差不多是這樣吧。我想起星期五對我顯示感覺很好的微笑。那說不定是屬於具有連帶感的微笑吧。喂，少來了，我想。這只是暫時性的。休閒時間。懂嗎？等休假結束我就不得不恢復剷雪工作，那樣我就再也沒時間和你們玩耍了。這眞的是暫時性。和主要情節無關的揷曲似的。馬上就會結束。以後你們是你們可以繼續玩，我是我過我的日子。我喜歡更簡單而容易瞭解的世界。

我依照雨告訴我的走法在馬卡哈之前右轉離開高速公路，往山的方向前進了一會兒。接著來到如果遇上大颱風恐怕屋頂都要被吹掉的那種危險簡陋的房子零星排列道路兩側的地方，終於那也絕跡了，看得見正如她所說的集合住宅區大門。門口警衛亭有一個長相像印度人似的警衛，問我們要去哪裡。我說了雨住的渡假別墅的號碼。他打了電話，然後向我點頭。「可以，請進。」他說。

進到大門裡後，整理得很好的廣大草坪無止盡地延伸。幾位開著像高爾夫球車般小車的庭丁默默地整理著草坪和樹木。黃色尖喙的鳥羣在草坪上像昆蟲般蹦蹦地彈跳著。我把雪母親的住址給其中一位園丁看，向他打聽地方。那邊，他說著簡單地指著。手指的方向看得見游泳池、樹叢和草坪。黑黑的柏油路往游泳池後面劃出一個大圓弧。我向他道謝就那樣把車子開過去。下一個坡，再上坡的地方就是雪的母親住的渡假別墅。設計成熱帶風味的摩登建築。門前有陽台，屋簷下搖著風鈴。周圍茂盛地長著不知名的果樹，結著不知名的果實。

我停下車，和雪兩個人一起走上五級階梯按了門口的門鈴。風鈴彷彿被帶著睏意的微風邀約似地偶爾發出小而脆的聲音，和從大大敞開的窗裡傳來的韋瓦第音樂奇妙而舒服地混合著。十五秒左右之後門靜靜地打開，出現一個男人。被太陽曬得很紅個子不太高的美國白人，左手從肩部開始就斷了。體格很紮實，留著有點深思熟慮趣味似的短髭。穿著褪了色的夏威夷阿羅哈襯衫、慢跑短褲、塑膠草履式拖鞋。看來年紀和我差不多。雖然算不上英俊，但長相感覺很好。以詩人來說外表看來或許太過於強壯了。不過世界上也有強壯的詩人吧。就算有也不奇怪。世界很大啊。

他看看我的臉、看看雪，又再看我，下顎稍微往下收斂然後微笑。「哈囉！」他以安靜的聲音說。又用日本話再說一次「你好。」並和雪握手，和我握手。不是太用力的握。「請進。」他以漂亮的日本話說。

他引我們進到寬大的客廳，讓我們坐在大沙發，從厨房拿出兩瓶 Primos 啤酒和一瓶可樂，三個玻璃杯，用托盤裝著端出來。我和他喝啤酒，雪連手都沒沾飲料。接著他站了起來走到音響組合前面，把韋瓦第的音量調小再回來。彷彿毛姆的小說裡會出現的那種房子。窗戶大大的，天花板裝著電風扇，牆上裝飾著南洋的民藝品。

「她現在，正在沖照片，再過十分鐘就來。」他說。「請在這裡等一下。我叫做狄克，狄克諾斯。跟她住在這裡。」

「請多指教。」我說。雪什麼也沒說地望著窗外的景色。從果樹的縫隙間可以看見蔚藍閃亮的海。水平線上只孤伶伶地飄浮著一片猿猴頭骨般形狀的雲。雲絲毫不動，也沒有將要移動的跡象。那是有點頑迷感覺的雲。像漂白過似的雪白，輪廓極爲清晰。黃色尖喙的鳥一面啼叫著一面不時往那片雲前飛過。韋瓦第播完之後，狄克諾斯把唱針撥起，用單手靈巧地拿起唱片放進唱片套，把那放回架子上。

「你日本話說得眞好。」我試著說。因爲其他沒有什麼特別可說的事情。

狄克諾斯點點頭，揚起單邊眉毛，閉上眼睛，然後微笑。「我在日本住很久。」他說。花了些時間才開口。「住了十年。因爲戰爭——越南戰爭——第一次到日本去，就這樣喜歡上了，戰後我到日本上大學。上智大學。現在在寫詩。」

果然沒錯，我想。既不年輕、也不算英俊，但畢竟還是詩人。

「然後也做日本俳句、短歌、詩之類的英譯工作。」他補充道。「非常困難的工作。」

「我想也是吧。」我說。

他咧嘴微笑著問我要不要再喝一罐啤酒。好，我說。他又拿出兩罐啤酒來。用單手以令人難以相信的優雅手法拉開拉環，把酒注入玻璃杯很美味地喝一口。然後他把玻璃杯放在桌上，搖了幾次頭，像在檢視貼在牆上的安迪沃荷(Andy Warhol)海報似地凝神注視著。

「說起來眞不可思議。」他說。「世上沒有所謂獨臂詩人。爲什麼噢？有獨臂畫家、甚至有獨臂鋼琴家。也有獨臂投手。為什麼沒有獨臂詩人噢?要寫詩我覺得不管是獨臂或三臂都完全沒有關係呀。」

確實是這樣,我也想。不管有幾隻手臂,跟寫不寫詩沒有什麼關係。

「你想得起獨臂的詩人嗎?」狄克諾斯問我。

我搖搖頭。但說眞的我對詩幾乎一無所知,連雙臂齊全的詩人都想不太起名字。

「獨臂的衝浪人倒有幾個。」他繼續說。「用腳划水。相當高明。我也會一點。」

雪站起來在屋子裡到處走,啪啦啪啦地翻看著唱片架上的唱片,好像沒有她喜歡的,皺起眉頭露出要說像傻瓜一樣的表情。音樂停止之後,周遭便像快要睡著了似地安靜。偶爾傳來除草機嗚嗚嗚嗚嗯嗯嗯嗯的吟唸聲。有人在大聲叫喚著人。風鈴發出叮鈴叮鈴小小的聲音。鳥也啼叫著。但安靜卻是壓倒性的。即使有什麼聲音也會在刹那間不留一點痕跡地被吸進安靜之中。好像房子周圍有幾千個透明的沈默男人,以透明無聲吸塵器從每個角落把聲音吸掉似的。只要有一點微小的聲音大家便衝過去把聲音消掉。

「好安靜的地方啊。」我說。

狄克諾斯點點頭,很珍惜似地看著自己單邊的手掌,然後又再點頭。「是啊,安靜。這是最重要的。尤其對做我和雨這種工作的人來說,這種安靜是必要的。我們對 hutsle-bustle 很沒辦法適應。怎麼說呢——對了,吵雜。熱鬧的地方。不行。你覺得怎麼樣?火奴魯魯很吵吧?」

雖然我並不覺得火奴魯魯很吵,不過那樣說話會很長太麻煩於是暫且同意他。雪依然以「像傻瓜一樣」的表情看著窗外的景色。

「KAUAI 島是個好地方。安靜人也少。我其實想住 KAUAI。歐胡島不行。觀光味道太重,車子也太多,犯罪也多。不過爲了雨工作上的關係我們住在這裡。每星期必須到火奴魯魯街上兩、三次。因爲器材的關係。需要各種器材。而且說起來，住在歐胡要聯絡比較容易；可以跟各種人見面。她現在在拍各種人相。在拍生活中的人。漁夫、園丁、農夫、廚師、道路工人、魚販……什麼都拍。她是個優秀攝影師。她拍的相片中含有純粹意義上的才華。」

雖然我沒有特別熱心地看過雨的攝影作品，但這也暫且同意他。雪以非常微妙的方式發出鼻音。

他問我在做什麼樣的工作。

自由作家，我回答。

他似乎對我的職業滿感興趣的樣子。也許他覺得我們之間像是表兄弟的表兄弟似的同業吧。你在寫什麼樣的東西呢？他問。

什麼都寫，我說。只要有人委託的話什麼都寫。總之那是像剷雪似的工作。

剷雪？他說。以認眞的表情思考了一下。大概不太明白意思吧。我猶豫是不是要再說明詳細一點或不要，這時正好雨走進來，因此談話就到那裡結束。

雨穿著粗藍布短袖襯衫，白色皺巴巴的短褲。旣沒有化粧，頭髮也好像剛睡覺起來似的亂蓬蓬的。雖然如此她仍然是個有魅力的女人，散發著我在札幌的飯店餐廳看見時完全一樣的應該可以說是高尚傲慢的氣質。她進到屋子裡來，一瞬之間，就讓在場的全部人確實感到她是和其他任何人都不一樣的存在。無需說明，也不必誇張，就在一瞬之間。

她什麼也沒說地筆直走到雪那邊，把手指伸進她的頭髮裡一陣亂攪直到滿頭蓬亂爲止，然後用鼻子在她額角一帶摩擦著。雪雖然露出不太有趣的表情，但卻沒有抵抗。只把頭搖了兩、三次讓頭髮恢復原來直溜溜的樣子而已。並且冷冷地望著架子上的花瓶。但那酷樣子和見到父親時那種無可奈何的不關心又完全不同。從她身體的一點動作，就可以感覺出她笨拙冷淡的感情搖擺似的東西。這對母女之間好像確實有某種心靈交流似的。

雨和雪。眞是有點傻氣，我想。實在取得很糟糕的名字。正如牧村拓說的簡直像氣象預報。如果再生一個孩子的話到底又會取什麼樣的名字呢？

雨和雪一句話也沒開口說。沒有「你好？」也沒有「近來怎麼樣？」。只有母親把女兒的頭髮弄得一團亂，和用鼻子摩擦額角而已。然後雨走到我這邊來，在旁邊坐下，從襯衫口袋拿出Salem香煙用紙火柴點火。詩人不知道從哪裡拿出煙灰缸來，在桌上優雅地咚一聲放上。恰似在一個妥當的地方插入一個巧妙的裝飾句一般。雨在那裡丟掉火柴，然後吐出一口煙，吸一下鼻水。

「對不起噢。因爲工作一時放不開手。」雨說。「我的個性是中途放不下。一開始做就不行了。」

詩人爲雨送來啤酒和玻璃杯。然後用單手靈巧地拉開拉環，把啤酒注入玻璃杯。她看準泡沫收斂之後，一口氣喝掉半杯。

「那麼，你，能在夏威夷待到什麼時候？」雨問我。

「不知道。」我說。「並沒有特別預定。不過我想大約一星期左右吧。現在正在休假。接下來就必須回日本開始工作了……」

「如果能長住就好了。這是個好地方噢。」

「嗯，眞是個好地方。」我說。要命，我說的話她什麼也沒在聽。

「吃過中飯沒？」她問。

「在路上吃過三明治了。」我回答。

「我們怎麼辦？中飯？」雨問詩人。

「我們確實是在一個小時前做義大利麵吃過了，在我的記憶裡是這樣。」詩人慢慢地以安靜的聲音說。「一小時前是十二點十五分，所以普通人大概把那叫做中飯吧，一般來說。」

「是嗎？」雨表情恍惚地說。

「是啊。」詩人說。然後他向我這邊微笑。「她一專心工作起來，就會忘記各種現實的事情。像吃過飯沒有，或者到目前爲止在什麼地方做了什麼，這些事全忘光。頭腦裡變成一片空白。這是強烈的集中力。」

這要怎麼說呢？我忽然想到這種事例與其說是集中力不如說是屬於精神病的領域吧。當然這話並沒有說出口。我坐在沙發上默默有禮地微笑著。

雨暫時以恍惚的眼神望著啤酒杯，但終於想到了似地把杯子拿起來又喝了一口。「嘿，不過，不管那個怎麼樣我肚子餓了呢。因爲我們也沒吃早飯哪。」她說。

「唉，聽起來，好像我老是在發牢騷似的，不過如果要正確說出事實的話，妳早上七點半已經吃過大塊的吐司、葡萄柚和優酪乳。」狄克諾斯說明道。「而且還說非常好吃呢。妳說早餐美味是人生的一大樂事呢。」

「是這樣嗎？」雨說著搔搔鼻子旁邊。然後又再一面以恍惚的眼神看著空中一面回想這件事。簡直像希區考克電影的一幕似的，我想。變得逐漸搞不清楚什麼是眞實了。什麼是正常、什麼是狂亂已變成無法判斷了。

「不過總之肚子非常餓。」雨說。「吃過了也沒關係吧?」

「當然沒關係呀。」詩人笑著說。「那是妳的肚子,不是我的。妳只要想吃不管什麼都可以盡量吃。有食慾是一件好事啊。妳總是這樣。工作進行順利,食慾就來了。我幫妳做三明治吧。」

「謝謝。還有等一下順便也再拿一罐啤酒來好嗎?」

「Certainly。」他說著消失到厨房去了。

「你,吃過中飯嗎?」雨又再問我。

「剛才在路上吃過三明治了。」我又重複說。

「雪呢?」

不用,雪簡單地說。

「我跟狄克是在東京遇到的。」雨在沙發上盤腿坐著,一面看著我一面說。但我覺得她好像是在對雪說明的樣子。「於是他建議我到加德滿都去。說那邊會激起我的靈感。加德滿都,是個好地方噢。狄克在越南失去一隻手臂。因爲地雷。叫做 Bouncing Betty 的傢伙。腳一踩上就會砰一聲飛起來在空中爆炸的那種。轟然一聲。旁邊的人踩到,結果他卻失去手臂。他是詩人喏。日本話很好吧?我們在加德滿都待一陣子,然後到夏威夷來。因爲在加德滿都住過一陣子之後就想到熱的地方去。於是狄克幫我在這裡找到房子。這裡是狄克朋友的渡假別墅。把客用浴室當暗房用。嗯,是個好地方噢。」

只說到這裡,就好像表示該說的全說完了似的。她嘆一口大氣,把背伸直。於是就那樣沈默下來。午後的沈默深沉。窗外強烈的光線粒子像灰塵般閃閃飄浮著,隨意往喜歡的方向慢慢移動著。猿猴頭骨般的白雲還以先前一般的樣子浮在水平線上。那看起來依然是一副頑迷的樣子。雨放在煙灰缸的 Salem 幾乎連手都沒碰地在煙灰缸裡燒盡了。

狄克諾斯是如何用單手做三明治的？我想。要怎麼樣切麵包呢？用右手拿刀。這是理所當然的。那麼，要怎麼樣壓住麵包呢？用腳或什麼嗎？我眞不知道。或者只要高明地踏著節拍麵包自己就會幫你切好嗎？就算這樣爲什麼他不裝義肢呢？

過一會兒之後詩人端著三明治排列優雅的盤子出現了。黃瓜和火腿的三明治，英國風式地切成小塊整齊配置，還附了橄欖。看起來非常美味的樣子。爲什麼能切得這麼高明呢，我好佩服。然後他開啤酒，注入玻璃杯。

「謝謝你，狄克。」雨說，然後轉向我這邊。「他非常會做吃的噢。」

「如果以獨臂詩人爲對象舉辦做菜比賽的話我絕對可以拿第一名噢。」詩人向我眨一下單邊眼睛說。

雨對我說，吃一塊看看。我抓了一片試吃。確實是非常美味的三明治。彷彿有一點詩的趣味。材料新鮮、處理方式洗練，音韻正確。好吃，我說。不過只有是怎麼切的，我無論如何還是搞不清楚。雖然很想問問，不過當然沒有理由問這種事情。

狄克諾斯好像是個滿勤快的人。他在雨吃著三明治的時候，又到厨房去爲大家泡咖啡。非常美味的咖啡。

「嘿，你，」雨對我說。「你，跟雪兩個人在一起沒怎麼樣嗎？」

我完全不瞭解那問題的意思。所謂沒怎麼樣是指什麼事？我試著問道。

「當然是指音樂呀。那搖滾音樂。你不覺得很痛苦嗎？」

「我倒不覺得痛苦。」我說。

「我一聽到那種音樂，頭就痛起來。二十秒我都無法忍受。不管怎樣都受不了。雖然跟雪在一起很好，但只有那音樂不行。」她說。用食指尖在太陽穴旋轉著壓著。「我能聽的音樂很有限。只有巴洛克音樂啦，某種爵士啦、民族音樂啦、能讓心平靜的音樂。我喜歡這種。也喜歡詩。調和與安靜。」

她又再拿出香煙點上火，吸一口就又放在煙灰缸上。大概從此就把香煙的事忘掉了吧，我想像，事實上就是那樣。我眞佩服居然到目前爲止都沒有發生火災。牧村拓說因爲跟她生活自己的人生和才華都磨盡了，這句話現在我好像可以理解了。她不是可以給周圍的人帶來什麼的典型。而是完全相反。是爲了調整自己自身的存在，而逐漸從周圍一點一點取走什麼的典型。不過人們不能不給她什麼。因爲她擁有所謂才華這強大的吸引力。而且因爲她以爲這樣做是自己當然的權利。調和與安靜。爲她要得到這些，人們就把手啊腳啊全伸出來給她。

不過這跟我無關，我想這樣喊。我在這裡，只因爲我碰巧現在休假中。只有這樣而已。休假結束後我又會回到我的剷雪工作上。這種奇怪的狀況不久就會極自然地結束。首先，我對她那光輝燦爛的才華就沒有任何可以獻出的東西。就算我擁有什麼，我也必須爲我自己使用。我只是由於命運之流的稍一紊亂而暫時被推到這裡——這個莫名其妙的地方——來而已。可能的話，我想這樣大聲說。不過大概誰都不會傾聽我的話吧。在這擴大家族之中，我還是個無聲的二級市民。

雲還保持原來的形狀飄浮在水平線的稍上方。好像乘著船伸出釣竿就可以搆到似的。巨大猿猴的巨大頭骨。從某個歷史斷層掉落在這火奴魯魯的上空。我們或許是同類喲，我試著向雲說。

雨吃完三明治之後又走到雪那邊，把手指伸進她的頭髮裡慢慢撥動著。雪無表情地瞪著桌上的咖啡杯。「好棒的頭髮」雨說。「這種頭髮我都想要呢。總是亮亮的直直的。我的頭髮一下就亂蓬蓬的。沒辦法整理。嘿，對嗎？小公主？」然後她又把鼻尖壓在雪的額角上。

狄克諾斯把空啤酒罐收下。然後播放莫札特的室內樂。「再來啤酒怎麼樣？」他問我。不用了，我說。

「嘿，我想跟雪兩個人在這裡談談家務事。」雨以毅然的聲音說。「是家庭內的話。母親和女兒的話。所以狄克，你帶他到海邊去走走好嗎？對了，一個小時左右。」

「好啊，當然。」詩人說著站了起來。我也站起來。詩人在雨的額上輕輕吻一下，戴上白帆布帽子，綠色雷朋太陽眼鏡。「我們去散步一個小時左右。妳們兩個人可以慢慢聊聊。」然後他拉起我的手肘說「那，走吧。有很棒的海灘喏。」

雪稍微聳一下肩，以無表情的眼神抬頭看我。雨從煙盒抽出第三根 Salem 煙。把她們留在後面，我和獨臂詩人打開門走出熱氣蒸人的午後陽光中。

♪ ♪ ♪ ♪

我開著 Lancer 到海岸去。他說雖然裝上義肢開車就簡單了，但他想盡可能不裝。

「不自然哪。」他說明。「裝那個總覺得不安定。雖然方便是沒錯，但有異物感。好像不是自己一樣。所以盡量訓練自己習慣單手的生活。就算有點不足，也希望能光靠自己過下去。」

「麵包是怎麼切的？」我乾脆問問看。

「麵包。」他考慮了一下。好像不知道是怎麼回事似的。然後好不容易才理解問題的用意。「啊，切麵包的時候啊。原來如此，理所當然的問題噢。普通人大概不知道吧。但是很簡單。用單手切呀。依照一般刀子的拿法是不能切。拿法是有訣竅的。一面用手指壓著一面拿刀噢，這樣咚咚地切。」

他以手勢實際示範給我看，但我依然很難相信那樣眞的辦得到。而他居然切得比一般人用兩隻手切的還要高明。

「不過眞的可以喲。」他看著我的臉微笑著說。「太多的事情都可以用單手解決。雖然不能拍手，但伏地挺身、練單槓都可以。這是訓練。你是怎麼想的？你以爲我怎麼切麵包呢？」

「我想大概是用腳或用什麼吧……」

他很開心似地高聲笑了。「眞有趣。」他說，「好想把它寫成詩。關於用腳做三明治的獨臂詩人的詩。會是滿有趣的詩。」

對這個我並不特別反對或贊成。

我們沿著海岸的高速公路前進了一會兒後便停下車，買了六罐冰啤酒（他堅持要付錢），我們走到稍微離開路邊不太有人的沙灘，在那邊躺下來喝啤酒。因爲太熱了，不管喝多少啤酒都不醉。不太像夏威夷的海灘。茂盛地長著低矮不整齊的樹木，沙灘的沙質也不均勻，有點粗粗硬硬的。不過至少沒有那麼觀光味。附近停了幾輛輕便貨車，帶著全家人來玩水的。海面有十個左右的當地人正在玩著衝浪。頭骨雲依然孤伶伶地浮在同樣的地方保持著同樣的形式，海鷗羣像洗衣機的漩渦般團團在空中飛舞。我們恍惚地望著那樣的風景，喝著啤酒，斷斷續續地談著。狄克諾斯說起自己對雨是懷著多大的敬意。她是眞正意義上的藝術家他說。一談到雨，他就很自然地從日語切換成緩慢的英語。用日語無法適當表達感情。

「自從遇到她之後，我心中對詩的想法本身也改變了。她拍的相片怎麼說呢，會把詩這東西赤裸裸地剝光噢。我們選了再選的語言，絞盡腦汁所紡出來的東西，卻在她的相片上一瞬之間具現出來。具體呈現(embodiment)。她從空氣中，從光中，從時間的縫隙中迅速一把捉住，將人們藏在心中最深部分的心中情景具體呈現。我說的你懂嗎？」

大概懂，我說。

「看著她拍的相片，有時候會感到恐怖。有時候會覺得自己的存在好像變得很危險。是那樣壓倒性的。那個，dissilient 這個字你知道嗎？」

不知道，我說。

「日語怎麼說呢，像什麼東西打破了濺開了似的感覺。沒有任何預感突然間世界就破裂了。時間、光之類的東西 dissilient 了。一瞬之間，眞是天才。跟我不同。跟你也不同。失禮，對不起，我還不太瞭解你。」

我搖搖頭。「沒關係，你說的意思我很瞭解。」

「所謂天才是非常稀有的存在。一流的才能這東西並不是到處都有的。而能夠遇上它，能夠眼看著就在眼前，應該說是幸運吧。不過——」他說著沈默一下，然後像要將雙手張開似地把右手往外側伸出。「那在某種意義上也是一種棘手的體驗。那有時候像針一般刺著我的自我。」

我一面不太專心地側耳聽著他的話一面眺望水平線和那上面的雲。這一帶海灘的浪比較大，在海邊像激烈地敲打般化成碎浪。我把手指伸入熱沙中，將沙握緊，再沙啦沙啦任其落下。這樣反覆做了幾次又幾次。衝浪人等著浪勢捉住浪頭衝上去‥等逐浪來到岸邊時又再划出去回到海面。

「不過我遠比這個——遠比在意所謂我的自我——更被她的才華所吸引，而且愛她。」他說。並啪吱地弄響手指。「好像被巨大的漩渦所吸引著一般。嘿，我是有妻子的。她是日本人。也有小孩。我也愛我的妻子。眞的愛。現在還是。不過當我第一次遇到雨時，就毫無辦法地被她吸引過去了。像漩渦一樣。沒辦法抵抗。我知道。這是所謂的一生一次的事。人家說這種邂逅一生中只能有一次。這種說法，我瞭解喲，確實。結果，我這樣想。如果跟這個人在一起的話，或許有一天我會後悔。但是如果不在一起的話，我的存在本身就會喪失意義了。你到目前爲止，有沒有這樣想過？」

沒有，我說。

「眞是不可思議的事。」狄克諾斯繼續說。「我非常辛苦地努力才得到平靜而安定的生活。妻子、小孩和小小的房子，還有工作。雖然算不上多大的收入，但卻是有意義的工作。寫寫詩，也做翻譯。對我來說我想已經算是上好的人生了。雖然我在戰爭中失去一隻手臂，但我覺得這樣的人生已經得到充分補償而有餘裕了。爲了得到這些我是花了很長的時間。並努力過來的。心的平穩。要得到這個是非常困難的。而我卻得到了。但是——」他說著把手掌舉到空中咻地往水平方向移動。「失去卻是一瞬間的事。一刹那之間。我已經沒地方可以回去了。日本的家不能回去。美國也沒地方可以回去。我離開美國太久了。」

我想說什麼安慰他，但想不到該說的話。我只是抓起沙子，沙啦沙啦地往下漏掉。狄克諾斯站起來，走到五、六公尺外長著乾巴巴茂密樹叢的地方去小便，又再慢慢走回來。

「坦白供出我的私事。」他說著笑了。「不過我是想要對什麼人說的。你覺得怎麼樣？」

問我覺得怎麼樣，我也沒辦法說什麼。我們都是超過三十歲的成人了。起碼要跟誰睡覺這種事只有自己來選擇，不管是漩渦也好，龍捲風也好，狂風沙也好，既然自己選擇了就只好想辦法過下去。我對這個叫做狄克諾斯的男人留下某種良好印象。甚至對他憑著單手一一處理好各種困難事情懷著敬意，但這種問題卻叫我如何回答是好？「首先第一點，我不是一個藝術性的人。」我說。「所以這種被藝術性所激發的關係我不太瞭解。超越我的想像。」

他臉色略帶哀愁地看著海。他想說什麼，但結果什麼也沒說。

我閉上眼睛，剛開始只打算閉一會兒眼睛的，但似乎卻睡著了。也許是啤酒的關係吧。醒過來時樹影已經移動到遮住我的臉了。由於熱頭腦有點昏昏沈沈的。手錶針指著兩點半。我搖搖頭站起來。狄克諾斯在海邊正和什麼地方的狗玩著。但願沒有讓他傷心，我想。我在談話中途放下他不管卻自己睡著了。而且又是對他來說非常重要的話題。

不過我到底應該怎麼說才好呢？

我一面又再用手撈起沙子，一面望著和狗玩著的他的身影。詩人抱著狗的頭擁在懷裡。海浪發出聲音濺起水花，又再激烈地退去。白色細碎的浪花眩眼地閃亮著。我是否太冷酷了呢？我想，我並不是不瞭解他的心情、不管手臂只有一隻，或兩臂齊全，不管是詩人或不是詩人，這都是個強悍而艱難的世界。我們每個人都各自抱著問題活著。但我們已經是大人了。我們已經走到這一步來了。至少不該對初次見面的人提出難以回答的困難問題吧。這是基本禮儀的問題。太冷酷了，我想，然後我搖頭。雖然搖頭也解決不了什麼。

♪♪♪♪

我們開著Lancer回到渡假別墅。狄克按了門鈴雪便以一副一點都沒有意思的表情打開門。雨銜著煙在沙發上盤腿坐著，好像在坐禪似的眼光一直看著空中。狄克諾斯走到她前面又在她額上親吻。

「話談好了嗎？」他問。

「嗯嗯嗯。」她還含著煙說。是肯定的回答。

「我們在海灘上一面悠閒地望著世界盡頭一面舒服地做日光浴。」狄克諾斯說。

「差不多該回去了。」雪以極平面的聲音對我說。

我也有同感。差不多想回到吵鬧的、現實的、觀光味濃厚的火奴魯魯了。

雨從椅子上站起來。「再來玩噢。我想看妳。」她說。於是走到女兒前面用手在她臉頰上輕輕撫摸一下。

我向狄克諾斯說謝謝他的啤酒和其他的。他咧嘴微笑，說不客氣。

我讓雪坐上助手席時，雨拉著我的手肘靠過來。「嘿，我有話跟你說。」她說。我們兩個並排走到稍前面一個像是小公園似的地方。公園裡有個製作簡單的叢林原野健身設施，她倚靠在那裡銜著煙。然後好像嫌麻煩似地用火柴點著煙。

「你是好人，我，知道這個。」她說。「所以我想拜託你。請你盡可能多帶這孩子來。我喜歡這孩子噢。想要看到她。你明白嗎？想跟她見面談話。想跟她做朋友。我想我們可以做很好的朋友噢。在所謂母親和女兒之前。所以在這裡的期間我想盡量兩個人多談一談。」

雨說到這裡便暫時注視著我的臉。

我想不到任何一句應該說的話。但又不得不說點什麼。

「那是妳跟她之間的問題。」我說。

「當然。」她說。

「所以如果她想要見妳的話，我當然會帶她來。」我說。「或者妳以一個母親的身分叫我帶她來的話，我還是會帶她來。這兩者任何之一。除此之外我什麼也沒話說。所謂朋友是不必要第三者介入的自發性東西。如果我的記憶沒錯的話。」

關於這個雨思考了一下。

「妳說妳想跟她做朋友。這是好事。當然。不過妳知道嗎？妳對她來說在朋友之前首先是母親喏。」我說。「不管妳喜不喜歡，這是事實。而且她才十三歲而已。而且還需要所謂母親這東西。需要在黑暗難過的夜晚可以無條件地擁抱她的那種存在。妳知道嗎？因為我完全是外人所以說這種話也許不自量力。不過，她需要的不是不負責任半途而廢的朋友，而是首先可以完全接受自己的世界。這點要先弄清楚才行。」

「你不明白。」雨說。

「沒錯。我不明白。」我說。「可是妳知道嗎？她還是小孩子，容易受傷。需要有人保護她。雖然很費事，不過必須有人去做。那是責任哪。妳懂嗎？」

不過當然她是不會懂的。

「我沒有叫你每天帶她來喲。」她說。「只要這孩子說願意來的時候帶她來就行了。我這邊也會偶爾打電話過去看看。所以，嘿，我不想失去這孩子噢。這樣下去我覺得她好像會漸漸長大離我而去了似的。我想要的是精神上的連繫喲。牽絆。也許我並不是個好母親。可是在作爲一個母親之前，我還有很多事要做啊。那是沒辦法的。這點這孩子應該也知道。所以，我所要求的是超越母親和女兒以上的關係。說起來也就是有血緣連繫的朋友。」

我嘆了一口氣。然後搖搖頭。雖然搖頭並不能解決什麼。

♪ ♪ ♪ ♪

在回程的車上我們默默聽著收音機的音樂。雖然我有時也小聲地吹口哨，但除此之外只是繼續沈默。雪把臉背對著我一直看著外面，而我這邊也沒有什麼特別可說的話。十五分鐘左右我就那樣繼續駕駛。但有一點小小的預感。腦子裡有一個類似無聲的子彈一樣快速掠過的預感。覺得預感好像用小字寫著「最好把車子停在什麼地方」。

我依著預感把車子停到眼睛看到的一個海灘停車場，試著問雪是不是不舒服。「沒什麼嗎？有沒有怎麼樣？要喝點什麼？」雪沈默了一會兒。暗示性的沈默。我沒有再多說什麼只是守候著那暗示的去向。年紀大了之後就會稍微能夠理解所謂暗示的暗示性這東西。而且記得要一直安靜等候到那暗示性採取了現實的形式爲止。就像等待油漆乾一樣。

兩個穿著同樣形狀黑色小游泳衣的女孩子並排慢慢走過椰子樹下。以走在圍牆上的貓一般的運腳方式。她們赤著腳，游泳衣是像把幾條小手帕結在一起一般的野性玩意兒。看來好像強風一吹就會飛掉似的。兩個人好像是被壓抑的夢般一面奇妙地散發著很眞實的非現實性，一面從我的視野右方往左方慢慢橫越過去而消失。

Bruce Springsteen 唱『Hungry Heart』。一首好歌。世界還沒有被遺棄。D.J.也說這是首好歌。我輕輕咬著指甲，望著天空。那塊頭骨雲簡直像宿命般地在那裡。夏威夷，我想。像世界的盡頭一樣。母親想跟女兒做朋友。女兒與其要朋友不如要母親。錯開了。到不了任何地方。母親有男朋友。無家可歸的獨臂詩人。父親也有男朋友。同性戀的書生星期五。到不了任何地方。

經過十分鐘左右後，雪把臉搭在我肩膀上開始哭。剛開始是安靜地，然後才開始發出聲音哭。她把兩手整齊地放在自己膝蓋上，鼻尖貼在我肩膀上哭。應該的啊，我想。如果我處在妳的立場也會哭。這是理所當然的事。

我抱著她的肩膀讓她盡情痛快地哭。我的襯衫袖子終於濕了一大片。好長一段時間她繼續哭著。肩膀激烈地抽動，她哭著。我默默安靜地按著她的肩膀。

戴著太陽眼鏡，掛著閃亮迴轉手槍的二人組警察橫越過停車場。德國牧羊犬很辛苦似地一面伸出舌頭一面在周圍徘徊，然後消失無跡。椰子樹葉沙啦沙啦地搖著。福特的輕便小貨車停在附近，大個子的薩摩亞人從車上下來，帶著漂亮女孩走到沙灘上去。收音機裡 J.Geils Band 正唱著『Land of 1000 Dances』。

痛快地哭過之後她似乎鎮定下來了。

「嘿，你以後不要再叫我小公主了噢。」雪的臉還貼在我肩膀上說。

「我叫過嗎？」我問。
「叫過啊。」
「我不記得了。」
「從辻堂回來的時候啊。那天晚上。」她說。「總之不要再這樣叫我。」
「不叫了。」我說。「我鄭重發誓。我對 Boy George 和 Duran Duran 發誓。不再叫了。」
「媽媽每次都這樣叫。叫我，小公主。」
「我不叫噢。」我說。
「她，每次每次都讓我傷心。但是她，完全不知道噢。而且她喜歡我噢。對嗎？」
「是啊。」
「我該怎麼辦才好？」
「只有成長沒有別的。」
「我不想。」
「只有這樣沒有別的辦法。」我說。「就算討厭，大家也都要成長啊。而且懷抱著問題繼續變老，大家不願意也都得死去。從以前開始一直是這樣，以後也還一直會這樣，不是只有妳才有問題。」
她臉上還帶著淚痕抬頭看我。「嘿，你就不會安慰人嗎？」
「我的用意就是在安慰妳呀。」我說。
「絕對搞錯方向了。」她說。並把我的手從她肩上撥開，從皮包裡拿出面紙來擤鼻涕。

「那麼。」我以現實的聲音說。然後把車開出停車場。「回家去游個泳，然後做美味的飯兩個人和好地一起吃吧。」

我們游了一小時左右。雪游泳相當高明。有時游到海上，潛到海裡互相扯著腿玩。然後沖過淋浴，到超級市場買菜，買了牛排肉和青菜。用洋蔥、醬油烤了清淡爽口的牛排，把青菜做成沙拉。也做了豆腐和葱的味噌湯。心情愉快的晚餐。我喝著加州葡萄酒，雪也喝了半玻璃杯左右。

「你做菜滿拿手的嘛。」雪很佩服地說。

「不是拿手。只是心中含著愛情細心地做而已喲。光是這點就會差別很大。這是姿勢的問題喲。對很多事情如果努力去愛的話，是可以愛到某個程度的。如果努力讓自己心情愉快地活下去的話，也能夠某種程度愉快地活下去。」

「可是再多就不行了嗎？」

「再多就要靠運氣了。」我說。

「你這個人還滿會澆人家冷水的。還虧你是大人。」雪似乎已經啞口無言了。

兩個人洗完盤子收拾好餐具之後，我們走到外面在華燈初上繁華熱鬧的卡拉考娃路上閒悠地散步。逛著彷彿焦距沒對準的各色各樣的商店，品評著各種商品，望著路上來往的行人姿態，走到皇家夏威夷飯店的海灘酒吧去休息。我又再喝 Pina Colada 椰子鳳梨水果酒，她喝著果汁。然後想像狄克諾斯大概最討厭這種吵吵鬧鬧的都市夜晚吧。我倒沒有那麼討厭。

「嘿，你覺得我媽媽怎麼樣？」雪問我。

「老實說對第一次見面的人我不太瞭解。」我想了一下後說。「我要整理想法、判斷事情還滿花時間的噢。因爲頭腦不好。」

「不過你有點生氣吧？不是嗎？」

「是嗎？」

「嗯。看你的臉就知道了。」雪說。

「也許是吧。」我承認。並且一面望著夜晚的海一面啜了一口Pina Colada。「被妳這麼一說，或許是有點生氣。」

「爲什麼？」

「爲了應該對妳負責的人卻沒有一個認眞負責。不過這都沒用。我根本沒有什麼資格生氣，就算我生氣了也一點都沒用。」

雪從盤子裡拿起脆餅棒喀啦喀啦地咬著。「一定是大家都不知道該怎麼辦。雖然想不得不做點什麼，卻不知道該怎麼做。」

「大概是這樣吧。好像誰都不知道的樣子。」

「你知道嗎？」

「我想只要安靜等待暗示性採取具體形式，然後再決定對策就好了。簡單說。」

雪一面用手指玩弄著T恤衫的領口一面思考。但好像不太明白的樣子。「這是指什麼意思？」

「只要等就好了。」我說明。「只要慢慢等著該來的時候來臨就好了。不要勉強想要改變什麼，只要看事物的流向就好了。而且只要努力以公平的眼光去看事物就好了。這樣自然就會理解該怎樣做才好。不過大家都太忙了。都太有才華了，太多該做的事了。對自己興趣太高了，因此無法認眞思考公平性。」

雪在桌上用手肘支著臉頰。然後把掉落在粉紅色餐桌布上的脆餅棒屑用手拂掉。旁邊一桌坐著一對穿著成組花色相同夏威夷衫和姆姆長裙洋裝的美國老夫婦，兩個人正喝著用巨大玻璃杯裝的豪華熱帶雞尾酒。他們看來非常幸福的樣子。飯店中庭穿著同樣花色姆姆裝的女孩子正一面彈著電子琴一面唱『A Song For You』。雖然不很高明，不過確實是『A Song For You』。庭園的幾個地方燃燒著火把形的瓦斯火焰。歌唱完之後有兩、三個人啪啦啪啦地鼓掌。雪拿起我的 Pina Colada 喝一口。

「好好喝。」她說。

「支持動議。」我說。「好喝兩票。」

雪一時以啞口無言似的表情認眞地盯著我看。「你這個人到底是什麼樣的人呢？我實在無法瞭解喲。看起來好像是非常正經而正常的人似的，但有時候又像根本脫出常軌似的。」

「所謂非常正常這件事同時也是指脫離常軌。所以不必特別在意。」我說明。然後向一位殷勤得不得了的女服務生點了續杯的 Pina Colada。她一面扭著腰肢一面迅速地把飲料送來，在傳票上簽字，留下像貓似的大幅度的微笑而離去。

「那麼，我到底該怎麼辦才好呢？」雪說。

「妳母親很想見妳。」我說。「詳細情形我也不太清楚。因爲這是別人家的事，而且又是有點特別的人物。

不過如果以一句話來說的話，她希望超越過去發生過各種摩擦裂痕的所謂母女關係，而希望和妳做朋友。」

「我覺得人與人要做朋友是非常困難的事。」

「贊成。」我說。「很困難兩票。」

雪手肘支在桌上以茫然的眼神看著我的臉。

「你對這個怎麼想？對我媽的那種想法。」

「我對那怎麼想完全不成問題。妳怎麼想才是問題。雖然這是不用說的。妳可以認爲那是她『一廂情願』的想法，也可以認爲那是個『值得考慮的建設性姿勢』。妳要怎麼想由妳決定。這不用著急喲。妳只要慢慢想，然後提出結論就可以了。」

雪依然托著腮點點頭。櫃台有人大聲笑著。彈鋼琴的女孩走回來，開始彈『Blue Hawaii』唸起開場白。

「夜才剛開始，我們還年輕。來吧，趁著月亮正升上海面。」

「我們處得相當糟糕。」雪說。「到札幌去以前，那更糟糕。光是我要去學校不去學校這件事就爭了好久，情況非常險惡。幾乎都不講話，也不太有碰面。這種情況一直繼續。她不是那種能夠好好考慮事情的人。隨時想到什麼就馬上說什麼，事後就忘掉了。雖然說的時候是眞心的，但什麼都不記得。偏偏常常又會心血來潮對扮演母親的角色覺醒過來。我對這種情況非常頭痛。」

「可是。」我說。接續詞式的存在。

「可是，嗯，她確實有某種超乎平常的優越的東西喲。雖然做爲一個母親簡直亂七八糟差勁透了，我因此也受過很多傷，不過這個姑且不提，她不知道什麼地方，不知道怎麼樣，但是有一股吸引力。這點和爸爸完全不同。我也不太明白。不過，現在忽然說要做朋友，但她跟我力量不一樣啊。我還是小孩子，而她是強有力的大人。這一點任何人只要想一下也應該會知道吧！媽媽卻完全不知道。所以媽媽雖然想跟我做朋友，就算她拚命努力想做，但媽媽卻會在不知不覺之間一直傷害我噢。例如去札幌的事也是這樣。媽媽有時候會努力想接近我。所以我也往媽媽那邊接近。我也努力喲。眞的。可是我這樣做的時候媽媽卻已經朝向別的地方走掉了。腦筋已經被別的事情佔滿了而把我忘掉。這全都是心血來潮想到什麼就不顧一切。」雪說到這裡，便把咬了一半的脆餅棒用手指彈出沙上。「她把我一起帶到札幌去。但結果卻變成那個樣子。她已經忘了把我帶去的事，卻忽然跑到加德滿都去。而且過了三天都沒有想到自己把我丟在那裡不管的事。再怎麼說都太亂來了吧。而且那件事對我造成多大的傷害她也不能眞正理解。我是喜歡媽媽噢。大概，我想是喜歡。如果能做朋友我想應該很好吧。不過我已經不想被她再那樣遺棄了。不希望被她想到這個就把我丟這邊，想到別的又把我丟那邊了。我已經很討厭這樣了。」

「妳說的話全部正確。」我說。「論旨也明確。我非常可以理解。」

「可是我媽卻不明白。這種事情就算好好說明，我想她一定還是完全無法理解。」

「我也覺得是這樣。」

「所以我很生氣。」

「這個我也很瞭解。」我說。「那樣的時候，我們大人就喝酒。」

雪把我的 Pina Colada 咕嘟咕嘟地喝掉一半左右。因爲是用金魚缽般巨大的玻璃杯裝的，因此有相當的量。喝完過一會兒，她在桌上用手托著臉頰，以恍惚的眼神看著我的臉。

「有點怪怪的。」她說。「身體好溫暖，好像有點睏。」

「這樣子很好。」我說。「會不舒服嗎？」

「不會。很舒服。」

「很好。好長的一天。不管是十三歲也好，三十四歲也好，最後至少都有權利讓自己舒服一點。」

我付了帳，挽著雪的手腕沿著海邊走回飯店。然後幫她打開房間的鎖。

「嘿。」雪說。

「什麼？」我問。

「晚安。」她說。

第二天也是很棒的夏威夷式的一天。吃過早餐立刻換上游泳衣到海攤去。因爲雪說想要試試衝浪，於是我租了兩片衝浪板，和她一起走出喜來頓飯店外的海灘。我過去曾經從朋友那裡學過初步技術，因此便把那照樣教給她。波浪的捕捉法，腳的放置法，這種程度。但雪記性非常好。身體也柔軟，抓時間的感覺很敏銳。三十分左右她已經比我更能巧妙乘上浪勢了。「好好玩。」她說。

午飯過後，我帶著她到阿拉莫阿那附近的衝浪品店去，買了兩片中古的中級品衝浪板。店員問過我和雪的體重，幫我們分別選了合適的板子。「你們是兄妹嗎。」店員問我。因爲麻煩所以我就回答「是啊。」看來似乎不像父女讓我稍微感到安心。

兩點鐘我們又到海灘去，躺在沙灘上做日光浴。游了一點泳、睡了一會兒覺。不過大部分時間我們只是恍惚地度過。聽聽收音機，啪啦啪啦地翻著書，看看人的姿態，聽聽椰子樹葉搖曳的聲音。太陽一點一點循著那既定的軌道移動。夕陽下沈之後我們回到房間沖過淋浴，吃了義大利麵和沙拉便去看史蒂芬史匹柏的電影。走出電影院，在街上散步一會兒，便到哈雷克拉尼飯店優雅的池畔酒吧去。於是我們又喝Pina Colada，她點了果汁。

「嘿，我可以再喝一點那個嗎?」雪指著我的Pina Colada說。「可以呀。」我說，把玻璃杯換過來。雪用吸管喝了二公分左右Pina Colada。「好好喝。」她說。「我覺得跟昨天那家酒吧的味道好像有一點不同。」

我叫服務生來點了一杯Pina Colada。然後把那整杯給雪。「妳可以全部喝掉。」我說。「每天晚上陪我一起喝的話，一星期妳就會變成全日本對Pina Colada最清楚的中學生了。」

游泳池畔大型舞曲伴奏樂隊正演奏著『Frenesi』。上了年紀的豎笛手中途吹起長獨奏。令人聯想起Artie Shaw的品味優良的獨奏。合著那旋律有十組左右裝扮整齊的老夫婦正跳著舞。從游泳池底浮上來的照明幻想式地照著他們的臉。正在跳著舞的老人們看來非常幸福的樣子。他們在歷經各種不同歲月之後，來到這夏威夷。他們優雅地移動著腳步，準確合度地踏著節拍。男士們挺直著背，收緊著下顎，女士們團團畫著圓圈，長裙裙襬柔和地搖曳著。我們一直望著這些人的姿態。他們的姿態不知怎麼讓我的心感到落實。也許是老人們都以一副心滿意足的表情在跳著舞的關係吧。曲子變成「Moon Grow」，他們互相輕輕貼緊臉頰。

「我又覺得睏了。」雪說。

不過這次她卻可以好好地自己走著回去。有進步了。

♪♪♪♪

我回到自己房間後，便拿著葡萄酒瓶和玻璃杯到客廳，看克林伊斯威特演的『Hang' Em High』。又是克林伊斯威特。而且又是一笑也不笑的。我在喝著三杯葡萄酒之間還在看著電影，但中途逐漸睏了起來，於是乾脆放棄把電視關掉，到浴室去刷牙。就這樣一天結束了，我想。是有意義的一天嗎?也不怎麼樣。可以說馬馬虎虎而已。早上教雪衝浪，然後去買衝浪板給她。吃過晚餐，看『E.T.』。然後到哈雷克拉尼的酒吧兩個人喝Pina Colada，看老人們優雅地跳舞。雪喝醉了，我帶她回到飯店。馬馬虎虎。不管是好是壞都是夏威夷式的一天。不過總之這樣一天已經結束，我想。

然而事情並沒有這麼簡單就結束。

我只穿著T恤衫和短褲上牀，關了燈還不到五分鐘門鈴就叮咚地響了。眞是要命，我想。手錶指著十二點稍前。我把枕頭邊的電燈打開，穿上長褲走到門口。在我走到那裡之前門鈴又響了兩次。是雪吧，我想。因爲除此之外我想不到會有誰來找我。因此我沒有確認是誰就把門打開。但站在那裡的不是雪。而是不認識的年輕女子。

「嗨。」她說。

「嗨。」我也反射地說。

看起來這女的好像是東南亞系的人。泰國、菲律賓、或越南。我對於人種間的微妙差異並不太清楚。但總之是這裡面之一。是個漂亮的女人。個子小膚色黑，眼睛大。並穿著有光澤的粉紅色、質地滑滑的洋裝。皮包和皮鞋也都是粉紅色。左手腕上纏著手鐲般的粉紅色大蝴蝶結絲帶。簡直像什麼禮物似的。到底爲什麼會在手腕上纏著蝴蝶結呢？我想。但我想不通。她把手搭在門上，咧嘴微笑著看我。

「我的名字叫做June。」她以略帶某種口音的英語說。

「嗨，June。」我說。

「可以進去嗎？」她指著我背後問。

「等一下。」我急忙說。「我想妳一定是弄錯房門了。妳是要到誰的地方呢？」

「嗯，等一下噢。」她說著，從皮包拿出便條來讀。「嗯，……先生的地方。」

是我。「是我，有什麼事？」我說。

「那麼就沒錯了。」

「請等一下噢。」我說。「名字是沒錯。不過我完全不明白。妳到底是誰？」

「總之能不能讓我進去一下？站在這裡說話不方便吧。人家會怎麼想呢？沒問題的，請放心。進到裡面不會敲詐勒索你的。」

確實站在門口沒完沒了地一問一答之間如果隔壁的雪醒過來走出來就麻煩了。我讓她進到裡面。順其自然。順其自然就好了。

June進到屋裡還不等我請，就立刻在沙發上輕鬆地坐下來。我問要喝什麼嗎。她說跟你喝一樣的就好。我到廚房做了兩杯Gin Tonic拿出來。並在她對面坐下。她大膽地蹺著腳很美味似地喝著Gin Tonic。滿漂亮的腳。

「嘿，June 妳為什麼到我這裡來?」我試著問道。

「因為人家叫我來呀。」她以一副當然的表情說。

「誰?」

她聳聳肩。「對你懷著好意的匿名紳士。那個人付了錢。從日本，為了你。知道了嗎?這是怎麼一回事?」

牧村拓，我想。這就是他所說的「禮物」。所以她手腕上纏著粉紅色的絲帶。他大概認為只要幫我安排好女人的話，雪就安全吧。眞實際。實在眞實際。我與其說生氣不如說坦然地佩服。這是個什麼樣的世界啊，大家都在幫我買女人。

「我已經收了到早上為止的報酬。所以兩個人可以好好充裕地玩玩。我的身體很棒噢。」

June 抬起腳脫掉粉紅色高跟涼鞋，很性感地往牀上一滾。

「嘿，很抱歉這樣不行。」我說。

「為什麼嘛，你是同性戀嗎?」

「不，不是這樣，不是這個意思，那個付錢的紳士和我之間想法不同。所以我不能和妳睡覺。這是道理的問題。」

「可是錢已經付了，不能退喲。而且不管你跟不跟我睡，這件事對方都不知道噢。我總不能打國際電話向那個人報告。『是的，先生，我確實和他做了三次』什麼的。所以，做不做都一樣噢。不管什麼道理不道理喲。」

我嘆了一口氣。並喝了 Gin Tonic。

「好嘛。」June很單純地說。「很舒服噢，那個。」

我搞不太清楚。而且逐漸覺得要去想各種事情、說明各種事情變得很麻煩。馬馬虎虎的一天好不容易結束了，才剛上牀，關了燈正要單腳踏入睡眠中的節骨眼上。卻突然冒出一個不認識的女人說要做那個。眞是過份的世界。

「嘿，我們再各喝一杯Gin Tonic好嗎?」她問我。我點頭後，她便到廚房去做了兩份Gin Tonic。並把收音機打開。她好像是在自己家的房間裡一樣輕鬆自由。音樂播著重搖滾。

「太棒了。」June以日本話說。並在身旁坐下，靠到我身上來，小口地啜著Gin Tonic。「你不要想得太多嘛。」她說。「我是專業的噢。對這種事情，我比你更清楚。這裡頭沒有什麼道理不道理的。所以你就全部交給我來辦吧。這跟那個日本紳士已經完全沒有關係了。這件事已經完全脫離他的手了。已經是我跟你兩個人的問題了。」

於是June用手指溫柔地輕輕撫摸我的胸部。我對很多事情眞的已經覺得不耐煩了。如果牧村拓因爲我和妓女睡覺就以爲可以放心的話，那也無所謂了，我甚至這樣覺得。如果與其要這樣辛苦辯白的話，似乎不如做了還比較省事。也只不過是做愛而已。勃起、插入、射精的話事情就了結了。

「OK，來吧。」我說。

「可不是嘛。」June說。然後喝乾Gin Tonic，把空杯子放在桌上。

「不過我今天非常累。所以沒辦法做什麼多餘的事。」

「交給我來辦。從頭到尾都由我來好了。你只要安靜不動就行了。只是一開始希望你做兩件事。」

「什麼事？」

「把房間的燈關掉，幫我把絲帶解開。」

我把電燈關掉，拿掉她手腕上的絲帶。然後到臥室去。燈關掉之後，看得見窗外廣播電台用的天線塔。塔的最尖端閃爍著紅色燈光。我躺在牀上，恍惚地望著那燈光。收音機繼續播著重搖滾樂。好像不是現實似的，我想。但卻是現實。雖然帶著奇妙色彩，但卻是毫不虛假的現實。June手腳俐落地把洋裝脫掉，然後把我的衣服脫了。就算比不上May但她依然也是很有技巧的妓女，而且似乎以擁有那技巧為榮。她以手指、舌頭之類的讓我有效地勃起、合著Foreigner的曲子把我確實引導到射精。夜才剛開始，月亮升上海面。

「怎麼樣？很好吧？」

「很好。」我說。眞的是很好。

然後我們又各喝了一杯Gin Tonic。

「June。」我忽然想起來說道。「嘿，妳上個月是不是叫做May？」

June很開心似地哈哈哈笑著。「眞有意思。我喜歡笑話噢。下個月叫July嗎？八月叫August。」

我想說我不是在開玩笑。上個月眞的和叫做May的女孩子睡過。但當然說了也是沒辦法的事。所以我默不作聲。我一沈默，她又運用她的專業技巧讓我勃起。第二次。我眞的是什麼也沒做地只是躺在那裡而已。她全部幫我做了。好像一個手腳伶落的加油站一樣。把車子停好鑰匙交過去，便從加油、洗車、檢查胎壓，點檢機油，擦窗戶，清除煙灰缸，到一切的一切都幫你做好。這種東西到底應不應該稱為做愛呢？但總之一切都結束時是兩點過後。然後我們迷糊地睡著了。接著六點鐘前醒過來。收音機還一直開著。外面已經亮了，早起的衝浪者已經把他們的輕便卡車排列在海岸邊了。我身旁赤裸的June正縮著身體沈沈睡著。地上掉落著粉紅色衣服、粉紅色鞋子和粉紅色絲帶。我把收音機關掉，把她搖醒。

「嘿，起來。」我說。「有人要來。年輕女孩子要過來吃早餐。很抱歉妳在這裡不方便。」

「OK、OK。」她說著起來。並赤裸著身子拿著皮包進去浴室刷牙、梳頭。然後穿上衣服，穿上鞋子。

「我很棒吧？」她一面擦口紅一面說。

「很棒。」我說。

June咧嘴一笑把口紅收進皮包，啪吱一聲合上絆扣。「那麼，下次什麼時候？」

「下次？」

「我已經先收到三次錢了。所以還剩下兩次。什麼時候好？或者希望改變一下心情換別的女孩？那也沒關係喲。我完全不介意。男人都喜歡跟各種女孩睡覺對嗎？」

「不，當然妳就很好了。」我說。其他也沒有什麼可說。三次。牧村拓一定是想把我體內的精液榨得一滴不剩吧。

「謝謝。我絕對不會讓你後悔。下次我會幫你做更不得了的服務。沒問題。請你期待吧。You can rely on me. 嘿，後天晚上怎麼樣？如果是後天晚上我也有空，可以盡興地爲你好好做。」

「那就好。」我說，然後給她十塊美金說當做車費。

「謝謝。那麼再見，Bye Bye。」她說。於是開門出去。

♪ ♪ ♪ ♪

我在雪起牀過來吃早餐爲止，把全部玻璃杯都確實洗好收拾完畢，煙灰缸洗了，牀單皺紋拉平，粉紅色絲帶丟進垃圾筒。這樣應該沒問題了吧。但雪一進到屋裡的那瞬間立刻稍微皺了一下眉。對屋裡的什麼感到不中意。感覺非常敏銳。我故意裝作沒留意到，一面吹著口哨一面準備早餐。泡咖啡、烤吐司，削水果。然後端到餐桌上。雪以可疑的眼光一面東張西望著一面喝著冰牛奶，啃著麵包。我跟她說話她也完全不搭理。好像不太妙，我想。屋子裡飄著一股嚴肅的空氣。

緊張的早餐結束後，她把雙手放在餐桌上，一直盯著我的眼睛看。以非常認眞的眼神。「嘿，昨天晚上，有女人進來過這裡吧？」雪說。

「妳眞能知道啊。」我裝作若無其事地輕鬆說。

「是誰呀？到底。在那之後你又從那邊找女孩子來嗎？」

「怎麼可能。我不會這樣做的。我沒有那麼勤快。是對方自己擅自來的。」

「不要說謊嘛。怎麼可能有這種事呢？」

「我沒說謊啊。我不會對妳說謊。眞的是對方自己擅自來的。」我說。並把事情全部確實地說明了。牧村拓爲我買了女人。那女孩子突然來造訪。那對我來說也是突如其來的事。我想牧村拓大概認爲事先滿足我的性慾的話，雪的身體就安全了吧。

「眞是的。要命。」說著雪深深嘆氣，閉上眼睛。「爲什麼那個人，每次每次都光會想到這種無聊的事呢？爲什麼老是做出這種莫名其妙會錯意的事呢？眞正重要的事什麼也不知道，什麼也沒感覺，偏偏去注意那些毫不重要的多餘的事。媽媽也是那樣，爸爸雖然不同但腦筋卻也有問題喲。每次都做一些會錯意的事把什麼都搞砸了。」

「確實正如妳所說的。眞的是會錯意。」我同意道。

「可是，你爲什麼讓她進去呢？你讓她進到房間裡去的吧？那個女人？」

「是啊。因爲不知道是怎麼回事所以有必要跟她談。」

「不過你總不會做了什麼怪事吧？」

「沒有那麼單純哪。」

「難道——」剛說出口她又閉上嘴。想不到適當的表現法。而且臉有些紅起來。

「是啊。事情說來話長，不過總之沒辦法拒絕。」我說。

她閉上眼睛，用雙手壓著臉頰。「我不相信。」雪以非常小而乾的聲音說。「你居然會做那種事，我實在難以相信。」

「剛開始當然是打算拒絕的。」我坦白說。「不過漸漸覺得無所謂了。要想東想西變得不耐煩了。不是我在找藉口，不過妳的父母親確實擁有某種強大力量。母親有母親的，父親有父親的，影響別人的力量。不管承認或不承認，他們確實擁有一種風格。雖然無法表示敬意，但卻也不容忽視。也就是說，如果這樣子妳父親就能安心的話也就算了吧我想。而且又是好像不壞的女孩。」

「可是這樣實在太過分了。」雪以乾乾的聲音說。「你讓爸爸買女人給你喲。你覺得那樣沒什麼嗎？那是不行的啊。錯誤的可恥的事噢。你不覺得嗎？」

確實是這樣。

「確實是這樣。」我說。

「眞的是眞的是可恥的事噢。」雪反覆地說著。

「是的。」我承認。

早餐過後我們拿出衝浪板走出海灘。並且又到喜來頓飯店外的海上，玩衝浪到中午。但在那之間她一句話也沒跟我說。不管我跟她說什麼，她都不回答。必要時只用點頭、搖頭來回應而已。

我說差不多該回到陸上吃午餐了，她點點頭。我問回家做點什麼東西吃好嗎？她搖搖頭。我說那麼在外面隨便吃一點，她點點頭。我坐在 Fort De Russy 的草坪上吃熱狗。我喝啤酒、雪喝可樂。她還是一言不發。已經沈默了三個小時了。

「下次我會拒絕。」我對她說。

她拿下太陽眼鏡，簡直像在看天空的裂縫似地注視著我的臉。一直看了三十秒左右。然後用那曬得很漂亮的手拂一下前髮。

「下次？」她不可思議地這樣說。「你說下次是怎麼回事？」

我說明牧村拓還預先付了多兩次的錢。而且第二次是後天晚上。她握著拳頭捶了草坪幾次。「實在難以相信。眞的像傻瓜一樣。」

「雖然我不是在袒護他，不過妳父親自有妳父親擔心的事。也就是說我是男的，妳是女的。」我說明。「妳懂嗎？」

「眞的眞的像傻瓜一樣。」她以快要哭出來的聲音說。然後走進自己的房間到傍晚都沒出來。

我睡了一下午覺，一面讀著在附近超級市場買來的《Playboy》一面在陽台做日光浴。從四點左右開始出現雲影，徐徐將天空覆蓋，五點過後下起激烈的眞正驟雨。看這樣子如果再繼續下一小時的話恐怕整個島就要被沖到南極去似的激烈豪雨。我有生以來第一次看到這樣激烈的雨。五公尺前面的東西都已經看不清楚了。海灘的椰子樹像發狂似地叭噠叭噠上下撼動著葉子，柏油路轉眼之間已經變成河流一樣。幾個衝浪者拿著衝浪板代替雨傘頂在頭上快步從窗下跑過。而像超音速飛機音爆似的激烈聲音正劈哩啪啦地震動著空氣。我關上窗戶，在廚房泡咖啡。並考慮今晚的晚餐要做什麼。

再一次打雷時雪悄悄走進屋裡來，靠在廚房角落的牆上看我。我對她微笑，但她只是一直瞪著我。我拿著咖啡杯，帶她到客廳去在沙發並排坐下。雪的臉色不太好。大概是討厭打雷吧。爲什麼女孩子都討厭打雷或蜘蛛呢？打雷只不過是稍微吵一點的空中放電現象。蜘蛛除了是特殊的東西之外也只不過是無害的小昆蟲而已。再一次閃青白光時，雪用雙手緊緊抓住我的右臂。

大約十分鐘我們就以那樣的姿勢眺望著豪雨和閃電。她握著我的右臂，我喝著咖啡。終於雷聲遠去，雨停了。雲裂開了，接近黃昏的太陽露出臉來。剩下的只有各處像池塘一般的水窪而已。椰子樹葉閃閃發光地滴著水滴。海則像不曾發生什麼似地依然翻著白浪，剛才避雨的觀光客也都紛紛開始在海灘現身露面了。

「我確實不應該做那種事。」我說。「不管怎麼樣都應該拒絕讓她回去才對。但那時候我很疲倦，腦子不太靈光。我是個非常不完美的人。既不完美又經常失敗。不過我會學習。我決心不再第二次犯同樣的錯誤。雖然如此還是經常第二次犯同樣的錯誤。爲什麼噢？簡單哪。因爲我既是個傻瓜又不完美。這時候我還是會討厭自己。然後決心第三次絕不犯同樣的錯了。稍微向上改進一點。雖然只有一點，但向上總是向上啊。」

雪有好長一段時間沒有回應。她手離開我的手臂，什麼也沒說地一直看著外面的景色。我甚至連她是不是聽見我的話了都不確定。太陽西沈，沿著海邊整排街燈開始亮起白色的燈。雨後的黃昏空氣清新光線鮮明。以深藍色夕暮天空爲背景電台的天線高聳著，頂端的紅燈像心臟鼓動般規則地慢慢閃爍。我走到廚房去拿出啤酒來喝。並一面吃著幾片餅乾，一面想著我是否眞的在逐漸向上改進呢？不太有自信。仔細想想完全沒有自信。覺得好像同樣的過錯繼續犯了有十六次之多似的。不過以基本姿勢而言對她說的並不是謊言，而且除了這樣說明之外，也沒有別的說明方法了。

回到客廳時，雪還是以相同的姿勢望著外面。腳彎曲起來，雙手抱著膝蓋坐在沙發，頑固地將下顎往內縮緊。我忽然想起結婚生活來。這麼說結婚的時候也曾經有過幾次這種情形，我想。我傷害了妻好幾次，也道歉了好幾次。那時候，妻也是好幾小時好幾小時不跟我開口說話，爲什麼這麼容易受傷呢？我常常這樣想。試著想想，並不是那麼嚴重的事啊，我想。但這種時候我每次都很有耐心地道歉，說明，努力試著讓那傷痊癒。而且以爲由於這種作業累積多次我們的關係就會向上改進。但正如看結果就知道的那樣，大概根本就沒有向上改進吧。

她只有一次使我受傷。只有一次。她和別的男人離家出走了。只有那次而已。結婚生活——那曾經是非常奇妙的東西，我想。像漩渦一般的東西。像狄克諾斯說的那樣。

我在旁邊坐下一會兒後，雪向我伸出手，我握住她。

「我可沒有原諒你喲。」雪說。「只是暫時和好而已。那眞的是不行的事，我受傷很重噢。知道嗎？」

「知道。」我說。

然後我們吃了晚餐。我用蝦子和扁豆做了西式炒飯，用白煮蛋、橄欖和番茄做了沙拉。我喝葡萄酒，她也喝了少許葡萄酒。

「看著妳的時候我偶爾會想起我太太。」

「已經不再愛你而跟別的男人出走的太太？」雪說。

「對。」我說。

30

夏威夷。

然後繼續過了幾天和平的日子。就算還不至於稱爲樂園式的，但也算是和平的每一天。我鄭重地拒絕了June的來訪。我說我好像感冒了，發燒、咳嗽（咳嗯咳嗯），我想暫時實在沒有那個興趣。而且又再給她十塊美金說當車費。那樣不行噢，如果好了的話打電話到這裡給我吧，她說著從皮包拿出自動鉛筆來，在門上寫下電話號碼。「Bye。」她說完扭著腰回去了。

我帶雪去她母親的地方幾次。並和獨臂詩人狄克諾斯兩個人到海灘散散步，在游泳池游游泳。他游得還相當高明。雪和她母親在那時間便兩個人單獨談話。她們到底談些什麼，我不知道。關於這個雪沒有提到任何事，我也沒有特地問。我租了車子送她到馬卡哈，和狄克諾斯聊聊閒話，游游泳，看看人家衝浪，喝啤酒小便，再帶她回火奴魯魯而已。

我有一次聽狄克諾斯朗讀勞勃福洛斯特(Robert Frost)的詩。詩的內容我當然不瞭解，不過卻是相當高明的朗讀。韻律很美，帶著感情。我也曾看過雨拍的剛剛現像沖洗好還濕濕的相片。拍夏威夷人們臉的相片。沒有什麼的普通人相，但被她一拍起來每一張臉都活生生的，露出應該可以稱爲生命的核似的東西。生活在南國島上人們樸實的溫柔、卑下、冷冷的酷薄、生之歡喜，都直接從相片傳達過來。既有力，又安靜的相片。才華，我想。「跟我不同，跟你也不同。」狄克諾斯說。正如他所說的。看了就知道。

正如我在照顧雪一樣，狄克諾斯照顧著雨。不過當然他比我做得更周全。他掃除、洗衣、做菜、買東西、朗讀詩、說笑話、到處跟著把香煙弄熄，問刷過牙沒有、補充衛生棉條（有一次我跟他一起去買東西），把相片歸檔整理，用打字機整齊地作出她的作品目錄。這些事他全部用單手包辦。做完這些之後，他還能留下時間做自己的創作嗎？我實在無法想像。眞可憐的男人，我想。不過試著想想，我的立場也沒有資格同情他。就以照顧雪爲交換，她父親爲我出飛機票、飯店費，此外還爲我買女人。怎麼看都不相上下。

♪ ♪ ♪ ♪

不去她母親家的日子，我們便練習衝浪、游游泳、或不做什麼只是躺在沙灘、買買東西、租車子到整個島上到處繞。夜晚我們便散步、看電影、或在哈雷克拉尼或皇家夏威夷的庭園酒吧喝 Pina Colada。雪在希爾頓的服裝店買了熱帶花紋的新比基尼，穿上後看來就像是夏威夷土生土長的少女一樣。她衝浪的技術也進步很多，連我都無法搭上的小浪頭她都能巧妙地登上去。買了幾捲滾石的錄音帶，每天反覆地聽著。我去買飲料時，就把雪一個人留在沙灘，於是各種男人便來跟她說話。但雪不會說英語，因此這些男人們她百分之一百不理睬。我回來時他們都說「失禮」（或說更過分的話）而離開。她黑黑的、美麗、健康。而且非常放鬆地享受著每一天。

「嘿，男人是不是那麼強烈地需要女人呢？」有一天躺在沙灘時雪突然問我。
「是吧。雖然那強度有個人差別，不過原理上，男人是需要女人的。關於Sex妳大概知道吧？」
「大概知道。」雪以乾乾的聲音說。
「有所謂的性慾這東西。」我說明。「想跟女人睡覺。這是自然的事噢。爲了種族延續——」
「我不是在問種族延續的事。請你不要像在上保健課一樣。我是在問你關於那個性慾呀。關於那是怎麼一回事。」
「假設妳是一隻鳥。」我說。「並且覺得在天空飛非常舒服、非常喜歡。但因爲各種原因只能夠偶爾飛。對了，因爲天氣，風向，或者季節的關係，有時能飛，有時不能飛。但是如果不能飛的日子繼續太久，那麼力量會多餘，會焦躁不安。感覺好像自己被不適當地貶低了似地。爲什麼不能飛呢？也會這樣生氣。這種感覺妳懂嗎？」
「懂。」她說。「我經常這樣覺得。」
「那麼，事情就好說了。那就是性慾。」
「你上次，是什麼時候在天空飛？那個，也就是，在前次爸爸爲你買女人之前？」
「上個月底吧。」我說。
「快樂嗎？」
我點點頭。
「每次都很快樂嗎？」

「那可不一定。」我說。「不完美的生物兩個人集合在一起做的事，因此不一定每次每次都進行順利。有時候也會失望。或正心情愉快地飛著時卻一不小心撞到樹也有可能。」

「哦。」雪說。然後一直想著這件事。大概正在想像鳥在空中飛著時看旁邊或怎麼的一不留神撞到樹的光景吧？說不定我對一個多愁善感的妙齡女孩往完全錯誤的方向說教了呢？算了吧，反正長大以後自己就會知道了。

「不過隨著年紀越大會逐漸變高明，成功的比率也會向上提高。」我繼續說明。「會懂得訣竅。變得可以預測天候和風向。不過通常和這成反比，性慾本身卻會漸漸減少。是這樣一回事。」

「眞悽慘。」雪搖著頭說。

「眞的是。」我說。

♪ ♪ ♪ ♪

夏威夷。

到底我已經在這島上這樣子過了幾天了？日期觀念這東西，已經在腦子裡完全消失。昨天的下面是今天，今天的下面是明天。太陽昇起太陽沈下，月亮昇起月亮沈下，潮漲、潮退。我抽出手冊來試著數著日曆上的日期。來到這裡已經十天了。四月也已經逐漸接近尾聲。我暫且決定休假的一個月已經過去了。這是怎麼回事呢？我想。腦子的螺絲鬆了。完全鬆了。衝浪和 Pina Colada 的每一天。這倒也不壞。只是我本來是要找奇奇的下落的。從那裡開始了一切。我循著那蹤跡走，順著那流勢追。然而一留神時不知道什麼時候竟然已經變成這樣了。奇怪的人們一一出現，事物的流向完全改變。因此我便像現在這樣躺在椰子樹蔭下一面喝著熱帶飲料一面聽著 Kalapana。我必須在什麼地方修正這流才行。May 死了。被殺了。警察來了。對了，May 的事到底怎麼樣了？文學和漁夫是不是已經查出她的身分呢？那麼，五反田君又會怎麼樣呢？他顯得非常疲倦困惑的樣子。他到底想要跟我說什麼呢？總之這一切我都半途而廢地放下不管。我不能這樣丟下不管的。我差不多該回日本了。

但我卻沒辦法就這樣站起來動身離開。對雪是這樣，對我也是一樣，畢竟是長久以來沒有像這樣從緊張解放出來的日子，她和我一樣都需要它。我每天幾乎什麼都不想。曬太陽、游泳、喝啤酒、一面聽著 Stones 或 Bruce Springsteen 一面在島上開車兜風。在月光下的海灘散步，在飯店的酒吧喝酒。

當然我很清楚這種生活不可能永遠繼續。只是很單純地難以從這裡站起來離開。我放鬆著，雪也放鬆著。看著她時我實在說不出口「好了，我們該回去了」，而那也成爲對我自己的藉口。

兩星期過去了。

♪ ♪ ♪ ♪

我和雪正在開車兜風。經過黃昏的鬧市。雖然道路很塞，但總之並沒有特別的事要趕，因此我便一面慢慢開著一面眺望沿路的風景。專門演色情片的電影院啦、舊衣新穿服飾店啦、賣越南長衫用布料的越南服飾店啦、中國食品店啦、舊書店啦、中古唱片店之類的商店延續不斷。有一家店門前兩個老人拿出桌椅來下著圍棋。就像火奴魯魯平常的鬧市一樣。街角隨處可以看見眼神呆滯的男人無所事事地站著。眞有意思的城市。也有些便宜又美味的餐廳。但並不適合女孩子一個人單獨走。

離開鬧市接近港口的地方，貿易公司、倉庫、辦公大樓漸漸增加。街容也稍微顯得空曠、不親切起來。下班趕著要回家的人在等著巴士，咖啡店也亮起有些字母脫落的霓虹燈。

想再看一次『E.T.』雪說。

好啊，吃過晚飯去看吧，我說。

然後她開始談起有關『E.T.』的事。如果你像E.T.的話就好了，她說。並用食指尖端輕輕接觸我的額頭。

「不行啊，這樣做那裡也治不好。」我說。

雪咯咯咯地笑了。

就在那時候。

那時候有什麼打中我。我腦子裡發出咔吱一聲有什麼連繫上了。發生了什麼。但在那瞬間我無法判斷是發生了什麼。

我幾乎是反射性式踩了剎車。後面的Camaro鳴響了幾次尖銳的喇叭，從旁經過時還從車窗對我破口大罵。對了，我看見什麼了。就是現在在這裡，看見非常重要的東西。

「嘿，怎麼了？突然間，很危險呢。」雪說。我想她大概是這樣說了。

但我什麼都沒在聽。是奇奇，我想。不會錯，我現在在那裡看見奇奇了。在火奴魯魯的鬧區。她爲什麼會在這裡我不知道。但那是奇奇，我跟她擦身而過了。她近得就在車子旁邊只要我把手伸出去就可以摸到的那麼近，她就那樣走過去了。

「嘿，妳把車窗全部關上把車鎖住。不要出去外面喏。不管誰出聲都不要打開。我馬上回來。」我這樣說完便下了車。

「等一下啊。討厭，一個人在這種地方——」

但我不管只在路上跑起來。途中撞到好幾個人，但我沒閒工夫一一去在意這些。我必須追到奇奇才行。爲什麼我不知道。但我必須抓住她，跟她談才行。我沿著人流跑過了兩個或三個十字路口。一面跑我一面回想她穿的衣服。藍色洋裝和白色肩帶皮包。我看得見前面遠方有藍色洋裝和白色肩帶皮包。在黃昏夕暮中白色皮包隨著她的步調搖著。她朝向鬧區熱鬧的方向走著。走出大馬路後忽然來往的行人增加，我沒辦法順利跑快。體重有雪三倍那麼重的巨大女人塞住了我的去向。雖然如此我還是總算逐漸拉近了和奇奇間的距離。她只是繼續走著。既不快也不慢地以普通的速度。既不回頭，也不左右看，而且沒有要搭巴士的跡象，只是一味地筆直向前走著。我覺得馬上就要追上了，但奇怪的是距離老是拉不近。紅綠燈一次也沒有阻止她。簡直像是計劃好那樣似地走著，信號一直是綠燈。我爲了不要追丟她，有一次變紅燈了我還不得不跑著過去，差一點被車子撞倒。

我追到近得只剩下二十公尺左右時，她突然在街角往左轉。我當然也追在後面往左轉。是一條沒有人跡的狹小道路。兩旁排列著不太醒目的舊辦公建築，道路上停著骯髒的廂型貨車和小敞蓬貨車。路上看不見她的蹤影。我一面喘著氣，一面在那裡站定下來定睛探索。喂！怎麼回事，妳又不見了嗎？但奇奇並沒有消失。她只是被一輛大型卡車擋住，一瞬間看不見了而已。她繼續在人行步道上以相同的步調走著。夕暮一刻刻加深，但我可以淸淸楚楚看見那白色肩帶皮包在腰間像鐘擺般規律地搖晃著。

「奇奇！」我大聲叫。

我的聲音似乎傳到她耳裡了。她翩然回過頭來朝向我這邊。是奇奇，我想。當然我們之間隔了一段距離，又是黃昏，街燈又很稀少的黑暗道路。但我可以確定那就是奇奇。不會錯。而且她也知道是我。她甚至朝向我微笑。

但奇奇並沒有停下來。她只是翩然轉過身來而已。步調也沒有減慢。她就那樣繼續往前走，走進路邊的辦公大樓之一去。我遲了二十秒左右進去那裡面。但已經太遲了。在門廳盡頭的電梯門已經關上。而且老式的樓層顯示針慢慢地開始轉。我一面調整呼吸，一面瞪著那針尖指的方向。針慢得令人焦急，轉到8的號碼時震顫一下然後停止。於是就不再動了。我按了電梯的按鈕，但又改變主意跑上旁邊的樓梯。途中遇到一個提著水桶的像是大廈管理員的白髮上班族。我差一點就把他給撞倒。

「喂，你上哪裡去？」他問我。「等一下再說。」我說。就那樣衝上樓梯。一棟充滿灰塵發出臭味沒有人跡的大樓。靜悄悄的，啪嗟啪嗟我的鞋子聲音大得煩人地響在走廊。完全沒有人的跡象。走出八樓的走廊時我首先試著往左右看看。但什麼也沒有。沒有任何人在。只有沿走廊排列著七、八扇沒有什麼特徵的辦公室門。每扇門上附有號碼和辦公室的名牌。

我一一讀著門上掛的名牌。但那些名牌並沒有對我說什麼。貿易公司、法律事務所、齒科醫師治療室——每一塊名牌都非常陳舊、骯髒。連寫在名牌上的名字都令人感覺陳舊骯髒似的。那些辦公室都沒有予人摩登的印象。不醒目的街道，不醒目的大樓，不醒目的樓層上，排列著不醒目的辦公室。我再一次慢慢依照順序看看名字。那上面找不到任何一件好像和奇奇有關的東西。我沒轍了只能靜靜站定在那裡。於是我側耳傾聽。沒有任何聲音。大樓像廢墟般沉靜。

然後我聽見那聲音。高跟鞋的鞋跟喀吱喀吱踏在硬地板上的聲音。那鞋聲在天花板高聳沒有人跡的走廊可以說異樣大聲地迴響著。那簡直像擁有太古記憶般沉重而乾乾的聲響。那聲響稍微動搖了我現在的存在。突然覺得自己好像徘徊在老早以前就死掉風化，乾癟了的巨大生物的迷宮般的體內似的。我因爲某種原因而穿越時光隧道，並被那空洞整個給鑲嵌住了。

由於鞋子聲音實在太大，因此我一時無法判斷那是從什麼方向傳來的。但那卻是由右手邊的走廊盡頭傳來。我極力消除我網球鞋的聲音，快步走到那邊去看。鞋子聲音是從最旁邊的門裡傳來的。覺得好像是從很遠的地方傳來似的，但那確實是從那扇門的另一邊來的。門上沒掛門牌。奇怪，我想。剛才我查過全部門時，上面還好好掛著名牌的。我想不起是什麼行業的辦公室。但總之那上面掛有某個名牌。沒錯。如果有門沒有名牌的話我絕對會記得。

難道這是夢嗎？我想。但不是夢。不可能是夢。一切的一切都是確實連續接下來的。一一照著順序找來的。我在火奴魯魯的鬧市，追著奇奇來到這裡。不是夢。是現實。我覺得有什麼稍微錯開了。但現在還是現實。

我總之姑且試著敲那扇門看看。

我一敲門，鞋子聲音就停了。最後的聲響被吸進空中之後，周遭又被原來的完全沉默所覆蓋。

我就那樣在那扇門口等了三十秒鐘左右。但什麼也沒發生。鞋子聲音也依然還停止著。

我握住門的把手，放膽悄悄旋轉看看。沒有上鎖。把手輕輕迴轉，發出微弱的軋轉聲，門朝內開了。裡面暗暗的，有一股輕微的擦地板清潔劑的臭味。屋子裡完全是空的。沒有家具、沒有照明燈具。只有僅剩的夕暮殘光把室內染成淺藍色而已。地上掉落幾張變了色的報紙。沒有人影。

於是又聽見鞋子聲音。正確的四步，然後又沉默。

聲音好像是從右上方傳來的。我走到房間的最裡面去，發現窗戶邊有一扇門。那扇門也沒有上鎖。門後變成樓梯。我握緊冷冰冰的金屬扶手，一面慢慢確認著腳步一面踏上黑漆漆的樓梯看看。斜度很陡的樓梯。大概是平常不用的非常用太平梯或什麼的吧。但聲音確實是從那階梯上面傳來。階梯走到盡頭時，又有一扇門。我摸索著想找電燈開關，但任何地方都找不到那種東西。沒辦法我只好摸索著找門的把手，旋轉一下把門打開。

房間裡暗暗的。雖然不是完全漆黑，但裡面的樣子可以說完全看不見任何東西。只知道那是個相當寬大的空間。大概是像頂樓屋頂下的倉庫般的地方吧，我想像。不知道是沒有任何一扇窗戶，或者有但關閉著。高高的天花板正中央則看得見幾個像採光窗般的東西。但因爲月亮還沒有上昇，因此從那裡沒有可以稱爲光線的東西照進來。雖然幽暗的街燈光亮幾經曲折又曲折最後只有些微從那天窗潛入，但幾乎沒有任何幫助。

我在那奇怪的黑闇中探臉出去，試著叫一聲「奇奇！」

等了一下，但沒有反應。

到底是怎麼回事？我想。要進裡面太暗了。實在沒轍。我決定就那樣稍微等一下看看。或許不久眼睛就會習慣也不一定。或許有什麼新的展開也不一定。

在那裡安靜不動多長時間了，我不知道。我側耳傾聽，在黑暗中靜靜凝神注視。終於不知道爲什麼，照進屋裡的光線稍微明亮了一些。是月亮上昇了嗎？或者街燈開始亮起來了呢？我手離開門的把手，一面小心翼翼地留心著腳下一面朝屋子中央試著慢慢前進。我的橡膠鞋底發出喀嚓喀嚓重重乾乾的聲音。和我剛才聽見的鞋子聲一樣，深度和寬度交錯混濁成奇怪的非現實響法。

「奇奇！」我又再試著叫一次。沒有回答。

正如我最初直覺感受到的那樣，那是一間非常大的房間。空蕩蕩的、空氣靜止著。站在正中央環視一圈時，看得見角落那邊稀稀落落地放著像家具般的東西。看不清楚。但從那灰色輪廓來想像的話，好像是沙發、椅子、桌子、櫃子之類的東西。那光景有點奇怪。家具看來完全不像家具。問題在於那裡缺乏了現實感。房間實在太大了，和那比起來家具的數量則壓倒性地少。像被離心力擴大成的非現實生活空間。

我凝神注視著看什麼地方有沒有奇奇的白色肩帶皮包，她的藍色洋裝很可能被隱埋進房間的黑暗中了。但那肩帶皮包的白應該看得見的。她或許坐在什麼地方的椅子或沙發上吧。

但卻看不見肩帶皮包。沙發和椅子上只放著像白布一樣形狀皺巴巴的東西而已。大概是麻布罩子或什麼吧我想。但靠近去一看時，那並不是什麼布。而是骨頭。沙發上並排坐著兩個人的骨頭。兩個都是完全齊整的人骨。沒有缺少什麼。一個骨架較大，另一個個子較小。以他們活著時的姿勢就那樣坐在那裡。骨架大的人骨一隻手搭在沙發的靠背上。個子小的則雙手整齊地放在膝蓋上。看來兩個人就好像在連自己都沒留意到之間便死掉了，就那樣失去肉體只剩下骨頭似的。他們看起來甚至是在微笑著。而且令人吃驚地白。

我並不感到恐怖。不知道為什麼。但並不恐怖。一切都留在這裡呀，我想。留著，不動的東西。正如那刑警所說的那樣，骨頭是清潔而安靜的東西。他們非常地完全地死著。沒有任何恐怖的地方。

我在房間裡繞一圈看看。每張椅子上，都各坐著人骨。骨頭總共有六體。除了一個之外其他都是完全的人骨，死掉後經過很長時間。每個都好像沒留意到已經死掉這回事似的，以非常自然的姿勢坐在椅子上。一個人骨正在繼續看著電視。電視當然是關掉的。但他（從那大小來看大概是男人吧我想像）一直瞪著那螢幕。視線筆直地連繫在那裡。被釘在那虛無映象上的虛無視線。也有靠在餐桌上死掉的。餐桌上依然還擺有餐具。餐具中的東西，不管過去曾經是什麼，但已經變成只剩白色灰塵了。也有躺在牀上死掉的。只有那人骨是不完全的。左臂從肩部就沒有了。

我閉上眼睛。

這到底是什麼？妳到底要給我看什麼呢？

鞋子聲音又再響起來。鞋子聲從別的空間傳來。那是從什麼方向傳來的，我不知道。感覺上那似乎從不是任何方位，從不是任何地方傳來。但看起來，這房間已經到盡頭了。從這個房間無法出去任何地方。腳步聲一直繼續著，然後消失。接下來的沉默濃密得令人窒息。我用手掌擦著臉上的汗。奇奇又消失了。

我打開進來的門走出外面。最後回頭時，在藍色黑闇中六體人骨看來正朦朧地白白地浮著。看來他們現在好像就要忽然站起來開始移動了似的。看起來他們正在繼續等待我的離去。當我一離開之後，就會突然電視開關也開了，盤子中溫熱的飯菜也回來了，那種感覺。我爲了不要打攪他們的生活於是安靜地悄悄關上門走下階梯，回到原來空空的辦公室。辦公室還是像剛才看見的那樣。沒有任何人影。只有地上同樣的地方掉落著舊報紙而已。

我靠近窗邊往下看看。街燈亮著白光，沿著人行步道還和剛才一樣停著廂型貨車和敞篷小貨車。沒有人影。天色已經完全黑了。

然後我在積滿灰塵的窗框上發現那個。一張大約名片大小的紙片上，用原子筆寫著彷彿是電話號碼的七個數字。紙和墨水都還是新的沒有變色。號碼完全沒有印象。翻過反面來看，但什麼也沒寫。只是白紙。

我把那張紙放進口袋走出走廊。

並在走廊站定，再試著安靜側耳傾聽一下。

但已經聽不見任何聲音。

一切都死絕了。像斷了線的電話機一般完全沉默。什麼地方都到不了的沉默。我放棄地走下樓梯。走出門廳想找剛才的管理員。想問他那裡到底是什麼辦公室，但沒看見他的影子。我在那裡試著等了一下，但隨即逐漸擔心起雪來。我到底把她丟在那裡多久了？我想想看。但經過多少時間，我也不知道。大概二十分鐘左右吧，或一小時左右？薄暮已經變成黑夜。而且是把她放在治安環境不算好的路上。總之先回去吧我想。再多待在這裡也不能怎樣。

我記住那條路名後，便急忙回到停車的地方。雪以嘔氣的臉色躺在椅子上聽著收音機。我一敲門她就抬起頭把門鎖打開。

「對不起。」我說。

「好多人走過來喲。對我憤怒地吼叫、敲窗子、搖晃車子。」她以無表情的聲音說。然後把收音機關掉。

「好可怕噢。」

「對不起。」

然後她看我的臉。她的眼睛好像一瞬間凝凍起來。瞳孔忽然失去顏色，像樹葉落在安靜的水面時那樣，表情輕微動搖。嘴唇一面形成不成語言的語言一面慢慢微微地動著。「嘿，你到底去哪裡做了什麼來了？」

「不知道。」我說。我的聲音好像從某個不明場所傳來一樣。和那腳步的聲響一樣，深度和寬度混濁著。我從口袋拿出手帕來，慢慢擦汗。在我臉上，汗變成像冰冷僵硬的薄膜一樣。「我不太淸楚。到底做了什麼？」

雪瞇細了眼睛，輕輕伸出手摸摸我的臉頰。那指尖柔軟、光滑。她的手指還停留在我的臉頰上，像要聞氣味時那樣發出嘶一聲從鼻子吸氣。看得出她的小鼻子略微膨脹變硬。她一直盯著我看。好像被從一公里外看著似的感覺。「但是你看見了什麼對嗎？」

我點點頭。

「說不出口。是沒辦法用語言表達的。就算想說明，也沒辦法向誰適當說明的事。但我知道噢。」她身體像要靠上來似地把她的臉頰輕輕貼在我的臉頰上。並一直安靜保持那姿勢十秒或十五秒左右。「好可憐。」她說。

「爲什麼呢？」我說著笑了。雖然並沒有特別想笑，但卻不能不笑。「我怎麼想都是極普通的平凡人。說起來算是比較實際的人。但爲什麼總是被捲進這種奇怪的事情裡去呢？」

「誰知道，爲什麼噢？」雪說。「你不要問我。我是小孩子，你是大人哪。」

「確實。」我說。

「不過你的心情我很瞭解喲。」

「我可不太明白。」

「無力感。」她說。「被某種非常大的東西弄得團團轉，覺得不管自己做什麼都沒有用的感覺。」

「也許是吧。」

「這種時候大人就喝酒啊。」

「正論。」我說。

我們到哈雷克拉尼飯店的酒吧去。不是池畔酒吧而是室內酒吧。我喝馬丁尼，雪喝檸檬蘇打。塞格拉夫馬尼諾夫般表情嚴肅頭髮稀薄的中年鋼琴師面對著演奏鋼琴默默彈著標準名曲。客人還只有我們兩個人。他彈『Star Dust』、彈『But Not For Me』、彈『Moonlight In Vermont』。雖然技術沒話說，但不是很有趣的演奏。他在舞台上最後認真地彈了蕭邦的前奏曲。這倒是相當棒的演奏。雪拍手時，他微笑了三釐米左右，然後便不知消失到哪裡去了。

我在那家酒吧喝了三杯馬丁尼。然後閉上眼睛試著回想那個房間中的光景。感覺像是真實的夢一樣。就像渾身是汗地醒過來，鬆一口氣說，啊，畢竟是夢嘛，似的光景。但那不是夢。我知道那不是夢，雪也知道那不是夢。雪知道。我看過那個的事。風化了的六體白骨。那意味著什麼呢？那沒有左臂的白骨是狄克諾斯的嗎？那麼另外五體是誰的？

奇奇到底想對我傳達什麼呢？

我忽然想到從口袋裡把剛才在窗框上發現的紙片拿出來，走到公共電話亭試著撥了那號碼。沒有誰出來接。呼叫鈴像在深不見底的虛無中懸垂著的鉛墜般永止盡地鳴響著。我回到酒吧的椅子嘆一口氣。

「如果訂得到機票，我想明天回日本。」我說。「我在這裡有點待太久了。雖然是很愉快的休假，不過我覺得差不多該回去了。也有些事必須回日本處理。」

雪點頭。在我說出口之前她似乎已經先知道了。「好啊，你不用在意我的事。如果你想回去就回去好了。」

「妳呢？留在這裡？還是跟我一起回日本？」

雪輕輕聳個肩。「我想暫時住在媽媽那裡。因爲還不太想回日本。如果我說要住她大概不會拒絕吧。」

我點點頭把玻璃杯中剩下的馬丁尼喝乾。

然後我們到阿羅哈塔附近的海鮮餐廳去吃最後的晚餐。她吃龍蝦，我喝威士忌然後吃炸蠔。她和我都不太說話。我的腦子非常模糊不清。一面吃著蠔時一面覺得好像會就那樣睡著，變成白骨似的。

雪不時看著我的臉。吃過飯後就對我說：「你還是回去睡覺好了。臉色很糟糕。」

我回到房間打開電視，一個人喝了一下葡萄酒。電視正在轉播棒球比賽。洋基隊對金鶯隊的比賽。但我並沒有特別在看比賽。只是有點想打開電視而已。爲了證明和某種現實的東西還連繫著。

我喝著葡萄酒直到感覺睏爲止。然後想起來，再撥一次紙片上寫著的電話號碼試試。依然沒有人接。鈴聲響了十五次後我掛斷電話。於是我又坐回沙發瞪著電視螢幕。溫費德站上打擊位置。然後我發現有什麼卡在腦子裡。什麼。

我一面瞪著電視，一面試著想了一下那什麼。

有什麼和什麼相似。什麼和什麼連繫著。

怎麼可能？我想。但值得一試。我把那紙片拿著走到門口去，把June寫在門上的電話號碼，和那紙片上的電話號碼試著對照。

一樣。

一切都連繫上了啊，我想。一切都連繫上了。而只有我不瞭解那連繫的結。

♪ ♪ ♪ ♪

第二天早晨我到JAL的辦公室去預訂下午的班機。然後退了房間，開車送雪到馬卡哈她母親的渡假別墅。我早上打電話給雨，說因爲有事今天要回日本。她並沒有特別驚奇。說有地方給雪睡，帶來這裡沒關係。那天很稀奇從早上開始就陰陰的。隨時下起驟雨都不奇怪的天氣。我開著每次開的三菱Lancer，像平常一樣一面聽著收音機，一面沿著海岸公路以時速一二〇公里跑著。

「像小精靈一樣。」雪說。

「像什麼一樣？」我反問她。

「你的心臟裡好像有小精靈一樣。」雪說。「小精靈在吃著你的心臟。咔噠、咔噠、咔噠、咔噠地。」

「妳的比喻我不太懂。」

「有什麼在侵蝕著。」

我一面思考這個一面繼續開車。「有時候會感覺到像死亡陰影般的東西。」我說。「非常濃密的影子。覺得死亡已經來到身邊了似的。手臂悄悄往這邊伸來，好像馬上就要抓到我的腳踝了似的。但並不恐怖。不知道爲什麼，因爲那每次都不是我的死。那手每次抓的都是別人的腳踝。但每次有人死時，我的存在就好像也一點一點地錯離了。爲什麼噢？」

雪默默聳聳肩。

「不知道爲什麼。但死這東西經常在我身邊。而且只要一有機會，那就會從某個縫隙忽然現身。」

「那或許就是你的鑰匙吧？你透過所謂的死和世界聯繫著噢，一定。」

我又試著思考了一下這個。

「妳使我好消沉。」我說。

狄克諾斯爲了我要離去眞的感到很寂寞。我們之間雖然沒有什麼太多的共通點，但因此而有某種放鬆感。而且我對他詩意的現實性懷有類似敬意的東西。我們握手道別。握手時忽然想起那白骨的事。那眞的是狄克諾斯嗎？「嘿，你有沒有想過你會怎麼死法？」我試著問他。

他微笑地考慮一下。「戰爭中時常想到。因爲那裡眞的有各種死法。不過最近不太想了。沒有閒功夫想那些太麻煩的事。比起戰爭來和平忙碌得多了。」他笑。「不過你爲什麼問這種事？」

沒有什麼理由，我說。只是剛好想到而已。

「我會事先考慮好。在下次跟你見面之前。」他說。

然後雨邀我去散步。我們並肩慢慢走在慢跑道上。

「很多事情要感謝你。」雨說。「眞的很感謝。這種事情我實在不太會說。不過——嗯，就是這樣。我覺得因爲有你在很多事情都進行順利。有你在中間，不知道爲什麼事情都很圓滑地進展喏。我和雪兩個人也能夠談很多話了，我覺得好像彼此稍微變得可以互相瞭解了。而且她也變得像這樣願意來這裡住了。」

「那就好。」我說。我會用「那就好。」的台詞，是只限於處在想不起其他任何肯定的語言表現方法，但又不適合沉默的危機狀態時。不過當然雨並沒有發現這個。

「自從遇到你之後我覺得這孩子精神上似乎鎮定多了。焦躁的情形也比以前減少了。一定是你跟這孩子性向很合得來。雖然我不知道爲什麼。不過或許你們之間有什麼共通的地方吧，你覺得怎麼樣？」

我不知道，我說。

學校的事該怎麼辦才好呢？她問我。

如果她本人不想去的話不去也行吧，我說：「她是個很難理解的孩子，也是容易受傷的孩子，我想如果勉強她去做什麼也沒有用。不如爲她找很好的家庭教師敎她最低限度必要的事情會比較好。至於爲了升學考試塡鴨式的敎育，或無聊的社團活動，或無意義的競爭、集團性壓抑、僞善規則之類的，怎麼想都不適合她的性格。如果不想去上學的話不去也行啊。也有人一個人自己學也學得很好的。最主要的應該是找出只有這孩子才有的才能，加以好好培養發展才好吧？我覺得這孩子有某種可以往好的方向伸展的東西。或者過些時候會自己主動說出想去上學也不一定。那樣的話當然讓她去就好了。不管怎麼樣那都可以讓她決定就好吧？」

「是啊。」雨沉默著想了一會兒，點頭這麼說。「確實或許正如你說的那樣。我也完全不是團體性的人，因爲很少去上學，所以我很能瞭解你所說的。」

「如果妳很瞭解的話，那麼就沒什麼可考慮的吧。到底問題在哪裡呢？」

她發出啪吱啪吱的聲音搖了幾次頭。

「沒有什麼特別的問題呀。只是我對這孩子沒有做爲一個母親的確實自信而已。所以才沒辦法那麼想得開。她一說什麼，不去學校也無所謂時，因爲我自信不夠自然心虛就會考慮很多。不去上學畢竟出社會後會很不妙吧，會這樣想。」

出社會，我想。「當然我不知道這是不是正確的結論。誰都不知道將來的事情。結果也許不順利也不一定。但如果妳對這孩子——無論是以母親，或以朋友——只要在生活的層面中經常顯示出妳們是緊密相連，而且能夠表示某種程度敬意之類的東西的話，她是個聰明的孩子，其他的她自己應該會順利地去做吧。」

她依然把手插在短褲口袋裡，默默地走了一會兒。「你非常瞭解這孩子的心情啊。爲什麼呢？」

本來想說因爲我有努力想瞭解，但當然我沒說。

然後對我給雪的照顧她說要表示什麼謝禮。我說我從牧村拓先生已經領到充分的謝禮了，所以不用在意。現在都還足夠有餘，我說。

「不過我想表示。他是他，我是我。我希望以我的身分表示感謝。因爲現在不做的話，我馬上就會忘記。」

「這事情妳倒是可以忘記沒關係。」我笑著說。

她在路邊的長椅上坐下來，從襯衫口袋裡拿出香煙來抽。Salem藍色煙盒被汗濕變軟了。經常見到的鳥以慣常複雜的音階啼叫著。

雨就那樣一直默默地抽著煙。實際上只吸了兩、三口，其餘全部只在她手指之間化成灰紛紛落在草地上。那令我聯想到時間的死骸似的，在她手中，時間逐一死去燒成白灰。我聽著鳥啼，望著咔咔咔駕著庭園小車跑的園丁。我們到達馬卡哈後天氣便逐漸開始好轉。只有一次聽見遠處輕微的雷聲，但只有這樣而已。好像被壓倒性力量推著似的厚厚的灰色烏雲逐漸分斷破裂，和往常一樣的美好光線和熱氣又回到地上來了。她穿著短袖粗布襯衫（工作時她大多穿那一樣的襯衫，胸前口袋裡放滿了原子筆、簽字筆、打火機和香煙），沒戴太陽眼鏡便坐在強烈的陽光下。她似乎不太在意陽光的眩眼和熱度。我想她大概也覺得熱吧？證據是脖子上流了幾道汗水，襯衫上也有幾個地方被汗濕染黑了。但她沒感覺到。那是精神集中的關係，還是精神擴散的關係呢？我無法判斷。但總之就這樣經過了十分鐘。彷彿瞬間性時空移動般沒有實體的十分鐘。她似乎完全沒在意到時間的經過這現象。時間這東西難道不包含在構成生活的要素中嗎？或者假定包含在內，那地位也非常低吧？但對我來說並不是這樣。我已經預訂了飛機。

「差不多該走了。」我看了一了手錶說。「我還得在機場還車子結帳，所以我想盡可能提早到。」

她似乎試著再重新把眼光焦點聚合起來般以茫然的眼光看我。那和雪經常顯示的表情非常相像。一種不得不和現實妥協似的表情。這對母女之間確實有共通的氣質和性向。我再度這樣想。「啊，對了，沒時間了。對不起。我沒留意到。」她說。然後慢慢把頭往左右各傾斜一次。「因爲想了一下事情。」

我們從長椅上站起來，沿著走來的路回到渡假別墅。

我出發時，三個人走出外面送我。我跟雪說不要吃太多垃圾食物。她撇了一下嘴而已。但有狄克諾斯跟在旁邊，所以這個大概不用擔心。

後視鏡裡映出三個人並排的姿勢非常奇怪。狄克諾斯高舉右手揮著，雨交抱雙臂以茫然的眼神注視著前方，雪臉朝旁邊用涼鞋尖踢著石頭。那看來眞像是被遺棄在宇宙盡頭隨意湊合的不完美的一家人。眞難以相信剛才爲止自己還混在其中。但我在轉彎處把方向盤往左打之後，他們的姿勢便從後視鏡消失而看不見了。於是變成剩下我一個人。好久沒這樣了。

♪ ♪ ♪ ♪

剩下一個人感覺很好。當然和雪在一起也並不討厭，但和那無關，只有一個人也不壞。做什麼事之前沒有必要和誰商量，失敗了也不必向誰解釋。有什麼可笑的事時便一個人開玩笑一個人吃吃地笑就好了。誰也不會說什麼「好無聊的笑話。」無聊的時候就是瞪著煙灰缸也行。我瞪著煙灰缸也沒有誰會問「爲什麼一直瞪著煙灰缸呢？」不管好壞，我都太習慣於一個人的生活了。

剩下一個人的時候，我甚至可以感覺到連周圍的光、色、和風的氣味都好像有些微——而確實的——變化似的。盡情地吸進空氣時，覺得體內的空間好像變寬了幾分。我把收音機轉到爵士樂FM電台，一面聽著Cleman Hawlcins或Lee Mongan的曲子一面悠閒地開著車。覆滿天空的雲像被勉強拉開似地變成四分五裂，現在只剩角落還留下幾塊零星的雲而已。貿易風搖擺著椰子葉，將那樣的雲的片斷慢慢吹送流往西方。看得見747飛機像銀色楔子般以激烈的角度被吸進空中。

剩下一個人的時候，我忽然變成什麼也沒辦法想。感覺腦子裡重力似乎在急速變化著。我的思考無法恰當地跟上那重力的變化。但什麼都不想也很棒。有什麼關係呢？什麼都別想吧，我想。這是夏威夷呀，笨蛋，幹嘛非要想什麼事情呢？我讓腦子一片空白專心開著車。合著『Staffie』、『The Sidewinder』吹著口哨和隙風中間一帶音色的口哨。我把時速加高到一六〇公里下坡時周圍風聲呼嘯。坡道的角度改變時，整個視野便被太平洋鮮烈的藍色所染遍。

好了，我想。休假就這樣結束了。不管怎麼樣，該結束的終歸結束了。我把車子開到機場附近的租車辦事處還了，在JAL日航櫃台辦好登機手續後，我又在機場公共電話亭試著再撥一次那謎般的電話號碼。但正如預料中那樣，沒人接。只有呼叫鈴持續地響著而已。我把電話掛上，望了一會兒電話亭中的電話機。然後放棄地到貴賓席會客室裡去喝 Gin-tonic。

東京，我想。但不太想得起東京的事了。

31

回到澀谷的公寓，我大致瀏覽了一下外出時的郵件，把電話答錄播來聽。沒有一件要緊的事。依然全是一些瑣瑣碎碎和工作有關的事。詢問關於下一期的稿件，對我行踪不明的抱怨，對新工作的預約，之類的。但因爲麻煩我決定全部不理。光要一一解釋恐怕就得耗掉相當的時間，與其這樣不如乾脆不解釋就趕快把工作解決掉還比較快而輕鬆。不過我太清楚一旦開始這種剷雪工作的話，其他事情又會無法動手了。因此只有不理一切了。當然會欠一些人情債。不過幸虧目前不用擔心錢，以後則以後再說吧。畢竟這一向我都是從不抱怨地依照對方的希望默默工作過來的。現在希望能多少依照自己的希望過日子。我也有這樣的權利呀。

然後我打電話到牧村拓家。是星期五來接的，他立刻爲我轉接牧村拓。我把大致經過情形向他說明。雪在夏威夷相當放鬆，也沒有什麼問題。

「很好。」他說。「這完全要感謝你喲。我明天就打電話給雨。對了，錢夠嗎？」

「夠了。還有剩呢。」

「你就隨便用吧。不用在意。」

「我有一件事想請教你。」我說。「關於女人的事。」

「啊，那個啊。」他若無其事地說。

「那到底是什麼樣的組織呢？」

「是應召女郎的組織啊。這一想就知道吧。你總不會跟那個女人玩一整夜的撲克牌吧？」

「不，不是這樣，爲什麼在東京可以買火奴魯魯的女人呢？我想知道那組織。純屬好奇。」

牧村拓考慮了一下。大概是在考慮我好奇心的質吧？「也就是像國際快遞一樣的東西。打電話給東京的組織，託他們說想於某日某時送女人到火奴魯魯的什麼地方。於是那東京的組織便和火奴魯魯有訂契約的組織聯絡，在那時間把女人送到。我在東京付錢，東京扣掉佣金剩下的錢滙到火奴魯魯。火奴魯魯再扣除佣金把錢交給女人。很方便吧。世上有各種組織系統啊。」

「似乎是這樣。」我說。國際快遞。

「對，雖然花錢但很方便。漂亮女人在全世界都抱得到。可以從東京預約。不必到那邊再辛辛苦苦找，而且安全。不會中途冒出個情夫來。還可以用經費報銷。」

「不過能不能告訴我那個組織的電話號碼？」

「這個不行。是絕對祕密的。只接受會員，而要成爲會員則必須經過嚴格的資格審查。必須有錢、有地位和有信用。你是不行的。放棄吧。光是我把這個組織的事告訴你，我已經打破必須嚴守不可向外界洩漏祕密的規則了。我告訴你單純只是好意而已喲。」

我爲那純粹的好意道謝。

「不過是個漂亮的女人吧？」

「是啊，確實沒錯。」我說。

「那很好，我交代過要他們找漂亮女人。」牧村拓說。「叫什麼名字？」

「June。」我說。「六月的 June。」

「六月的 June。」他反覆道。「是白的嗎？」

「白的？」

「白人。」

「不，是東南亞系的。」

「下次去火奴魯魯時我也來試試看。」他說。

因爲其他沒有什麼特別的事情於是我道了謝把電話掛斷。

其次我試著打電話給五反田君。他的電話依然是答錄狀態。我留話說已經回到日本了，希望給我電話。就在做著這些之間天已經黑下來了。我開著 Subaru 到青山路去買東西，然後又到紀伊國屋去買調配好的青菜。或許在長野縣的深山裡有些紀伊國屋出貨專用的調理青菜田也不一定。在廣大的田裡，周圍全圍上鐵絲網也不奇怪。像『大逃亡』影片裡一樣的鐵絲網。設有附機關槍的監視塔也不奇怪。而在那裡對萵苣和芹菜進行某種措施，一定是。超出我們想像之外的非蔬菜性訓練。我一面想著這些一面買青菜、肉、魚、豆腐和泡菜。然後回家。

五反田君沒有聯絡。

第二天早晨我在Dunkin' Donuts吃過早餐後便到圖書館去試著查半個月份的報紙。當然是爲了確認May事件的調查進度情形。我仔細地讀過朝日、每日和讀賣三份報紙，但有關她的事件一行也沒有報導。只有大事渲染地報導選舉的結果、雷夫謙科發言和中學生的不良行爲問題而已。也刊登了Beach Boys因爲音樂上的不妥當爲理由而被取消白宮音樂會的報導。這是錯誤的。如果Beach Boys要因爲音樂上的不妥當而被拒於白宮的話，那麼或許Mick Jagger應該被處三次火刑也不一定了。不過總之我沒找到報紙上有關於赤坂飯店裡一個女人被勒死事件的報導。

然後我又再一連讀了幾本舊週刊雜誌看看。其中之一刊登了一頁有關May的殺人事件報導。標題『赤坂的飯店，美女全裸絞殺事件』，眞差勁的標題。代替照片的是由屍體專門畫家所畫的臉部畫相。因爲屍體照片不可能刊登在雜誌上吧。確實認眞看那張畫中的女人是像May，但那是因爲我一開始就知道那是May才能這樣說，如果沒有任何脈絡可尋就立即要從那張畫看出是May的話，我想恐怕就沒那麼容易吧。確實臉的細部畫得相當像，但最重要的地方卻不像。那張畫並沒有傳達構成她表情主幹的生動地方。那是死的May。活的May是更溫和，而且更強烈地動著的。她不斷抱有希望、幻想，總是在思考著。她是個優雅熟練而豪華的官能性剷雪者。因此可以和我們進行幻想的交易。她可以在清晨，天眞地模倣郭公鳥的啼聲「咕——咕」。但那張畫顯得比實際的May貧乏多了，骯髒多了，我搖搖頭。並閉起眼睛，慢慢地嘆一口氣，看著那張畫時，我可以重新感到May已經死了的事實。某種意義上比看到那張屍體照片時，可以更強烈而眞實地感到那死，或那存在的失落。非常地、完全地，死著。她已經不再回來了。她的生已經被吸進黑暗的虛無中了。想到這裡我心中感到堅硬而乾渴的悲哀。

報導方面也和那張畫一樣是以貧乏而骯髒的文章寫的。赤坂一流飯店中發現一位推定大約二十出頭的年輕女子被用絲襪勒死。女子全裸，身上沒有任何一件可以顯示身分的東西。櫃台登記是假名等等。報導內容和警察告訴我的大體相同。不過也寫了一點我所不知道的事。警察爲這件事正對賣春組織——而且是以一流飯店爲舞台的高級應召女郎組織——展開相關調查，報導最後提到這個。我把舊雜誌放回架子上，在門廳椅子上坐著尋思。

爲什麼他們決定把搜查重心放在賣春呢？有了什麼確實證據嗎？但總不能打電話到警察局把漁夫或文學叫出來，問道對了那件事後來怎麼樣了？我走出圖書館，在附近吃了簡單的午餐，然後在街上漫無目的地散步。走著走著之間說不定會想到什麼好辦法也不一定，但完全不行。春天的空氣茫茫然地沈重，而且讓皮膚癢癢的。到底要想什麼怎麼想才好呢？思緒完全理不淸。我走到明治神宮躺在草地上眺望天空。並試著想想關於賣春的事。國際快遞，我想。在東京下定，在火奴魯魯跟女人睡覺。很系統化。手法俐落、洗練。不骯髒，很商業化。不管多麼可疑的東西只要超越某一點之後，單純的善惡尺度便失去效用了。因爲那自然會產生獨自的獨立的幻想。而且一旦產生幻想之後，就以純粹的商品開始產生機能。高度資本主義從所有的漏洞挖掘出商品來。幻想。那是關鍵字眼。不管是賣春或人身買賣或階級差別或個人攻擊或性倒錯，不管是什麼，只要以漂亮包裝裹起來，按上一個漂亮名字就變成體面商品了。或許不久之後在西武百貨店就可以憑商品目錄預訂應召女郎了也不一定，我想。You can rely on me.

我一面恍惚地望著春天的天空，一面想和女人睡覺。而且可能的話想和札幌的 Yumiyoshi 小姐睡覺。嗯，而且那絕對不是不可能的事。我想像自己把鞋子卡進她公寓門縫之間——像那個陰鬱的刑警一樣——讓門關不上的樣子。並且這樣說：「妳必須跟我睡覺。應該這樣。」然後我就跟她睡了。我很溫柔地，像解開禮物絲帶一般脫掉她的衣服。脫掉大衣、拿掉眼鏡、脫掉毛衣。衣服脫掉之後卻變成May。「咕——咕」May說。「我的身體很棒吧？」

我正要回答時天卻很快亮了。而且身旁有奇奇在。奇奇的背上五反田君的手指正優雅地爬行著。門打開來雪出現。於是她目擊我和奇擁抱的情景。那不是五反田君而是我。手指是五反田君的。但正在和奇奇性交的是我。「我不相信。」雪說。「眞的無法相信。」

「不是這樣。」我說。

「這是怎麼回事啊？」奇奇反覆道。

白日夢。

狂野而雜亂的無意義的白日夢。

不是這樣，我說。我想睡的對象是Yumiyoshi小姐呀。但不行。太混亂了。連繫的結糾纏不清。首先必須把這糾結想辦法解開。不這樣的話我無從著手去做。

我走出明治神宮，到原宿一條巷子裡咖啡很美味的店裡喝了濃咖啡。然後悠閒地走回家。

傍晚前五反田君打電話來。

「喂，現在不太有時間。」五反田君說。「今天晚上可以見面嗎？八點或九點，那個時間？」

「可以呀。因爲我完全空閒。」我說。

「吃點東西，再喝點酒。我去接你。」

我整理皮包收集旅行時的收據，把要向牧村拓報帳的和由我自己付的分開來。餐費的一半和租車費由他來付應該可以吧。然後還有雪個人買的東西（衝浪板、收錄音機、游泳衣、等等）。我把明細記在便條紙上，放進信封、剩下的旅行支票在銀行換回的現金也放在一起整理好，以便隨時可以寄出。這種事務處理我做得非常迅速又確實。並不是特別喜歡事務作業。沒有人會喜歡做這種事。我只是單純討厭把錢的事搞得混亂不清。

精算結束後，我把菠菜用開水燙熟，和小白魚乾拌一拌，輕輕灑一點醋，以這個當下酒菜，喝麒麟黑啤酒。然後試著慢慢重讀好久沒讀了的佐藤春夫的短篇。說不上怎麼樣的很舒服的春夜。夕暮的藍色像被刷毛層層塗染過一般，一層又一層地變深，變成夜的黑暗。書看累了便聽 Istomin-Stern-Rose 三人演奏舒伯特作品一〇〇的三重奏。我從很久以前，一到春天就常聽這張唱片。我感覺春夜所包含的某種哀愁，好像和這曲子的調子互相呼應似的。好像連胸中都被藍色溫柔的黑暗所染遍了似的，春夜，而一閉上眼睛時，在那黑暗深處則朦朧地浮著白色的人骨。沈入深深的虛無之中，骨如同記憶般堅固，在我眼前。

32

五反田君在八點四十分開著那輛瑪莎拉蒂來。車子停在我公寓前面，瑪莎拉蒂非常像停錯地方的樣子。那不能怪誰。某種東西就是宿命性地不配某種東西。那巨大的賓士車完全不配，瑪莎拉蒂也還是不配。沒辦法。每個人各有不同的生活模式。

五反田君穿著極普通的V字領毛衣，極普通的藍色扣領襯衫，極普通的棉長褲。但他依然很醒目。和 Elton John 穿著紫色外套橘紅色襯衫高高跳起一樣地醒目。他敲了我的門，我打開門他便咧嘴笑著。

「要不要進來一下？」我試著邀他。因爲他好像想看我的房子似的。

「好啊。」他有點害羞地微笑著說。那微笑感覺好得令人不禁想說如果你喜歡的話可以住一星期也沒問題。雖然是狹小的房子，但那狹小似乎給他一種感動。「好懷念」他說。「從前我曾經住過這種房子。還沒賣掉的時候。」

我想如果是別人這樣說的話聽起來或許會覺得有厭惡感，但由他說來卻覺得像是眞心的讚美。

要簡單說明的話，我的公寓房子可分爲四個部分。廚房、浴室、客廳、臥室。都相當狹小。廚房與其說是房間不如說是稍寬的走廊比較接近事實吧。一放下細長的餐具橱和兩人用的餐桌後，就什麼也進不去了。臥室也一樣，被牀、衣橱、工作桌佔滿了。客廳勉強保持一些空間。因爲這裡幾乎什麼也沒放。書櫃、唱片櫃、小音樂組合，這樣而已。既沒有椅子、也沒有桌子。有兩個馬利美可的大墊子，用那靠著牆還相當舒服。需要桌子時則從壁橱裡拿出折疊式寫字桌來。

我教五反田君如何使用墊子，並把桌子擺好，拿出黑啤酒、玻璃杯和菠菜做的下酒菜。並重新放一次舒伯特的三重奏。

「很棒。」五反田君說，好像並不是客套話，而是眞的這樣想的樣子。

「我再做一點別的小菜。」我說。

「不麻煩嗎？」

「不煩惱。很簡單哪。一下子就好。雖然不是什麼大不了的菜，不過下酒程度我想我還可以做。」

「我在旁邊看可以嗎？」

「當然。」我說。

我做了長葱和梅肉的涼拌上面灑些柴魚乾，做了海帶芽和蝦子的醋泡菜，山葵漬和蘿蔔泥加切細的魚肉山芋片涼拌，橄欖油和大蒜加少量義大利臘腸和馬鈴薯切絲一起炒，小黃瓜切細做成即席泡菜。昨天做的煮羊栖菜還剩一些，也有豆腐。香料加了大量的生薑調味。

「太棒了。」五反田君嘆息地說。「眞是天才。」

「很簡單哪。每一種都不麻煩。習慣的話立刻做得出來。主要是，看現成有什麼東西能夠拼湊出什麼來。」

「眞是天才。我就實在沒辦法。」

「我卻眞的學不來牙醫的樣子。每個人各有不同的生活方式。Different Strokes for different folks.」

「眞的。」他說。「嘿，今天就別出去了，好想在這裡放鬆一下。沒關係吧?」

「我沒關係呀。」

我們一面喝著黑啤酒，一面吃著我做的小菜。啤酒喝完之後便喝 Cutty Sark。並聽 Sly and the Family Stone 的唱片，也聽 Doors, Stones, Pink Floyd。還聽 Beach Boys 的『Surf's Up』。六〇年代式的夜。還聽 The Loving Spoonful, Three Dog Night。如果有個認眞的太空人在那裡的話一定以爲這是 Time Warp 吧。

雖然外星人沒來。但十點過後卻淅瀝淅瀝地開始下起雨來了。溫柔而安靜的雨。從屋簷滴落的雨聲只不過是好不容易才辨認得出那存在似的雨。像死者般安靜的雨。

夜深後我停止放音樂。我的公寓牆壁並不像五反田君的大厦那麼堅固。過了十一點再放音樂便有人會來抱怨。音樂停了之後我們便一面聽著雨聲一面談死者的事。May 的事件調查自從上次以來好像沒有什麼進展，我說。我知道，他說。他也從報紙和雜誌檢查著調查的進展情形。

我打開第二瓶 Cutty Sark，喝那第一杯時，我們爲 May 而舉杯。

「警察正以應召女郎組織爲調查對象。」我說。「而且我想大概掌握到了什麼了吧。所以或許會有可能從那邊觸及你這裡也不一定噢。」

「有可能噢。」五反田君輕輕皺眉說。「不過我想大概沒問題。我也有點擔心所以打電話向事務所的人探聽了一下。雖然那個組織說絕對守祕密，但那眞的確實嗎。於是聽說政治關係也介入相當深。上面有幾個政治家牽涉在裡面。所以那個組織就算警察要查也查不到內部吧。沒辦法進去。而且我們事務所也有一點政治力量。因爲擁有幾個大明星，所以自然也擁有這些。黑道方面也有連繫。所以不管怎樣總可以適當壓住吧。對事務所來說我也是搖錢樹，所以這些事當然會擋吧。如果我被捲進醜聞裡，失去商品價値的話，傷腦筋的可是事務所啊。因爲事務所對我投下不少資本。當然如果那時候你把我的名字說出來的話，就和這些無關，我必然已經被扯出來了。畢竟你是唯一的直接連繫呀。那麼就沒有工夫動用政治力。不過已經不用擔心。剩下的變成組織和組織之間力量關係的問題了。」

「好髒的世界。」我說。

「眞的。」五反田君說。「眞髒。」

「髒兩票。動議採用。」

他點頭。然後微笑。「對，髒兩票。誰也沒爲被殺的女人想。只爲自己的保身。當然包含我在內。」

我到厨房去補充冰塊、把餅乾和乳酪拿出來。

「有一件事想拜託你。」我說。「請你打電話給那個組織爲我問一件事好嗎？」

他以手指抓抓耳垂。「想知道什麼？如果是跟那事件有關的不行。他們什麼也不會說。」

「跟那件事無關。我想知道火奴魯魯應召女郎的事。我聽說透過那個組織可以買國外的應召女郎。」

「聽誰說的？」

「沒有名字的，某個人。我想像那個男人說的組織和你說的組織大概是同一個吧。沒有地位、信用和金錢是不能進那個俱樂部的。所以據說我是連腳尖都不能接近的。」

五反田君微笑了。「我聽過有組織確實可以打一通電話就能在國外買到女人。我沒試過。不過可能是同一個組織吧。那麼，你想知道關於火奴魯魯應召女郎的什麼事？」

「我想知道有沒有一位叫 June 的東南亞系女孩子。」

五反田君考慮了一下。但沒有再多問什麼。便把手册拿出來把女孩的名字寫上。

「June。姓呢？」

「好了，應召女郎吔。」我說。「只有 June。六月的 June。」

「知道了。明天我聯絡看看。」他說。

「我會記得你的恩惠。」我說。

「不用了。跟你爲我做的事比起來這眞是小事一樁。不要介意。」他把姆指和食指尖端連起瞇細了眼睛。

「對了，你到威夷是一個人去的嗎？」

「沒有人會一個人去夏威夷。當然是跟女孩子兩個人去。非常漂亮的女孩子噢。不過才十三歲。」

「跟十三歲的女孩子睡了嗎？」

「怎麼可能。連胸部都還沒怎麼長大的孩子噢。」

「那麼兩個人到夏威夷去做什麼呢？」

「教教餐桌禮儀，解釋性慾的形成，說說喬治男孩的壞話，看看『E. T.』之類的。」

五反田君看了我的臉一會兒，然後上唇和下唇稍微錯開地笑著。「眞怪。」他說。「你做的事總是眞的很怪。

爲什麼呢？」

「爲什麼噢？」我說「我也不是特別喜歡才去做的。只是事態往那個方向發展。和May的時候一樣。那也不能怪誰。不過竟然會演變成那樣。」

「嗯。」他說。「不過夏威夷愉快嗎？」

「當然。」

「曬得很黑。」

「當然。」

五反田君喝著威士忌，吃著餅乾。

「你不在的時候我又跟以前的太太見過幾次。」他說，「我們處得很好。說起來很奇怪，不過跟太太睡覺眞好。」

「我瞭解你的心情。」我說。

「你也跟分手的太太見面看看怎麼樣？」

「不行。她已經馬上跟別人結婚了。我沒說過嗎？」

他搖搖頭。「沒聽說。不過那眞遺憾。」

「不，那樣比較好。並不遺憾。」我說。那樣比較好。「不過，你跟你太太怎麼打算呢？」

他搖搖頭。「絕望了。絕望。除此以外我想不到別的形容法。怎麼想，都沒有結果。我們現在處得再好不過了。悄悄地約會，到不會被認出臉的汽車旅館去睡覺。我們兩個在一起彼此都能安心地鬆一口氣。跟她睡覺很棒噢，就像剛才說過的那樣。什麼都不用說就能心意相通。彼此瞭解。比結婚的時候瞭解更深。我們相愛，正確地說。但是這種事情並不能永遠繼續下去。在汽車旅館悄悄約會眞的很耗神。終有一天會被大衆傳播媒體曝露出來。如果一曝露就變成醜聞。那麼他們會把我們啃到骨頭爲止。不，連骨頭都不剩也不一定。我們是在渡著危橋噢。非常疲倦。我要的不是這樣。我希望能走出明亮的地方跟她兩個人好好過正常生活。這是我的希望。一起悠閒地吃飯、散步。也想生孩子。但這些是不可能的要求。我絕對無法跟她的家人恢復交情。他們做得太絕，我也把想說的難聽話說盡了。已經不能復原了。雖然她如果能跟家人斷絕往來是最簡單的，但這她做不到。雖然她的家人很糟糕，徹底在利用她。她也知道。但卻無法斷絕。我太太跟那家族就像連體嬰一樣緊緊連在一起。分不開。沒有出口。」

五反田君咔啦咔啦地搖轉著玻璃杯中的冰塊。

「眞是不可思議啊。」他微笑著說。「只要我想要的東西大體都能得到，但眞正想要的東西卻得不到。」

「事情就是這樣吧。」我說。「我的情況則是能得到的東西很有限，所以不太能說什麼。」

「不，不是這樣。」五反田君說。「你的情況只是你不太有什麼物慾吧。也就是比方說，瑪莎拉蒂啦，或麻布區的大廈之類的你想要嗎？」

「我想並沒有那麼想要吧。因爲目前沒有必要啊，有 Subaru 和這小公寓我就可以過得相當滿足了。雖然說滿足或許誇張了一點，不過這跟我身分相當，也輕鬆，沒什麼不滿。不過以後如果有那必要，大概會想要吧。」

「不，不對。所謂必要並不是這種東西。不是自然產生的東西。那是人爲作出來的東西。例如，對我來說房子在什麼地方都無所謂。不管在板橋也好，龜戶也好、中野區都立家政學校旁也好，眞的什麼地方都可以。

只要有屋頂，可以滿足地生活就行了。但事務所的人卻不這麼想。你是明星所以要住在港區。於是擅自幫我找了麻布的大厦。眞無聊。港區到底有什麼？有服飾店老闆經營的又貴又難吃的餐廳，難看的東京塔和到早上都還不睡覺沒事亂逛莫名奇妙的傻女人，這些而已。瑪莎拉蒂也是這樣。我只要 Subaru 就好的。就夠了。就很會跑了。在東京的道路上瑪莎拉蒂有什麼用？簡直呆。但事務所的傢伙卻找來這種車子。說什麼明星不能開 Subaru 或藍鳥或可樂娜。於是開瑪莎拉蒂。雖然不是新車，但也相當貴。在我之前是哪個演歌歌手開的。」

他在冰塊已經溶解的玻璃杯裡注入威士忌喝一口。然後皺一下眉。

「我所住的是這樣的世界。只要能擁有港區的房子、歐洲車和勞力士人家就認爲你是一流的。眞無聊。沒有任何意義。也就是，我想說的是，所謂必要是這種被人爲作出來的東西。不是自然產生的東西。是被捏造出來的。沒有必要的東西，卻給你是必要東西的幻想。很簡單喏。只要不斷地製造這種資訊就行了。說住就要住港區、車子要BMW、手錶要勞力士。不斷不斷地反覆送出這樣的訊息。這麼一來大家便打腦子裡相信了。住就要住港區、車子要BMW、手錶要勞力士。有一種人就認爲能得到這種東西便是差異化的達成。認爲這樣就與衆不同了。卻沒發現由於這樣結果卻變成大家都一樣。缺乏想像力。那種東西只不過是人爲的資訊。只不過是幻想。我對這些徹徹底底感到厭煩。對自己的生活感到厭煩。我想要過更平常的生活。但不行，我被事務所整個壓制住了。好像展示衣服的傀儡一樣。因爲還有貸款，所以一句都不能抱怨。就算我說想要這樣。誰也不聽我的。住在港區的豪華大厦、開瑪莎拉蒂、帶 Patek Philippe 手錶，和高級應召女郎睡覺。某種人大概會覺得這樣眞令人羨慕。但是，那並不是我們所求的東西。我所求的是，只要繼續這樣生活便無法得到的東西。」

「例如愛。」我說。

「對，例如愛。還有平穩。健全的家庭。單純的人生。」五反田君說。然後把手在臉前面合起來。「嘿，你懂嗎？只要我伸手想得到什麼便可以得到什麼。不是我自誇。」

「我知道。你完全沒有自誇。而是眞的。」我說。

「只要我想做，什麼都做得到。我曾經擁有所有的可能性。我也曾經有過機會。有過能力。但結果我卻變成只是個傀儡人形。跟半夜在那邊閒逛的女人大多可以簡單地上牀。不是我說謊，眞的可以。但卻不能跟喜歡的女人在一起。」

五反田君似乎相當醉了。雖然臉上表情完全沒有改變。但比平常變得有點饒舌。不過我不是不能瞭解他想喝醉的心情。因爲時鐘已經繞過十二點了，於是我試著問他時間是不是沒問題。

「嗯，明天中午以前沒工作。所以可以慢慢來。會不會打擾你？」

「我沒問題。依然沒有任何事做。」我說。

「讓你陪我眞不好意思，不過我除了你就沒有談話對象了。眞的噢，跟誰都談不來。如果我說我不想開瑪莎拉蒂想開Subaru的話，大家大概以爲我瘋了。而且搞不好還會把我送去精神醫生那裡。很流行噢。去看精神科醫生。無聊。演藝人員專門的精神科醫生就像是嘔吐掃除專家一樣。」他閉了一會兒眼睛。「不過我到這裡來好像又一直在發牢騷啊。」

「無聊，大概說了有二十次左右。」我說。

「眞的嗎？」

「如果說得不夠的話可以繼續說更多沒關係喲。」

「已經夠了。謝謝。讓你老是聽牢騷眞抱歉。不過我身邊圍著的，全都是全都是全都是些無聊的乾狗屎一樣的東西。純粹令人噁心。純粹絕望的噁心已經湧上喉頭了。」

「吐出來就好了。」

「無聊的傢伙在你周圍蠢動著啊。」五反田君好像要吐掉似地說。「好像是吸了都會的慾望而活著的吸血鬼般的傢伙。當然並不是所有的都那麼糟。其中也有不少正常人。但糟糕的傢伙太多了。光是嘴巴靈光要領很好的傢伙。能夠利用地位得到金錢和女人的傢伙。這些有象無象吸取著世界的慾望汁液而肥肥地胖起來。又醜又肥，而且作威作福。我活著的是那樣的世界。雖然你或許不知道，不過糟糕的人眞的很多噢。我有時候也不得不跟這些傢伙喝酒。那種時候我就必須不斷地這樣說給自己聽。喂，火大了也不能把人家勒死噢，這些傢伙，殺掉也只有白費力氣而已。」

「用金屬棒敲死如何呢？勒死太花時間了。」

「正論。」五反田君說。「不過可能的話我寧可勒死。一瞬間就殺死未免太可惜了。」

「正論。」我說著點頭。「我們正在互相說正論。」

「眞的——」他欲言又止地閉上嘴吧。並嘆一口氣，又把手合在臉前面。「清爽多了。」

「很好。」我說。「像『國王的耳朵是驢子耳朵』一定要挖個洞來怒吼啊。只要能說出口就會舒服多了。」

「完全對。」他說。

「要不要吃茶泡飯？」

「謝謝。」

我煮了開水，用海苔、梅子乾和山椒做了簡單的茶泡飯。於是兩個人便默默吃。

「以我的眼睛看來，你還滿會享受生活的樣子啊？」五反田君說。

我靠著牆壁聽了一會兒雨聲。「某些部分大概是吧。也許是享受吧。但絕不算是快樂。正如你欠缺某種東西一樣，我也欠缺某種東西。所以沒辦法過正常生活。只是繼續踏著舞步而已。因爲身體已經記得舞步了，所以可以繼續跳下去。也有人佩服我。但在社會性方面我是完全的零。三十四歲了既沒結婚，也沒有正常的固定工作。只是過一天算一天。連國民住宅貸款都貸不到。現在連睡覺的對象都沒有。再過三十年後你想會變成怎樣？」

「總會有辦法的。」

「也許吧。」我說。「也許會。也許不會。誰也不知道。大家都一樣啊。」

「不過現在我連某些部分都無法享受。」

「雖然也許是這樣，但你做得非常好。」

五反田君搖搖頭。「做得很好的人會這樣沒完沒了地發牢騷嗎？而且這樣給你添痲煩嗎？」

「也有這樣的時候。」我說。「我們是在談有關人的事噢。不是在談等比級數的事。」

一點半時五反田君說差不多該回去了。

「在這裡住下來也可以呀。有客用棉被，天亮後我也會爲你做美味的早餐。」我說。

「不了，你這麼說我很感謝，不過酒也醒了，還是回家去。」五反田君搖了幾次頭說。確實好像酒醒了似的。「對了，有一件事想拜託你，雖然是有點奇怪的事。」

「沒關係，你說說看。」

「很抱歉，如果方便的話你的 Subaru 可以暫時借我一段時間嗎？我把瑪莎拉蒂留下來代替。說眞的，我跟太太祕密約會開瑪莎拉蒂有點太招眼了。到哪裡，人家一看見那車子立刻就知道是我。」

「Subaru 借你多久都行。」我說。「隨便你開好了。我現在沒有做事所以不太用車子。借給你完全沒關係。不過說眞的，你那時髦的超級車代替留下來實在很傷腦筋。因爲我用的是月租的停車場，夜間會被人家怎麼惡作劇都不曉得。而且駕駛的時候如果出個什麼狀況把車子碰出瑕疵的話我可賠償不起。沒辦法負責。」

「沒關係，這些全部事務所會處理。有保險理賠。你弄出瑕疵來也有保險可以賠。不用擔心。心血來潮的話把它拋進海裡也可以。眞的可以喲。那麼下次就會買法拉利。有個黃色小說作家想賣法拉利呢。」

「法拉利。」我說。

「我知道你想說什麼。」他笑著說。「不過請你放棄吧。也許你想像不到，但是在我們的世界有品味就活不下去了。在那裡所謂『有品味的人』就是『彆扭的窮人』的同義語。只有讓人同情而已。誰也不會誇獎你。」

結果五反田君開著 Subaru 回家了。我把他的瑪莎拉蒂開進停車場。敏感而有攻擊性的車子。反應敏銳，力量大。一踩油門好像就會飛上月球似的。

「不用這麼拚命好嗎？放輕鬆一點。」我拍拍儀表板，以明朗的聲音說給瑪莎拉蒂聽。但瑪莎拉蒂好像根本不太聽我的話。車子也會看對方的臉。要命。我想。瑪莎拉蒂呀。

33

第二天早晨，我到停車場去看瑪莎拉蒂的樣子。因爲擔心夜間會不會有人惡作劇，或被偷了。但車子平安無事。

平常Subaru停的地方卻停放著瑪莎拉蒂，這有點奇怪。我坐進車子裡把身體沈進座椅看看，但畢竟還是不落實。好像跟一覺醒來卻看見一個沒見過的女人躺在身邊一樣。雖然是個漂亮女人，但和那沒關係只覺得不落實。有點緊張。我的性格是不管什麼都一樣要習慣新的事物還滿花時間的。

結果那天我一次也沒開車。白天裡在街上散步、看電影、買了幾本書。傍晚五反田君打電話來。他爲昨天道謝。沒有什麼值得道謝的，我說。

「對了，關於夏威夷的事。」他說。「我問過組織了。結果啊，嗯，確實可以從這邊預約火奴魯魯的女人。眞方便的世界。簡直像火車站旅遊服務的綠色窗口一樣。抽煙，還是不抽煙？這樣。」

「眞的是。」

「結果，我也問過關於叫 June 的女孩。我說我有個朋友經由你們介紹叫做 June 的女孩，說是非常好叫我也試試看，我問可以預約那個女孩嗎？是叫做 June 的東南亞系的女孩。花了一些時間查。據說他們其實是不會這樣一一爲客人做的，不過因爲是我所以才特別幫忙。不是我自誇，因爲是常客。可以勉強要求。眞的查出來了。說確實有 June 這個女孩。是菲律賓人，不過她在三個月前就不見了，已經不做了。」

「不見了？」我反問道。「辭掉了嗎？」

「喂，少來了。再怎麼樣也不可能幫我們查到那個程度吧。應召女郎是經常會出出入入的。不可能一一追蹤調查吧。她辭掉了，已經不在這裡了，只有這樣噢。很遺憾。」

「三個月前？」

「是三個月前。」

不管怎麼想都得不到結論，我道過謝掛上電話。

然後又到街上散步。

June 三個月前不見了。但她確實在兩星期前還跟我睡覺。連電話號碼都留給我了。沒有人接的電話號碼。不可思議，我想。這麼一來已經變成三個應召女郎了。奇奇、May 和 June。都消失了。一個被殺、兩個失蹤。都像被吸進牆壁裡一樣悄然消失了。而且都和我有過關係。她們和我之間存在著五反田君和牧村拓。

我走進喫茶店用原子筆在手冊上試著畫出我周圍的人際關係圖。相當複雜的關係。像第一次世界大戰開戰前的列強關係圖一樣。

關係圖→

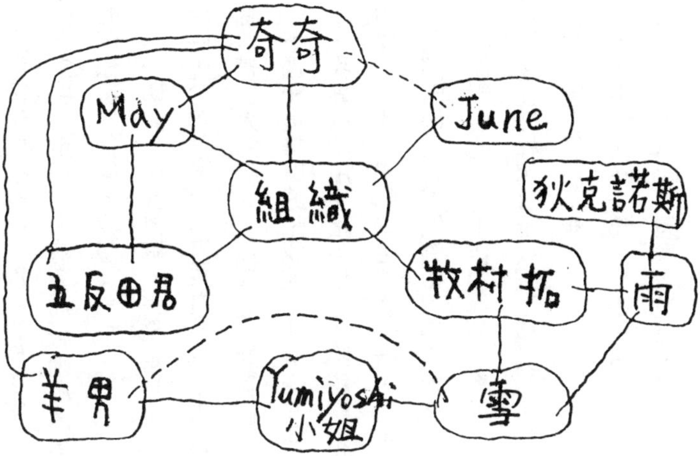

我半佩服，半厭煩地繼續望著那張圖一會兒，但再怎麼看都想不到什麼創意來。三個消失的妓女和一個明星和三個藝術家和一個美少女和神經質的飯店櫃台小姐。怎麼善意地看都稱不上是正常的交遊關係。像艾佳莎克莉斯蒂的小說一樣。

「我明白了，管家就是犯人。」我試著說說看。但誰也沒有笑。不好玩的笑話。

老實說我已經沒轍了。不管怎麼循著線索追查，只有更糾纏不清而已。完全理不出頭緒。最初只有奇奇、May和五反田君。而現在居然加上牧村拓和June的線。而且奇奇和June不知道在什麼地方連繫著。June留下的電話號碼和奇奇留下的電話號碼是同一個號碼啊。連繫關係繞著一個圓圈。

「這很困難哪，華特生醫師。」我朝著桌上的煙灰缸說。當然煙灰缸什麼也沒回答。因爲煙灰缸很聰明，不想和這種事情扯上一點關係。煙灰缸和咖啡杯和糖罐和帳單，全都很聰明。誰也沒回答。裝作沒聽見的樣子。只有我一個人是傻瓜。每次都跟一些怪事扯上關係。而且每次都搞得累得要命。舒舒服服的美好春宵，卻連個約會對象都沒有。

我回到公寓試著打電話給 Yumiyoshi 小姐。但 Yumiyoshi 小姐不在。說是今天上早班已經下班了。也許是去上游泳班的夜晚吧。而我正像平常一樣嫉妒著游泳班。我嫉妒像五反田君一樣感覺良好的英俊教師正牽著 Yumiyoshi 小姐的手在溫柔地教她游泳法的光景。我爲了 Yumiyoshi 小姐一個人，而憎恨從札幌到開羅的全世界的游泳班。狗屎，我想。

「一切的一切都無聊。完全是狗屎。乾癟的狗屎。純粹噁心。」我學著五反田君說出聲看看。雖然完全沒有期待，不過實際說出聲音看看後，不可思議地心情稍微變好了一點。五反田君如果能當宗教家也不錯，我想。早晚他帶著大家唱。「一切的一切都無聊。完全是乾癟的狗屎。純粹噁心。」也許很受歡迎也不一定。

不過和這無關的是我非常想見 Yumiyoshi 小姐。我好懷念她那有點神經質的說話方式和精神抖擻的一舉一動。我喜歡她用手指尖頂一下眼鏡樑架的模樣，悄悄溜進房間來時一本正經的表情，脫掉外套在我身旁坐下時的樣子。我一想起她這些姿勢時，心情可以多少變得溫暖些。我被她身上所擁有的某種筆直的東西所強烈吸引。我們兩個人是否能夠順利相處呢？

她從飯店的櫃台工作中找到了樂趣，每週又有幾天晚上要上游泳課。而我在做剷雪工作，喜歡 Subaru 車和老唱片，在好好用餐上找到了極其微小的樂趣似的東西。這樣的兩個人，或許能夠順利相處，或許不能。資料太貧乏，完全無法預測。

她如果跟我在一起，是不是有一天終究還會受傷呢？正如已經分手的妻預言的那樣，跟我扯上關係的女人全都最後會受傷呢？因爲我是只考慮自己的人，沒有資格去喜歡別人嗎？

不過我在想著 Yumiyoshi 小姐的事之間，竟然想立刻搭飛機飛到札幌去。而且緊緊擁抱她，或許資料是不足，但總之我想說我喜歡妳喲。但，不行。在那之前我必須把連繫的結整理好。我不能半途而廢地把事情丟下不管。如果這樣的話，這種半途而廢會滑溜溜地一直延續到下一個階段去。不管到哪裡，一切事物都會染上半途而廢的陰影。而那不是我的理想世界裡該有的方式。

問題在奇奇。對，奇奇是一切的中心。她以各種形式想和我連繫上。從札幌的電影院到火奴魯魯的市區，她像影子般從我前面快速掠過。而且她似乎想要向我傳達什麼訊息。那是很明顯的。但那訊息則太暗示性了，我無法理解。奇奇到底在對我要求什麼呢？

我到底該怎麼做才好呢？

但我不知道該怎麼做才好。

總之只好等待了。

只好等待什麼來到。每次都這樣。一籌莫展的時候，沒有必要慌張地蠢動。安靜等的話，就會發生什麼。就有什麼會來到。一直定睛注意等著看在微亮中有什麼開始移動就好了。從經驗中我學到了這個。什麼時候那一定會動。如果那是必要的東西的話，那一定會動。

好，我慢慢等吧。

♪ ♪ ♪ ♪

我隔幾天便和五反田君見面喝酒，吃東西。過一段時間後和他見面逐漸變成我習慣的一部分了。每次見面時他就爲Subaru車借了還一直沒還而道歉。沒問題，不用介意，我說。

「你還沒把瑪莎拉蒂拋進海裡嗎？」他問。

「很遺憾沒時間到海邊去。」我說。

我和五反田君並排坐在酒吧櫃台喝著伏特加tonic。他喝的速度比我快一點點。

「不過，眞的拋進去的話一定很痛快吧。」他嘴唇輕輕接觸著玻璃杯邊緣說。

「確實心裡會舒解吧。」我說。「不過瑪莎拉蒂去了馬上法拉利又來了啊。」

「那也順便拋進海裡。」五反田君說。

「法拉利之後是什麼呢？」

「是什麼噢？不過如果拋太多的話，保險公司會抱怨吧。」

「不用去理會保險公司的事。把膽子放大一點。反正這都是空想啊。兩個人喝著酒所做的空想。跟你經常演的低預算電影不一樣。空想是不必預算的。中產階級式的擔心這時候不妨忘掉。不要介意細小事情乾脆豪放地豁開吧。管他Lamborghini、Porsche或Jaguar，什麼車都可以呀。只要把它拋進海裡就好了。不用客氣。海又深又廣。可以容納幾千輛。動一下想像力呀，你。」

他笑著。「跟你談話心裡好舒服。」

「我也好舒服。因爲是別人的事，別人的想像力。」我說。「對了，最近跟太太處得好嗎？」

他啜著伏特加tonic，並點點頭。外面正下著雨，餐廳很空。除了我們兩個人之外沒有別的客人，酒保沒事做因此正在擦著酒瓶。

「處得很好啊。」他安靜地說。並彎著嘴唇微笑。「我們相愛著。我們的愛因離婚而確認、加深。怎麼樣，很羅曼蒂克吧？」

「羅曼蒂克，令人昏倒。」

他吃吃地笑。

「不過是眞的噢。」他一本正經地說。

「我知道。」我說。

♪ ♪ ♪ ♪

我和五反田君見面時大概就這樣子聊天。我們一面輕鬆地打趣一面相當認眞地談著。那是不斷需要開玩笑的認眞話題。雖然大多不是很高明的笑話，不過並不成問題。總之只要是笑話就行了。那只不過是爲了說笑而說的笑話。我們只是需要笑話這共通認識而已。至於我們有多認眞，只有我們自己才知道。我們都是三十四歲。那和十三歲意思又完全不一樣，都是非常困難的年齡。兩個人都對上年紀這件事的眞正意思開始逐漸有了一點認識。我們正面臨對這個非要開始做某種程度準備才行的時期。在冬天將來臨之前必須確保可以保暖的東西。他把這以簡潔的語言表現出來。

「愛。」他說。「我所需要的是這個。」

「令人感動。」我說。但我也同樣需要這個。

五反田君沈默了一會兒。他默默思考著有關愛。我也同樣思考著這個。我想了一下 Yumiyoshi 小姐的事。並忽然想起她在那個下雪的夜晚喝了五杯或六杯血腥瑪麗的事。她喜歡血腥瑪麗。

「我跟太多女孩子睡過了。已經不需要了。跟多少人睡都一樣啊。做的事是一樣的。」五反田君停一會兒說。「我想要的是愛。嘿，我把非常重大的事情向你坦白。我想睡的只有我太太。」

我啪吱地弄響手指。「不得了。簡直像神的旨意似的。閃著光輝。應該召開記者招待會啊。並宣言『我想睡的對象只有我太太』大家都很感動。搞不好還會受到總理大臣表彰也不一定呢。」

「不，說不定能獲得諾貝爾獎呢。因爲向世界宣言『我想睡的對象只有我太太』呀。不是普通人可以輕易做到的。」

「不過要領諾貝爾獎必須穿大禮服啊。」

「什麼都可以買呀。都可以用經費報銷。」

「太帥了。簡直是神的旨意。」

「得獎感言在瑞典國王御前發表。」五反田君說。「各位女士、先生，我現在想睡的對象只有我太太。一陣感動的暴風雨，雪雲破裂太陽露面。」

「冰雪溶解，海盜平伏，美人魚歌聲揚起。」

「令人感動。」

我們再度沈默下來，各自暫時思索著各自的愛。關於愛該思考的事很多。招待 Yumiyoshi 小姐到家裡來時必須預先準備伏特加酒、番茄汁和 Lee & Perrins 和檸檬才行啊，我想。

「不過，或許你什麼獎也領不到也不一定。」我說。「也許只會被人家認爲是變質者也說不定。」

五反田君對這個想了一下。然後慢慢點幾次頭。

「是啊，有這可能。我所說的是性的反革命。或許會被激動羣衆踢死也不一定。」他說。「如果是那樣的話我就變成性的殉道者了。」

「第一個變成性的殉道者的演員。」

「但死了之後就再也不能跟太太睡覺了。」

「正論。」我說。

於是我們又默默喝了一會兒酒。

就這樣我們談了很認眞的事。如果旁邊有人在聽著的話，或許會以爲我們全都在開玩笑。不過我們是再認眞不過了。

他一有空就打電話到我這裡來。然後決定到什麼地方的餐廳去，或到我家來吃飯，或到他家去。就這樣日子流逝著。我下定決心不做一切工作。工作變成怎麼樣都可以了。沒有我，世界還是照樣前進著。而我則一直在等著什麼事情發生。

我把剩下的錢和旅行中用掉的收據郵寄到牧村拓的地方。立刻星期五便打電話來。錢請再多拿一些，他說。

「先生也說這太過意不去了，我也很傷腦筋。」星期五說。「這件事交給我來辦好嗎？這絕對不會增加你的負擔。」

一問一答也覺得嫌麻煩，因此我說，好吧，這次的事情總之就依你們高興去做吧。牧村拓立刻寄三十萬圓銀行支票來。裡面有收據，上面寫著『調查採訪費』。我在收據上簽名蓋章，再郵寄回去。什麼都是以經費報銷。令人感動的世界。

我把那三十萬圓支票裝進相框裡擺在桌子上。

♪ ♪ ♪ ♪

連休來臨，又過去了。

我和 Yumiyoshi 小姐通過幾次電話。

談多久時間，由她決定。有時候談很久，有時候她說「現在很忙」便簡單地掛斷了。有時候長時間一直沈默著，有時候會突然咔鏘地掛斷。但總之透過電話，我和她能夠談話了。我們逐漸一點一點交換著資料。有一天她告訴我她家的電話。這是確實的進步。

她每週兩次，去上游泳課。她每次提起游泳班的時候，我的心便像無邪的高中生般抖顫、受傷，心情變得暗淡下來。我好幾次想要問她有關游泳老師的事。是什麼樣的老師呢？幾歲左右呢？英俊嗎？對她會不會太親切？等等。但卻無法順利問。我怕她會看穿我的嫉妒。「嘿，你在嫉妒游泳班吧？啊，眞討厭，我最討厭這種人了。嫉妒游泳班的人是最差勁的男人。我說的你懂嗎？眞的是最差勁了。我才不要再見到你呢。」我害怕被她這樣說。

所以我對游泳課的事一直沈默著閉口不提。沈默著時我心中對游泳課的妄想便逐漸膨脹起來。上完課後，老師把她留下來單獨施以特別教學。老師當然是五反田君。他把手放在 Yumiyoshi 小姐的胸部和腹部讓她練習自由式。他的手指撫摸著她的乳房，接觸她的大腿。不過妳不要介意，他說。

「不要介意喲。」他說。「我想睡覺的對象只有我太太喲。」

於是他牽起 Yumiyoshi 小姐的手來，握住自己勃起的陰莖。在水中勃起的陰莖，簡直像珊瑚一樣。Yumiyoshi 小姐非常陶醉。

「沒關係。」五反田君說。「因爲我想睡的只有我太太而已。」

游泳班妄想。

眞傻。但我沒辦法把那從腦子裡趕走。我每次打電話給 Yumiyoshi 小姐時就會爲那妄想而煩惱一陣子。妄想逐漸複雜化，變成有各種人物出場。奇奇、May 或雪會出來。在看著五反田君的手指在 Yumiyoshi 小姐的身上爬行之間，不知不覺 Yumiyoshi 就變成奇奇了。

「嘿，我是個非常平凡而到處可見的人喏。」有一天 Yumiyoshi 小姐這樣說。那天晚上，她非常沒有精神。「跟別人不同的只有名字而已。其他沒有任何不同，只是這樣每天每天在飯店櫃台工作無謂地消耗人生而已。請你不要打什麼電話給我了。我，不是值得你花長途電話費的那種人。」

「不過妳喜歡在飯店工作吧？」

「嗯，喜歡哪。工作本身並沒有任何痛苦。只是我常常會覺得好像快要被飯店呑進去了似的。常常，那種時候，我就會想我到底是什麼？有我沒有我都一樣啊。飯店照樣好好地在那裡。但我卻不在了。我看不見我。我正在喪失中。」

「妳是不是太過於認眞想飯店的事了？」我說。「飯店是飯店，妳是妳呀。我經常想到妳，有時候也想到飯店，但並不能一起想。妳是妳，飯店是飯店。」

「這一點我知道啊。但常常會混亂掉噢。界線變成看不見了。所謂我的這個存在，或感覺或私生活都被拉扯進所謂飯店這個宇宙裡去而消失了。」

「大家都是這樣啊。大家都被什麼拉扯進去，變得看不見界線了。不只是妳，我也一樣噢。」我說。

「不一樣啊，完全。」Yumiyoshi 小姐說。

「是啊，不是完全一樣。」我說。「但妳的心情我很瞭解，我喜歡妳，妳身上有什麼吸引住我。」

Yumiyoshi 小姐沈默了一會兒，電話式沈默之中有她在。

「嘿，我，非常害怕那黑暗。」她說。「我覺得那好像會再來一次似的。」

在電話上聽得見 Yumiyoshi 小姐淅噺淅噺地哭起來的聲音。剛開始我沒聽出那是什麼。但那怎麼想都應該是哭泣聲。

「嘿，Yumiyoshi 小姐。」我說。「怎麼呢？沒問題吧？」

「當然沒問題，只是在哭而已。不能哭嗎？」

「不，沒有什麼不能的。只是擔心妳呀。」

「嘿，你先不要說話。」

我照她的意思沈默著。我一直沈默著時，Yumiyoshi 小姐便不停地哭著然後掛斷電話。

五月七日雪打電話來。

「我回來了。」她說。「現在要不要出去哪裡玩？」

我開著瑪莎拉蒂到赤坂的大廈去接雪。雪一看見瑪莎拉蒂就皺眉頭。

「這部車是怎麼回事？」

「不是偷來的。我的車子掉進泉水裡時，像伊莎貝艾珍妮般的泉水精靈便出來問我『現在掉進來的是金的瑪莎拉蒂，還是銀的 BMW？』我回答不是，我的車子是銅的中古 Subaru。於是……」

「少開無聊玩笑了。」她以認眞的表情說。「人家認眞的問你呀。眞的這到底是怎麼回事？」

「和朋友暫時交換。」我說。「我朋友說無論如何想開我的 Subaru 於是跟他交換。那個朋友有各種理由。」

「朋友？」

「對。也許妳不相信，不過我總也有一個左右的朋友。」

她在車子助手席坐下轉頭看了車子一圈。然後又皺眉。「好奇怪的車子。」她好像很不屑似地說。「像傻瓜一樣。」

「這麼說這車子也說了差不多同樣的話噢。」我說。「雖然表現法有幾分不同。」

她默不作聲。

我便開著車又往湘南方向前進。雪一路上都一直沈默著。我一面小聲播放 Steely Dan 的錄音帶，一面小心翼翼地駕駛著瑪莎拉蒂。天氣非常好，我穿著夏威夷阿羅哈襯衫，戴著太陽眼鏡。她穿著薄棉長褲粉紅色 Raph Laurent 的 Polo 衫。曬黑的皮膚非常配那顏色。感覺簡直就像在夏威夷一樣。我前面有一輛家畜搬運卡車，豬羣從木板柵欄的縫隙間張著紅紅的眼睛一直注視著我們所開的瑪莎拉蒂。豬應該不會知道Subaru和瑪莎拉蒂的區別吧，我想。豬才不知道差異化是怎麼回事呢。長頸鹿也不知道，鰻魚也不知道。

「夏威夷怎麼樣？」我試著問看看。

她聳聳肩。

「跟妳媽處得好嗎？」

她聳聳肩。

「衝浪有沒有進步？」

她聳聳肩。

「妳看起來精神非常好噢。曬黑了好有魅力，看起來簡直像是咖啡加牛奶的精靈一樣。背上裝一對漂亮的翅膀，肩膀貼上湯匙會很配喲。咖啡歐蕾的精靈，如果妳變成咖啡歐蕾的支持者的話，摩卡和巴西和哥倫比亞和克里曼加羅加在一起都絕對敵不過妳。全世界的人都會悄悄喝咖啡歐蕾。全世界都會被咖啡歐蕾的精靈迷住。妳曬得就是這麼有魅力。」

我本來用意是拚命坦白地讚賞她的，但卻毫無效果。她只是聳聳肩。難道是反效果嗎？我的坦白是不是什麼地方歪斜扭曲了呢？

「妳生理來了還是怎麼呢？」

她聳聳肩。

我也聳聳肩。

「我想回去。」雪說。「你迴轉回東京吧。」

「這是東名高速公路噢。就算是 Niki Lauda 也不能在這裡迴轉。」

「隨便從哪裡下去吧。」

我看看她的臉。確實她看起很累的樣子。眼睛失去生氣，視線沈澱著。大概有點變蒼白了吧，由於日曬過臉色還看不出變化。

「是不是到什麼地方休息一下比較好呢？」我問問看。

「不用，我並不想休息。總之想快點回去東京。」雪說。

我在橫濱出口下去，就那樣折回東京。雪說想到外面坐一下，因此我把瑪莎拉蒂停在她家附近的停車場，兩個人在乃木神社的長椅上並排坐下。

「對不起。」雪很稀奇地坦然道歉。「不過我覺得非常不舒服。實在忍不住。因爲不太想說那種事情，所以一直忍耐著。」

「妳沒有什麼需要忍耐的。不必介意。女孩子常常有這種事，我已經習慣了。」

「不是這樣啦！」雪大聲叫。「不是這樣嘛。跟那些不一樣啊。我傷腦筋的是這部車子。因爲坐上這部車子的關係呀。」

「可是，那部瑪莎拉蒂到底什麼地方不好呢？」我問。「絕不是壞車子噢。性能也好，開起來也舒服。雖然確實如果要自己出錢買的話價錢是太高了些。」

「瑪莎拉蒂。」她好像在說給自己聽似地說。「不過車種沒有問題。我不是說車種有問題。問題是**那部**車子啊，那部車子有什麼令人討厭的氛圍。那該怎麼說呢——在壓迫我噢。讓我心情變壞。覺得胸部好像被勒緊胃裡好像有什麼怪東西塞進來似的。感覺簡直像被塞滿棉絮似的。你開著那車子沒有這種感覺嗎？」

「我覺得沒有啊。」我說。「確實我也覺得那部車子有什麼不習慣的地方。但我想那是因為我太習慣 Subaru 的關係吧。所以忽然開別的車子時就不太能適應。這是感情上的問題，不過那跟妳所說的壓迫感大概又不同吧？」

她搖搖頭。「我所說的，不是那樣。是非常特殊的感受噢。」

「妳是指那個？妳每次感覺到的那個——」我想說靈感但沒說。不是吧。該怎麼說才好呢？精神上的感應力？不管怎麼樣，我無法適當地說出口。那感覺簡直像卑猥的事似的。

「對，就是那個。我感覺到了。」雪安靜地說。

「怎麼個感覺法呢？關於那部車子。」我問。

雪聳聳肩。「那如果能夠好好正確說明的話就簡單了。不過不行，因為那並不是以具體形象浮上來。我只能感覺到模糊而不可捉摸的不透明空氣團似的東西而已。感覺很沈重，很討厭的東西。那壓迫著我。有什麼非常不行的事。」雪把雙手放在膝蓋上，找尋著字眼。「我不清楚具體的事，但卻是不行的事。錯誤的事，扭曲的事。在那裡面覺得快要窒息，空氣非常重。簡直像被塞進鉛箱子裡沈進海底下去一樣的感覺。剛開始我還以為是我想太多了所以忍耐著。我想只是因為我才剛旅行回來還很累吧。但並不是這樣。越變越厲害。我再也不想坐那部車子了。你把 Subaru 要回來吧。」

「被詛咒的瑪莎拉蒂。」我說。

「這不是開玩笑說的噢。你也不要太常開那部車比較好。」她以認真的表情說。

「不吉祥的瑪莎拉蒂。」我說。然後微笑。「知道了，我很清楚妳不是在開玩笑。我盡量不開那部車，或者乾脆把它沈進海裡比較好呢？」

「可能的話。」雪以一本正經的臉色說。

雪從震驚到恢復為止的一小時左右，我們坐在神社的長椅上。雪手托著臉頰一直閉著眼睛。我視而不見地望著眼前來來往往的人們影子。下午到神社來的人不外是老人，或帶著小孩的母親，或脖子上掛著照相機的外國觀光客。人數都不多。偶爾有跑外務的業務員似的上班族過來在長椅上坐下。他們穿著黑色西裝，提著塑膠皮包。以焦點煥散的呆滯眼神讓身體休息十分或十五分便又不知去向地走掉了。不用說，這個時刻正常人全都在好好工作著。正常孩子全都好好上學去了。

「妳母親怎麼樣？」我問道。「跟妳一起回來了嗎？」

「嗯。」雪說。「現在在箱根家裡。跟那個獨臂人在一起，正在整理加德滿都和夏威夷拍的照片。」

「妳不回箱根嗎？」

「等我想去的時候，不久後會去。不過現在想暫時住在這裡。因為回箱根也沒什麼特別的事做。」

「這純粹是好奇心，我想問妳一個問題。」我說。「妳說回箱根也沒什麼事可做所以一個人留在東京。但是妳在這邊到底做什麼呢？」

雪聳聳肩。「跟你玩哪。」

暫時沈默。懸在空中似的沈默。

「很棒。」我說。「像神的旨意一樣，單純，並充滿啓示。一直兩個人玩著過日子，簡直像在樂園裡一樣。

我跟妳採著色彩繽紛的玫瑰，在黃金池裡泛舟戲水，爲溫馴的栗色毛小狗洗洗澡過日子。肚子餓了天上便掉下木瓜來。想聽音樂時，喬治男孩便從天上爲我們兩人唱歌。好棒，沒話說。但現實地想想，我也差不多必須開始工作了。總不能永遠陪妳玩耍過日子。而且也不可能老是從妳爸爸那裡拿錢。」

雪歪著嘴唇看了我的臉一下。「我很瞭解你不想從我爸爸或媽媽那裡拿錢，不過你也不用說得這麼難聽。我有時候也會覺得像這樣把你拉著團團轉非常不好受。好像變成你的累贅，給你添麻煩似的，所以如果你——」

「如果接受錢的話？」

「那樣的話至少我可以覺得輕鬆一點。」

「妳不明白。」我說。「我不管怎麼樣，都不想以工作跟妳交往。而想以私人的朋友跟妳交往。在妳的結婚典禮上我不想被主持人介紹爲『這位是新娘十三歲的時候，新娘的職業男性保母。』那樣的話大家一定會問『職業男性保母到底是什麼？』我希望被介紹爲『這位是新娘十三歲時候的男朋友。』那樣帥多了。」

「像傻瓜一樣。」雪臉紅地說。「我才不要舉行結婚典禮呢。」

「很好。我也不想參加什麼結婚典禮，去聽那些無聊的致辭，領那種像燒壞的磚瓦一樣的蛋糕當禮物。我最討厭。浪費時間，自己的都沒舉行。所以這只不過是舉例而已。我想說的是這個。友情是金錢買不到的。何況是經費更買不到。」

「你何不以這主題去寫童話。」

「很棒。」我說著笑了。「眞的很棒。妳漸漸學到談話的訣竅了。如果再熟練一點我們兩個可以說很棒的相聲了。」

雪聳聳肩。

「嘿。」我乾咳一下說。「我們認眞地談一下。如果妳想每天跟我一起玩的話，每天玩也可以。我不工作也可以。反正是無聊的剷雪工作。那怎麼樣都可以。不過只有這點要先弄淸楚。我不拿錢跟妳交往。去夏威夷的事例外。那是特別事件。旅費幫我出，女人也幫我買，但因此連妳的信任都差一點丟掉了。我覺得自己很可厭。這種事情不能再發生。完畢了，從今以後要照我的方式做。誰都不要多插嘴。我也不讓誰出錢。我跟狄克諾斯不一樣，跟星期五也不一樣，我是我。不是被誰僱用的。因爲想交往所以跟妳交往。如果妳想跟我玩的話，我就跟妳玩，妳不用去想錢的事。」

「你眞的願意跟我玩嗎？」雪一面望著腳上的指甲油一面說。

「可以呀。我跟妳都從世間滑溜溜地落下來了。到現在還在乎什麼呢，只要悠哉遊哉玩著過日子就行了。」

「你爲什麼對我這麼親切？」

「不是親切。」我說。「只是做到一半的事不想半途丟下不管的性格。如果妳說想跟我玩的話，我就陪妳玩到痛快爲止。我跟妳在札幌的飯店相遇也是某種緣分。要玩就徹底玩個過癮吧。」

雪暫時用涼鞋在地面描繪著小圖形。像四方形旋渦的圖形。我一直看著那個。

「我是不是在給你添麻煩？」雪說。

我試著想了一下。「也許有。不過這個妳不必介意。那結果，是因爲我也喜歡跟妳在一起才在一起的。並不是什麼義務才交往的。爲什麼呢？爲什麼我會喜歡妳呢？年紀差這麼多，也沒有多少共通的話題呀？大概是妳讓我想起什麼吧。讓我想起一直深埋在我心中的感情。我十三或十四或十五歲時所懷抱的感情。如果我是十五歲的話一定會跟妳宿命性地談起戀愛吧。這個我以前也說過對嗎？」

「說過。」她說。

「所以是這麼回事。」我說。「跟妳在一起，那種感情常常會回來。可以再一次感覺到很久以前下雨的聲音、風的氣味。感覺好像就在身邊似的，這種感覺還不壞。以後妳也會瞭解那是多麼美好的事情。」

「我現在也很瞭解，你所說的話啊。」

「眞的？」

「我到目前為止也失去過很多東西呀。」雪說。

「那麼話就簡單了。」我說。

然後她沈默了十分鐘左右。我又再眺望神社中人們的姿態。

「我除了你之外沒有別人可以好好談。」雪說。「眞的啊。所以不跟你在一起的時候，幾乎跟誰也沒說話。」

「狄克諾斯怎麼樣？」

雪伸出舌頭做個惡作劇的表情。「他是個大傻瓜。」

「在某種意義上也許是這樣。不過在某種意義上並不是這樣。他絕不是壞男人。我想妳也應該理解這個噢。只有單手卻比一般人都做得好，雖然做得好但又不給別人壓力。這種人並不多見。比起妳母親來，也許他的格局是小了些，才能也或許差一些，但他對妳母親卻是很認眞的。很可能也愛她，是個值得信賴的人。做菜也行，人又親切。」

「雖然也許是，不過還是傻瓜。」

我除此之外什麼也沒再說。雪有雪的立場，和感情。

關於狄克諾斯的話題結果就此結束。我們談了一會兒夏威夷無邪的太陽、海浪、風和 Pina Colada 酒。肚子有些餓了，雪這樣說，於是我們到附近的水果店去吃水果凍和鬆餅。然後搭地下鐵去看電影。

下一星期狄克諾斯死了。

34

狄克諾斯在星期一傍晚到箱根街上買東西，抱著超級市場的購物袋走出外面時，被卡車撞死了。不巧碰上的交通事故。卡車司機連自己也不知道爲什麼在下坡路視線那麼差的地方沒有減速慢行而直衝下去，只能想成是著了魔。而狄克諾斯也有一點疏忽。他只看了道路的左方，而右方的確認卻遲了一個呼吸或兩個吸呼。在外國長久住慣了回到日本來常有這種一瞬間的錯誤。神經還沒習慣汽車靠左行駛的事。於是左右確認的順序便不知不覺前後相反了。大多的情況只是虛驚一場就過去了，但有時候卻會被捲進大車禍中。狄克諾斯的情形就是這樣。他被那卡車撞倒，又被對面過來的小貨車輾過。當場死亡。

我聽到這消息時，首先想起在夏威夷馬卡哈的超級市場買東西時狄克諾斯的樣子。他手法俐落地選著商品，以認眞的眼神挑選水果，把衛生棉的盒子悄悄放進購物推車裡他那樣子。眞可憐，我想。試想想，他是到最後都沒有好運的男人。旁邊別的軍人踩到地雷他卻失去左臂的男人。從早到晚追著雨抽完隨處放的香煙爲她弄熄的男人。還有抱著超級市場購物袋被卡車撞死的男人。

他的葬禮是在有太太和孩子在的家裡舉行的。當然雨和雪和我都沒去那裡。

我開五反田君還回來的Subaru車載著雪，在星期二下午到箱根去。總不能放媽媽一個人在那裡，雪說。

「她一個人眞的是什麼都不會喲。雖然有幫忙的歐巴桑，但年紀已經大了不太靈光，而且晚上就回去了，所以不能放著她一個人不管。」

「妳暫時還是陪妳母親在一起比較好吧。」我說。

雪點點頭。並啪啦啪啦地翻了一下道路地圖書頁。「嗨，我上次，說了他很難聽的話噢。」

「狄克諾斯的嗎？」

「對呀。」

「妳說他是個沒辦法的傻瓜。」我說。

雪把道路地圖放回車門袋裡，一隻手肘放在窗框上，一直望著前方的風景。「不過現在想起來他人還不壞。對我也很親切，眞的幫我很多忙。也教我衝浪。雖然只有單手，但比人家雙手齊全的人活得扎實。而且也很愛惜媽媽。」

「我知道，他人是不壞。」

「可是我那時候很想說壞話發洩。」

「我知道。」我說。「不能不說。不是妳不好。」

她一直向著前面。一次也沒看我這邊。從敞開的車窗吹進來初夏的風把她溜直的前髮吹得像草葉般直搖。

「雖然很可憐，可是他就是那種人。」我說。「人不壞。某種意義上甚至值得尊敬。不過常常被當做品味良好的垃圾筒一般對待。各種人把各種東西往那邊丟進去。因爲容易丟。不知道爲什麼。大概是天生就俱備了這種傾向吧。就像妳母親不說話人家都會對她另眼看待一樣。」平庸這東西就像沾在白色上衣上面的宿命性污點一樣。一旦沾上了便永遠不會掉了。

「眞不公平啊。」

「原理上人生就是不公平的。」我說。

「可是我覺得自己好像做了很殘酷的事似的。」

「對狄克諾斯嗎？」

「對。」

我嘆一口氣把車子停在路邊，鑰匙一轉關掉引擎。然後手從方向盤離開看著她的臉。

「我覺得這種想法眞的很無聊。」我說。「如果要後悔的話妳就應該從一開始就好好公平地對待他啊。至少應該有盡量做到公平的努力。但妳並沒有那樣做。所以妳也沒有資格後悔。完全沒有。」

雪瞇細了眼睛看我的臉。

「或許我的說法太嚴厲了也說不定。別人怎麼樣我不管，不過我不希望妳有這麼無聊的想法。嘿，妳聽好噢，有些事物是不可以說出口的。一旦說出口了那就完了。留不住了。妳對狄克諾斯覺得後悔。而且說妳很後悔。我想是眞的吧。但如果我是狄克諾斯的話，我不希望妳這麼容易就後悔。我想他不希望妳對別人說『我做得太殘酷了。』這是禮貌問題，節度問題。妳應該學學這個。」

雪什麼也沒說。手肘支在窗框上，指尖一直繼續壓著太陽穴。她好像睡著了似地安靜閉上眼瞼。偶爾睫毛輕微上下動，嘴唇略微顫動而已。大概在身體裡面哭泣著吧我想。沒出聲也沒流淚地哭泣著。我忽然想，我對十三歲的少女是不是期望過多了。還有我是不是那種可以開口說大話的人呢？但沒辦法。不管對方是幾歲，自己是怎麼樣的人，我對某種事情就是沒辦法很技巧地處理。無聊的事就會覺得無聊。無法忍受的事就是無法忍受。

長久之間雪保持同樣的姿勢一動也不動。我伸手輕輕接觸她的手腕。

「沒問題的，這不能怪妳。」我說。「大概是我太偏狹了。公平地來看的話妳做得很好。不用放在心上。」一行眼淚沿著她的臉頰滴落在膝上。但只有這樣而已。除此之外沒有再流淚，也沒有出聲。眞了不起。

「我到底該怎麼辦才好？」稍過一會兒雪說。

「什麼都不用做。」我說。「只要珍惜無法用語言說出來的東西就行了。那是對死者的禮儀。時間過去之後很多事情都會明白的。該留下來的會留下來，留不下來的東西就留不下來。時間可以幫我們解決很大部分。時間無法解決的事妳再去解決。我說的會太難嗎？」

「有一點。」雪說，輕輕微笑。

「確實很難。」我也笑著承認。「我們說的事，我想大多的人都不瞭解吧。因爲普通大多數人是以和我不同的想法想事情的。不過我覺得自己的想法是最正確的。具體說得容易瞭解一點就會變成這樣。人這東西都是在短促之間死去的。人的生命是比妳所想像的要更脆弱得多的東西。所以人平常就應該不至於後悔地對待別人。公平，而且盡可能誠實地。如果不做這努力，等到人死了才簡單地哭著後悔的人，我個人並不喜歡。」

雪好像整個人要靠在門上似地看了我的臉一下。

「可是我覺得那好像很難做到似的。」她說。

「是很難哪。非常難。」我說。「不過有試著做做看的價值。像喬治男孩那樣唱歌差勁的肥胖人妖都能當上明星。一切全靠努力。」

她稍微笑了一下，並點頭。「我好像有點瞭解你說的意思了。」雪說。

「妳很善解人意。」我說。於是發動引擎。

「不過你爲什麼老是把喬治男孩當做眼中釘呢？」雪說。

「爲什麼噢？」

「是不是其實很喜歡他呢？」

「下次我會好好慢慢想想看。」我說。

♪　♪　♪　♪

雨的家在大建設公司所開發的別墅區裡。有很大的社區大門，門附近有游泳池和咖啡廳。咖啡廳旁邊也有一家門口速食品堆積如山的迷你超市似的商店。但狄克諾斯這種人卻拒絕在這種湊合的小店買東西。要是我也不會想在這種地方買東西。道路是一直彎彎曲曲的上坡路，連我自豪的Subaru都有些喘不過氣來。雨的家在那山丘半山腰一帶。母女兩個人住算是相當大的房子。我停好車子，提著雪的行李登上石圍牆旁的階梯。從斜坡整排樹立的杉樹間可以俯瞰小田原的海。空氣有點迷矇，海面閃著春天色調渾鈍的光。

雨在日照充足的寬大客廳裡手上拿著點著的香煙來回踱步。大水晶玻璃煙灰缸裡塞滿了折斷或彎曲的

Subaru香煙殘骸。而且好像有人在那上面使勁吹氣似的，桌上散亂著大量的灰。她把抽一半的Salem煙丟進煙灰缸走到雪面前，使勁地搓揉她的頭。她穿著染有顯影藥水的橘紅色L尺寸運動衫，褪了色的牛仔褲。頭髮蓬亂，眼睛泛紅。大概一直睡不著而繼續抽煙吧。

「眞要命。」雨說。「太殘酷了。爲什麼會發生這麼糟糕的事呢？」

眞是太殘酷了我也說。她把昨天出事的經過始末講給我們聽。事情實在太突然了，因此自己都不知道該怎麼辦正一片混亂，她說。精神上和現實上都是。

「偏偏幫忙的歐巴桑又說今天發燒不能來。這種時候就那麼不巧。爲什麼非挑這時候發燒不可呢？我簡直快發瘋了。警察來了，狄克的太太也打電話來。我，眞的不知道該怎麼辦才好。」

「狄克的太太怎麼說呢？」我問問看。

「我也搞不清楚她說什麼。」雨嘆著氣說。「只是哭而已。有時候小小聲地不知道在說什麼。幾乎都聽不出來。我在這種時候也不知道該說什麼才好……不是嗎？」

我點點頭。

「所以我只說我會盡早把他留下來的東西送過去。可是她只一直哭著而已。我也沒辦法。」說著她深深嘆一口氣，靠在沙發上。

「要喝什麼嗎？」我問。

方便的話想喝熱咖啡她說。

我暫且先把煙灰缸收拾好。用抹布擦掉散在桌上的灰，收下沾有可可渣的杯子。然後大致整理一下廚房，燒了開水，泡了略濃的咖啡。廚房看來似乎讓狄克諾斯整頓得相當好用的樣子，但他死後才不過一天已經明顯地露出被弄亂的模樣了。流理台裡堆滿了無秩序的餐具，糖壺蓋打開也沒再蓋上。不銹鋼爐台上到處黏黏地沾上可可。菜刀是切過乳酪或什麼就沒洗的樣子丟在那邊。

眞可憐的男人，我想。他拚命努力在這裡建立起他的秩序。但在一天之間那已經消失無蹤了。一轉瞬之間。人這東西會在最適合自己的地方留下自己影子。狄克諾斯是在廚房。而那勉強留下的不安定的影子，也在一轉眼之間便消滅了。

眞可憐，我想。

除此之外我想不起其他字眼。

我把咖啡端過去時，雨和雪正像相依偎著般並排坐在沙發。雨以濕潤而混濁的眼神把頭搭在雪的肩上休息。她看來甚至像由於某種藥物作用而使精神消沉似的。雪雖然沒有表情，但對於母親因虛脫狀態而靠在自己身上似乎並沒有特別感到不快或不安。眞是不可思議的母女，我想。兩個人在一起時，那裡便會產生某種奇妙的氛圍。和只有雨的時候，和只有雪的時候都不同的什麼。那裡有某種令人難以接近的東西。到底是什麼呢？

雨用雙手抱著咖啡杯，好像在喝著什麼非常重要的東西似的慢慢喝著咖啡。「好好喝。」她說。喝完咖啡後，雨似乎鎮定了幾分。眼睛也恢復了一點光亮。

「妳要喝什麼嗎？」我問雪。

雪無表情地搖搖頭。

「各種事情都處理好了嗎？事務上的、法律上的，這些瑣碎的手續。」我問雨。

「嗯，已經結束了。有關具體的事故處理並沒有什麼麻煩。因爲是極普通的交通事故。警察到家裡來，通知我而已。於是，我請他跟狄克諾斯太太聯絡。他太太好像立刻就去警察局了。瑣碎的事她全都辦好了。因爲在法律上、事務上我都是和狄克諾斯沒有關係的人。然後她打電話到家裡來。幾乎什麼也沒說，只是哭而已。既沒有責備，也沒有別的。」

我點點頭。極普通的交通事故，我想。

再過三星期這個女人，大概就會把狄克諾斯曾經存在過的事大多忘掉吧，我想。她是健忘的人，他是容易被遺忘的那種男人。「有沒有什麼我可以做的事？」我問雨。

雨瞥了一下我的臉，然後看著地上。沒有深度的平板視線。她沈思了一會兒。思考花了些時間。眼神變遲鈍，然後才逐漸恢復光亮。好像飄飄然走到很遠去了。又忽然想起來改變心意再走回來的感覺。「狄克的行李。」她喃喃地說。「我說過要送還他太太的。我剛才跟你說過吧？」

「嗯，我聽妳說了。」

「我昨天晚上整理好了。原稿、打字機、書、衣服，我把這些整個裝進他的皮箱裡了。不是很多。因爲他是不太擁有什麼東西的人。只有一個中型皮箱。很抱歉，你幫我送去他家好嗎？」

「好啊。我送去。他家在什麼地方？」

「豪德寺。」她說。「我不知道詳細地址。你幫我查好嗎？我想大概皮箱上什麼地方有寫。」

那皮箱放在二樓走廊盡頭的房間裡。在皮箱名牌處以相當工整的字寫著狄克諾斯的名字和豪德寺的住址。雪帶我到那個房間。好像是屋頂下閣樓般狹小細長的房間，但氣氛還不錯。以前有留住傭人時，就是住這個房間雪說。狄克諾斯把這房間整理得非常整潔。小寫字書桌上五支鉛筆削得細細尖尖的，和橡皮一起像靜物畫般排列著。牆上月曆上寫著細細的字。雪倚靠在門口，默默看著房間裡。空氣靜悄悄的。除了鳥叫聲之外聽不見其他任何聲音。我想起馬卡哈的渡假別墅。那裡也很靜。而且也只能聽見鳥叫聲。

我提著皮箱走下樓。皮箱裡大概放滿了原稿和書吧，比看起來重得多。那重量令我想像到狄克諾斯死的沈重。

「我現在送過去。」我向雨說。「因爲這種事越早做越好。其他還有什麼我能做的嗎？」

雨迷惑似地看著雪的臉。雪聳聳肩。

「老實說沒什麼吃的東西了。」雨小聲說。「他出去買，結果就變成那樣，所以……」

「沒關係，我去隨便買一點。」我說。

於是我查看一下冰箱的內容，把認爲必要的東西記下來。然後到山下的街上，狄克諾斯在那前面死掉的超級市場買東西。分量應該能夠維持四、五天吧。我把買回來的食品一一用保鮮膜包好放進冰箱。雨向我道謝。我說沒什麼。確實沒什麼。我只是把狄克諾斯要做而沒做就死掉所留下的事情接下來做完而已。

兩個人從石牆上送我。好像跟馬卡哈的時候完全一樣。但這次誰也沒有揮手。向我揮手的是狄克諾斯的角色任務。兩個女人並排站在石牆上，身體幾乎一動也不動地一直俯視著我。似乎有些神話式趣味的情景。我把那個灰色塑膠皮箱放進Subaru後座，然後坐進駕駛席。她們到我轉過彎爲止還一直站在那裡。接近日落時分了，西側海面開始染成橘紅色。那兩個人今後在這裡會度過什麼樣的夜晚呢，我想。

然後我想起在火奴魯魯市區那奇怪幽暗房間裡看見的獨臂白骨。那果然眞的是狄克諾斯的骨骼嗎？我想。也許那裡聚集著死亡吧。六體白骨——六個人的死。其他五個是誰的死呢？一個也許是老鼠。老鼠——我死掉的朋友。而另一個可能是May。還有三個。

還有三個。

但爲什麼奇奇會引導我到那種地方呢。爲什麼奇奇非要向我提那六個死不可呢？

我下到小田原，開上東名高速公路。並在三軒茶屋下了首都高速公路，靠著道路地圖在世田谷彎彎曲曲的道路上慢慢開終於到了狄克諾斯家。房子本身並沒有明顯特徵是極普通的投資興建住宅。雅致的二層樓房子，門窗、信箱、門燈、一切的一切看來都非常小。門邊有狗舍，被鍊著的雜種狗沒什麼自信地打著轉。屋裡亮著燈。也聽得見人們的聲音。狹小的玄關整齊地朝外面排列著五雙或六雙黑色皮鞋。也看得見外送的壽司桶。狄克諾斯的遺體放在這裡，正在進行守夜。他至少死了以後還有地方可以回，我想。

我把皮箱從車上拿下來，搬到玄關。按了門鈴時出來一位中年男人，於是我說受人之託把這行李送到這裡來。並露出其他什麼事都不知道的表情。男人看了皮箱的名牌，似乎立刻理解了事情似的。

「費心了，非常感謝。」他客氣地道謝。

我在無法釋然的狀態下回到澀谷的公寓。

還有三個，我想。

♪ ♪ ♪ ♪

狄克諾斯的死到底意味著什麼呢？我在屋裡面一個人獨自喝著威士忌一面想。但他唐突的死，在我感覺幾乎沒有任何意義。我拼圖玩具上幾個空白的地方，和這個片斷都完全不合。翻過背面或橫過來也不合。也許是屬於其他類別的片斷吧。但他的死，即使本身沒有任何意義，但我覺得或許會對目前的狀況帶來某種巨大變化。而且是不太好的方向。爲什麼我不知道，不過我直覺地這樣想。狄克諾斯本質上是善意的男人。而且他也自有他的某種連繫。但現在那卻消失了。一定有什麼會改變。或許狀況會變得比現在更艱難吧。

例如？

例如——我和雨在一起的時候，雪無表情的眼神我實在無法喜歡。而我和雪在一起的時候，雨無神的平板眼光我也實在無法喜歡。我覺得其中似乎含有什麼不吉祥的東西。我喜歡雪。她是個頭腦聰明的孩子。偶爾會非常頑固，但本性是坦誠的。我對雨也懷有類似好感的東西。只有兩個人談話時，她仍然是個有魅力的女性。充滿才華、無防備。有些地方比雪更孩子氣。但兩個人在一起時，那組合卻令我非常疲倦。牧村拓說由於這兩個人使自己才能耗盡的意思，我也多少可以理解了。

對，那裡會產生像直接力量似的東西。

過去那兩個人之間有狄克諾斯。但現在已經沒有了。在某種意義上我正直接面對兩個人。

例如——是這樣一回事。

我打了幾次電話給 Yumiyoshi 小姐，和五反田君見了幾次面。Yumiyoshi 小姐的態度整體上看來依然很酷，但從她的口氣聽來，她似乎接到我的電話多少覺得高興的樣子。至少並不太覺得嫌煩的樣子。她一天也沒休息地每週去上兩次游泳課，休假日偶爾和男朋友約會。上星期天也和他開車到什麼湖去兜風，她說。

「不過，我跟他沒有什麼噢。只是朋友而已。高中同班同學，在札幌上班的人。這樣而已。」

這種事請不要介意，我說。這種事眞的沒關係。我所在意的只有上游泳課的事而已。跟男朋友到什麼地方的湖，或去爬什麼地方的山，我都不管。

「不過我覺得還是說淸楚比較好。」Yumiyoshi 小姐說。「因爲我不喜歡隱瞞什麼。」

「這種事完全不用放在心上。」我反覆地說。「我會再到札幌去一次跟妳面談。只有這個是問題。妳喜歡跟誰約會都行。那跟我和妳之間的事沒有任何關係。我一直在想著妳的事。就像上次也說過那樣我們之間有什麼相通的東西。」

「例如呢？」

「例如飯店。」我說。「那裡是妳的地方，也是我的地方。那裡對我們兩個人可以說是特別的地方。」

「哦？」她說。既不肯定也不否定，而只是中立性的「哦？」

「我跟妳分手後碰到各種人。遇到各種事。但根本上覺得好像一直在想著妳似的。經常想跟妳見面。但還去不成。因爲事情還沒解決。」

雖然是誠心說的，但卻是非理論性的說明。很像我。

有一段中等長度的沈默。感覺從中立稍微往肯定的方向傾斜了一點點而已的沈默。但結果沈默終歸只是沈默而已。也許是我把事情想得太過於好意了。

「那作業是不是有進展？」她問。

「我想是吧。我想大概是吧。希望這樣想。」我回答。

「但願明年春天以前能夠解決。」她說。

「眞的是。」我說。

♪ ♪ ♪ ♪

五反田君看來有點疲倦的樣子。由於工作進度非常趕，加上在那之間又像塡滿空隙般地和分手的太太祕密約會。而且還必須悄悄避開人家的眼光。

「這種事情沒辦法永久繼續。只有這點我可以確信地說。」五反田君一面深深嘆氣一面說。「我本來就不適合這種技巧性的生活。說起來我是屬於比較家庭性的人。所以每天每天都很累。覺得神經已經繃緊到極點了。」

他好像在接橡皮繩似地把兩臂往左右伸直。

「你眞該跟她兩個人到夏威夷去渡假。」我說。

「但願能夠。」他說。並且無力地微笑。「如果可能的話不知道有多快樂。什麼都不用想地放鬆發呆幾天，兩個人躺在沙灘過日子。五天就好了。不，不能太奢求。三天也好。只要有三天疲倦應該就可以消失吧。」

那天夜裡我和他一起到麻布他的大廈去，坐在時髦的沙發上，一面喝著酒一面看他演出的電視廣告片錄影帶集。胃腸藥的廣告。我第一次看到那支廣告。在某個辦公大樓的電梯。沒有牆壁、沒有門、沒有隔間的開放式電梯，以相當高速四部並排地上上下下。五反田君穿著深色西裝抱著皮包搭乘電梯。一副精英上班族的風貌。他在電梯與電梯之間身手矯捷地跳躍轉機。那邊的電梯搭著領導上司時他便跳往那邊去談事情，這邊的電梯搭著漂亮上班女郎時他便跳過來跟人家訂約會，那邊的電梯上還留下未完的工作時，他便到那邊去迅速把工作做完。對面的電梯上兩支電話在響著。在高速移動中的電梯之間跳來跳去絕不是簡單的事。五反田君的酷表情並沒有鬆懈下來，依然拚命地跳躍移動著。

於是加進旁白。「疲勞的每天。疲勞會積在胃裡。給忙碌的您，溫和的胃腸藥……」

我笑了。「眞有趣，這片子。」

「我也覺得。當然是無聊的廣告。廣告根本上都是垃圾。但這支卻拍得不錯。也許說起來很無情，不過這支比我主演的其他大部分電影品質要好多了。拍這支也花了相當多錢。佈景啦、特技攝影啦。因爲廣告人在細節地方都不惜花錢。構想的設定也很有趣。」

「而且正在暗示你目前的狀況。」

「確實。」說著他笑了。「正如你所說的。眞的很像。爲了塡補每一寸空檔時間，一會兒跳到這邊，一會兒跳到那邊。做得很拚命。疲勞都積在胃裡。但這藥也沒效。因爲我領到一打所以我試過了，一點也沒效。」

「不過你動得眞好噢。」我以遙控器再倒帶一次這段廣告一面看一面說。「有一點巴斯特•基頓（Buster Keaton）式的趣味。說不定你很適合這種感覺的演技也不一定噢。」

五反田君嘴角浮上微笑點著頭。「是啊，我喜歡喜劇喲。有興趣，可以感覺到可能性。該怎麼說呢？像我這

34

麼直率的演員類型，能夠巧妙地把率直趣味似的東西表現出來，我想會很有趣。在這轉彎抹角扭曲複雜的世界裡，好好率直地活下去。不過這種生活方式本身似乎很滑稽啊。我說的你瞭解嗎？」

「我瞭解。」我說。

「也不必特別去做什麼滑稽事。只要極平常地動作就好了。這樣就很怪了。我對那種演技有興趣喲。因爲那種類型的演員在現在的日本是沒有的。一提到喜劇，大多的人都會誇張動作。我想做的卻相反。什麼都不演。」他喝一口酒看看天花板。「不過沒有人來找我演這種角色。因爲他們沒有想像力這東西。拿進我事務所來的角色始終全都是醫師、教師、律師之類的。我已經膩了。很想拒絕，但我沒有立場拒絕。疲勞積在胃裡。」

那支廣告評語相當好，拍了幾支續篇。類型總是一樣。容貌端正的五反田君身穿業務員西裝，以千鈞一髮的瞬間衝上去搭乘電車、巴士或飛機。或腋下夾著文件，緊貼在高層大樓牆壁上　吊著繩索從那個房間移動到這個房間。每部片子都演得很好。怎麼說都在於五反田君的表情沒有損壞最可貴。

「剛開始人家叫我做出非常累的樣子。導演這樣說。叫我做出累趴趴疲勞困憊得要死的感覺。但我說不喜歡。不是這樣，這應該演得很酷才好玩。當然他們都是傻瓜因此完全不相信我的話。不過我也不退讓。我不是自己高興來演的。而是爲了錢沒辦法才演。但這是兩回事，我覺得那樣一定會很有意思。於是我徹底堅持。結果拍出兩種影片讓大家看。當然依照我所主張的做法拍的受歡迎多了。但是廣告成功了功勞卻全部歸那個導演。據說還得到什麼獎呢。這種事怎麼樣倒無所謂。我只不過是個演員。人家怎麼評價跟我都沒關係。不過，那些傢伙一副理所當然似的神氣嘴臉實在看不順眼。我可以跟你打賭，那些傢伙現在一定相信那個廣告創意從頭到尾全部都是自己想出來的。他們就是這樣。沒有想像力的傢伙對自我合理化倒是最快。而我則被認定是愛鬧彆扭卻只有英俊而已的大蘿蔔。」

「不是我說客套話，不過我覺得你好像有什麼特別的東西。」我說。「老實說，在跟你實際這樣見面談話之前我倒沒有這種感覺。雖然看過你演的幾部電影，但坦白說每部雖然有程度的差別但都是很糟糕的片子。演這種片子連你看起來都顯得很糟糕。」

五反田君關掉錄放影機的開關，調了新酒，放 Bill Evans 的唱片。然後回到沙發喝一口酒。這一連串的動作依然優雅得不得了。

「正如你所說的。眞的是這樣。演出那麼無聊的電影，我也知道連自己都漸漸變無聊了。覺得自己非常寒酸。但就像剛才說過的那樣，我沒有選擇的立場。沒有一樣可以選擇。連自己要繫一條領帶的花紋都不太能自己選。那些自認爲頭腦很好的笨蛋，和那些自認爲品味出眾的俗氣東西都任意支使我。到那邊去、到這邊來、做那到、做這個，開這部車、跟這個女人睡覺。就像無聊電影般的無聊人生。永遠沒完沒了地繼續下去。到底要繼續到什麼時候噢？連自己都不知道。我已經三十四歲了噢。再過一個月就三十五歲了。」

「乾脆把一切都丟掉歸零算了。如果是你的話大可以從零再開始來過啊。離開事務所做你自己喜歡的事慢慢把貸款一點一點還掉就好了。」

「你說得對。我也這樣想過幾次。而且如果只有我一個人的話，一定已經這樣做了吧。回到零，到什麼地方的劇團去演我喜歡的戲劇也不一定。這也沒關係喲。錢的事總能解決吧。但是，我如果回到零的話，她一定會把我甩掉。她就是這種女人。只能在這種世界才能呼吸。如果跟歸零的我在一起的話，她會覺得呼吸困難喏。這沒什麼好壞，就是這種體質。她是在所謂明星這個組織系統裡，這種氣壓中生存的，對對方也要求相同的氣麼。而我又愛她。我離不開她。只有這個不行。」

沒有出口。

「我已經走投無路了。」五反田君微笑著說。「我們談一點別的吧。談這個談到天亮也沒有結果。」

我們談奇奇。他想聽奇奇和我的關係。

奇奇好像是把我們拉在一起的人似的，但想起來覺得幾乎沒有從你口中聽過她的事，五反田君說。那是不是很難說呢？如果是這樣的話不說也沒關係。

不，不是很難說，我說。

我談起我和奇奇相遇時的事。我們因爲偶然的機會認識，然後一起生活。簡直就像什麼氣體無聲地自然地潛進空白裡一般，她進入了我的人生。

「是極自然的事。」我說。「我無法適當說明。一切的一切都是那麼順理成章自然地流著變成那樣。所以那時候我並沒有覺得有什麼特別奇怪的地方。不過後來想起來，好像很多事情都覺得很不現實而不合道理。如果試著用語言來說是傻氣，眞的。所以那件事我從來沒有跟誰提過。」

我喝酒，搖著玻璃杯中美麗的冰。

「奇奇那時候在做耳朵模特兒，我看到她耳朵的相片，因而對奇奇產生興趣。那，怎麼說呢，眞是完美的耳朵。我那時候用那耳朵相片在做一件廣告工作。幫那相片配文案。不知道是什麼，已經忘了。但總之那張耳朵相片送到我這裡來。非常大的奇奇耳朵的放大相片。連產毛都看得見的那種噢。我把那貼在事務所牆上每天看著過日子。最初是爲了要得到廣告文案的靈感，不過後來看那相片卻已經變成我生活的一部分。廣告工作結束後，我還繼續一直看著那張相片。那眞是非常美麗的耳朵。希望也能讓你看看。因爲不看到實物怎麼說明都沒有用。那個存在本身好像就擁有意義似的，那樣完美的耳朵。」

「這麼說來你好像提過奇奇耳朵什麼的。」五反田君說。

「嗯，對。因此我無論如何想要見那耳朵的主人。覺得如果不見她的話，好像我的人生從此以後一步也不能再往前踏進似的。爲什麼噢？但就是那樣覺得。於是我打電話給奇奇。她跟我見面了。而且見面的第一天奇奇就私底下讓我看她的耳朵。讓我看她個人性的耳朵。不是營業用的耳朵而是個人性的耳朵。那是比相片更動人的耳朵。令人難以相信的動人耳朵。她露出營業用耳朵時——也就是做模特兒時——是有意把耳朵關閉起來的。所以所謂個人性耳朵，是完全不一樣的。你明白嗎？她把耳朵讓我看時，光是這樣那裡的空間便起了變化。世界的樣子會瞬間改變。這樣說大概聽起來非常愚蠢吧。但我只能這樣說，否則無法表達。」

五反田君對這個一直沈思著。「你說把耳朵關閉起來是怎麼回事？」

「把耳朵和意識分隔開來呀。簡單說。」

「哦。」他說。

「把電線拔掉。耳朵的。」

「哦。」

「眞是像傻瓜一樣。不過是眞的。」

「我當然相信喏，你所說的。我只是很想努力去理解。並沒有把這當傻瓜。」

我背靠在沙發上望著牆上掛的畫。

「而且，她的耳朵擁有特異能力。可以聽出什麼來，把人引導到該去的地方。」我說。

五反田君又思考了一會兒。「那麼。」他說。「那時候奇奇引導你到什麼地方去呢？到你該去的地方？」

我點點頭。但對那個什麼也沒說。要開始說的話說來話長，而且也不想說。五反田君也沒有再多問。

「而且現在她又正想把我引導到某個地方去。」我說。「我可以清楚地感覺到噢。這幾個月我一直繼續感覺到。而且我逐漸接近那條線了。滑溜溜的。細細的線，好幾次都快斷掉。但總算找到這裡來了。而且在這過程中遇到各種人。你也是其中之一。是中心的一個人噢。但我還掌握不住她的意圖在哪裡。途中卻忽然死了兩個人。一個是May，另一個是獨臂詩人。有在動，但沒有結果。」

玻璃杯裡的冰塊溶化了，於是五反田君從廚房拿出滿滿一冰桶的冰出來，做了兩人份新的威士忌加冰塊。手勢好優雅。他在空玻璃杯裡放進冰塊便發出咔啷一聲非常舒服的聲音。簡直像電影上的一幕似的我想。

「我也一樣沒轍了。」我說。「跟你一樣。」

「不，不是這樣。你跟我不一樣。」五反田君說。「我愛著一個女人。而且那是完全沒有出口的愛情。但你不一樣。至少你還有什麼在引導著。現在或許正混亂中。但跟我被捲進的這感情迷路比起來，你還是好得太多了，還有希望。至少還有有出口的可能性。我則完全沒有。我覺得這兩種狀況有決定性的差異。」

或許是這樣，我說。「總之我所能做的只有想辦法緊緊抓住奇奇這條線。除此之外目前沒有別的可做。她正想向我發出什麼信號或訊息。我正側耳傾聽著。」

「嘿，怎麼樣？」五反田君說。「奇奇難道沒有被殺掉的可能性嗎？」

「跟May一樣嗎？」

「嗯，因爲消失法實在太唐突了。因爲我一聽說May被殺的時候立刻想起奇奇的事。她會不會也遇到同樣的事呢？因爲不太想提這種事所以我沈默著沒說而已，不過這種可能性也不是沒有吧？」

我一直沈默著。但我遇見她了，在火奴魯魯的市區，在那被染成淺灰色的黃昏時刻。我眞的遇見她了。而且雪也知道那件事。

「只是可能性而已。沒有什麼意思噢。」五反田君說。

「當然也有這種可能性吧。不過就算是那樣她依然還是對我發出訊息喲。我可以清楚地感覺到。她在所有的意義上都是特別的。」

五反田君交抱著手臂長久沈思著。看起來他好像累了就那樣睡著了似的。但當然沒睡。偶爾他的手指會合起來或分開。除了手指之外什麼都沒動。夜的黑暗從某個地方潛進屋子裡來，讓我感覺像羊水般把他帥氣的身體整個包起來了似的。

我把玻璃杯裡的冰塊轉了一次之後啜一口威士忌。

於是這時候忽然感覺到屋子裡有第三者存在。除了我和五反田君之外好像有誰存在於這個屋子裡似的。我可以清楚地感覺到那體溫、呼吸、和輕微的臭味。但那不是人的氣息。那是某種動物所引起的空氣流動似的東西。動物，我想。而且那氣息令我背脊一下僵硬起來。我迅速環視屋裡一週。但不用說什麼也沒看見。在那裡的只是氣息而已。空間裡有什麼潛進來時的硬質氣息。但什麼也沒看見。屋子裡只有我，和五反田君正一直閉著眼睛想事情而已。我深深吸一口氣側耳傾聽。是什麼樣的動物呢，我想。但不行。什麼也聽不見。那動物也一樣屏著氣息蹲在某個空間裡。而那氣息終於消失了。動物不在了。

我肩膀力氣放鬆下來，又喝了一口酒。

過兩、三分鐘後，五反田君張開眼睛。並朝向我做了一個感覺很好的微笑。

「很抱歉。好像變成一個憂鬱的夜晚了。」他說。

「那大概因爲我們兩個本質上就是屬於憂鬱的人吧。」我笑著說。

五反田君也笑了，但什麼也沒說。

兩個人聽了一小時左右的音樂，醉意醒了之後我開 Subaru 回家。並且上牀後這樣想。那個動物到底是什麼呢？

35

五月底我偶然——是偶然嗎?大概是吧——遇見了文學。因爲May的事件傳詢我的兩個刑警之一。在澀谷東急Hands買了鉀槍正要走出外面時和他面對面碰個正著。令人聯想到夏天的炎熱日子,他卻像理所當然似地還穿著厚厚的斜紋外套。所謂警察這種人或許對氣溫擁有特殊感覺吧。他跟我一樣也提著東急Hands的購物袋。我本來想裝作沒發現就那樣走過去,但文學卻當下立刻向我開口招呼了。

「嘿,未免太冷淡了吧。」文學略帶開玩笑地說。「我們又不是陌生人,何必裝作不認識的樣子就要走掉呢?」

「我很忙啊。」我簡單說。

「哦?」文學說。對於我很忙似乎完全不相信的樣子。

「我必須開始準備工作了。有各種事要做。」我說。

「這倒也是啊。」他說。「不過抽一點時間總可以吧?十分鐘左右。怎麼樣?要不要喝個茶?撇開工作我倒很想跟你談一次看看呢。眞的十分鐘就好了。」

我跟他一起走進人很多的喫茶店去。爲什麼要做這種事我自己也不清楚。因爲我是可以拒絕他就那樣回家去的。但我並沒有那樣做，便在他的邀約下走進喫茶店去喝咖啡。旁邊坐著的全是年輕情侶，或學生羣。咖啡非常難喝，空氣也很壞。文學拿出香煙來抽。

「我想戒煙。」他說。「可是只要還做這工作恐怕是戒不掉。絕對不行。不能不抽。因爲很耗精神。」

我沈默著。

「很耗精神喏。因爲被大家討厭哪。做幾年刑警之後，眞的會被人家討厭。眼神都變兇，皮膚也變髒。爲什麼皮膚會變髒我不知道，不過總之會變髒。而且看起來比實際年齡還老。說話方式也會改變。沒有一件好事。」

他在咖啡裡加了三匙砂糖，加了奶精後仔細攪拌著，慢慢很美味似地喝著。

我看看手錶。

「啊，對了，時間噢。」文學說。「大概還有五分鐘左右吧？沒問題。不會太花時間。是關於那個被殺的女孩。叫做May的女孩。」

「May？」我反問道。可沒那麼簡單就上當。

他嘴巴略微歪著笑。「啊，是啊。那個女孩叫May。名字知道了。當然不是本名。是所謂假名的那種。果然是妓女。正如我的第六感所料。不是普通人。猛一看雖然像普通人，但卻不是。最近很難分。以前倒很容易。一眼就立刻看得出是妓女或不是。穿的衣服、化妝、長相。但最近不行。實在看不出會做那種事的女孩卻在賣春。爲了錢、或爲了好奇心。這不是好事。而且危險。對嗎？經常和不認識的男人見面，關在密室裡。世上有各種傢伙。有變態的，也有異常的。很危險喏。你不覺得嗎？」

我沒辦法只好點頭。

「但年輕女孩卻不知道這個。她們以為世上的幸運全都站在自己這邊。不過這也沒辦法。因為這就是所謂年輕這麼回事。年輕時候總是覺得凡事都能順利進行似的。但等到知道不是這樣的時候，已經太遲了。那時候絲襪已經繞在脖子上了。眞可憐啊。」

「那麼犯人知道了嗎？」我問問看。

文學搖搖頭。並且皺著眉。「很遺憾。知道了很多瑣碎的事實。但報紙上並沒有發表。還在搜查中。例如——她的名字叫May，職業是賣春婦。本名叫……嗯不需要什麼本名吧。這不是大問題。生在熊本縣。父親是公務員。雖然不是很大的市，不過也做到副主管的職位。是個很不錯的家庭。錢方面也不缺。家裡還寄足夠的生活費給她。每個月母親都上京一次或兩次買衣服什麼的給她。她好像是跟家裡人說她在做服飾有關的工作。兄弟姊妹有一個姊姊、一個弟弟。姊姊跟醫師結婚。弟弟在上九州大學法學部。很像樣的家庭噢。為什麼會做賣春的事呢？家人全都大受打擊。賣春的事太可憐了所以沒有告訴她家人。不過在飯店裡被男人勒死這件事已經給他們打擊夠大了。這是當然的吧，因為本來是個安靜祥和的家庭啊。」

我默默讓他說下去。

「我們也掌握住她所屬的應召女郎組織。雖然很不容易，但總算追查到那裡了。你想是怎麼回事呢？我們守在東京都內的高級飯店門廳，把有賣春嫌疑的兩、三個女的拉到警察局。並把給你看過的同樣相片給她們看，盤問出來的。一個開口了。大家並不像你這樣強悍。而且對方也有弱點。於是我們知道了她所屬的組織。是高級賣春組織。會員制裡價位特別高的。很遺憾那是我和你都完全不受歡迎的。對嗎？叫一次你能付得起七萬圓嗎？我可付不起喲。不是開玩笑。那還不如死了心回家抱老婆，買新的腳踏車給小孩。嗯，雖然說起來寒酸。」

他笑著看我的臉。「而且就算願意付七萬圓，人家也絕對不理我。因爲還要做身家調查呢。徹底的調查噢。爲了安全第一。不接可疑危險的客人。刑警才不會被容許入會呢。不是說警察就不行。警察如果官位很高也可以喲。很高很高的。那種人萬一出事的時候有用啊。像我這種下級末端的是不行。」

他喝乾了咖啡，含起香煙用打火機點火。

「於是我們向上級申請強制搜查俱樂部。花了三天左右許可下來了。我們拿著搜查狀踏進俱樂部時，事務所已經什麼也沒留下。變成乾乾淨淨的空殼子。裡面是空的。風聲走漏了。從什麼地方走漏的呢？你想是什麼地方？」

不知道，我說。

「當然是警察局內部啊。上面的人也牽涉在裡面。於是情報流出去了。沒有證據喲。但我們現場的人卻很清楚。知道是從什麼地方走漏的。有人聯絡說因爲有搜查所以趕快閃到別的地方去吧。眞可恥的事啊。這是不該有的。俱樂部也很習慣這種事，所以要搬家眞是一轉眼就成了，只要有一個小時就不知道消失到什麼地方去了。然後再租別的事務所，買幾支新的電話，開始做起同樣的生意。很簡單。有顧客名單，只要好好掌握齊全的女孩子到哪裡生意還是照樣能做。我們也沒辦法抓到。因此漏網了。線索噗噗地切斷了。如果知道她接的是什麼客人的話，事情就可以再稍微往前推展，但這樣一來目前還無從下手。」

「眞不明白。」我說。

「不明白什麼？」

「如果她是你所謂的會員制高級應召女郎的話，爲什麼那個客人要殺她呢？因爲如果這樣做的話誰殺的不是立刻就查得出來嗎？」

「正如你所說的。」文學說。「所以殺人的是不在顧客名單上的人物。是她個人的情人，或不經由俱樂部而自己私下接外快做的。不知道是屬於哪一種。我們也搜過她住的公寓。但沒發現任何線索。只好舉手投降。」

「不是我殺的。」我說。

「當然這個我們知道。不是你。」文學說。「所以我們不是說過嗎？不是你殺的我們知道。你不是那種會殺人的典型。一看就知道。不殺人典型的人，眞的就不殺人。不過你一定知道什麼。這個，我們憑第六感就知道。因爲我們是專業的。所以，你能不能告訴我？如果能告訴我們就好了。那麼我們也不會勉強對你東要求西要求的。可以跟你約定，眞的。」

我什麼也不知道，我說。

「要命。」文學說。「這樣不行啦。老實說上面的人也不太熱心在這搜查上。因爲只是飯店裡妓女被殺的事件而已，好像怎麼樣都無所謂似的。對他們來說。妓女這種人還不如被殺了更好，甚至這樣想呢，上面的人。他們幾乎沒看過屍體。漂亮女孩子赤裸裸地被勒死是怎麼一回事，他們想像都想像不到噢。不知道那是多麼可憐的事。還有這家賣春俱樂部不僅擁有警察關係，似乎連政治家方面也牽涉在內。偶爾在黑暗中會閃爍一下金色胸章的亮光。警官這種人是很敏感的噢，對這種光。有一點閃光就像烏龜一樣把脖子縮進去。尤其是上面的人。就這樣，看來 May 小姐白白被殺眞吃虧呀，疑雲恐怕還破不了，眞可憐。」

女服務生把文學的咖啡杯收下。我只喝了半杯。

「我不知道怎麼，對那個叫 May 的女孩子奇怪竟然覺得很有親近感。」文學說。「爲什麼噢。我也不明白。

但我看見那女孩在飯店的牀上赤裸地被勒死時，我就這樣想。我一定要把這個犯人逮捕。當然，那種屍體我們實在看膩了。現在看到屍體已經沒有什麼感覺了。不管是四分五裂，或燒得焦焦黑黑的，什麼都看過了。不過噢，那個屍體有什麼特別的地方。奇妙地美。早晨的陽光從窗戶照進來，在那裡那女孩像凍僵了似地躺著。眼睛張開著，嘴裡舌頭糾結著，脖子上纏著絲襪。像領帶一樣地纏著。而且兩腳張開小便流出來。看著這個，我感覺到噢。這孩子正在要求我破案。而且在我還沒破案之前，她會一直在那早晨的空間裡，以那奇怪的姿勢一直凍僵著。是這樣。還凍僵著。在那裡。一直到犯人現身事件解決為止，那孩子會一直無法解凍的。這種感覺是不是很奇怪呢？」

不知道，我說。

「你，消失一陣子啊，去旅行了嗎？曬得滿黑的嘛。」刑警說。

我去夏威夷辦一點事，我說。

「眞好啊。好令人羨慕。我也眞想換一個這麼優雅的工作。從早到晚光看屍體，人也會變得暗淡起來。嘿，你看過屍體嗎？」

沒有，我說。

他搖搖頭看手錶。「抱歉抱歉，時間耗掉不少眞不好意思。不過，人家說能夠相識也是上輩子的緣份。所以你就看開一點吧。我也偶爾希望能跟什麼人私底下談一談。對了你買什麼東西呀？在東急 Hands？」

銲槍，我說。

「我買的是排水管的淸掃用品。家裡廚房的排水管容易堵塞。」

他付了喫茶店的帳。我主張自己付我的份，但他無論如何都不接受。

「沒關係嘛。是我邀你的。而且只不過是咖啡而已。不用放在心上。」

走出喫茶店時我忽然想到問他看看。這種妓女被殺的事件是不是經常有。

「這個嘛。算是比較常有的事件吧。」他說。他眼光變得稍微銳利一些。「雖然不是每天都有，不過也不是只有中元節和過年才有的東西。你對妓女被殺有什麼興趣嗎？」

沒有什麼興趣，我說。只是想問一下而已。我說。

於是我們就分開了。

他走掉之後，我胃裡還留著討厭的感觸。那感觸在第二天早晨都還沒消失。

36

彷彿慢慢流過天空的雲那樣，五月從窗外過去了。

我自從沒有接工作以來已經過了兩個半月。有關工作的電話也比前一段時間減少許多。我的存在也許正逐漸被世間淡忘。當然銀行帳戶的進帳也中斷了，不過戶頭還剩下足夠的錢。我並沒有過太花錢的生活。吃的由自己做，衣服也自己洗。沒有什麼特別想要的東西。既沒有貸款，衣服、汽車品牌也不講究。所以目前還不用爲錢擔心。用計算機算一下一個月大體上需要的生活費，再以存款餘額除看看，我知道還可以過五個月左右。有五個月的話應該會有辦法吧，我想。不得不做什麼的時候，到時候再想吧。而且桌子上擺著牧村拓給我的三十萬圓支票還沒碰呢。眼前還不至於餓死。

我一面留意不要把生活步調攪亂了，一面一直安靜地繼續等待什麼發生。每週去幾次游泳池游到精疲力盡，買菜回家耐心地做吃的，夜晚一面聽音樂一面看從圖書館借回來的書。

我在圖書館翻閱新聞縮刷版的每一頁，仔細一一檢查這幾個月所發生的殺人事件。當然只限於女人被殺事件。從這個觀點來看世界時，世上有相當多數的女人被殺。有被刺殺的、被毆打殺害的、被絞殺的。但沒有像是奇奇的女人被殺的形跡。至少她的屍體沒有被發現。當然屍體不被發現可以有幾種方法。腳上綁著重石丟進海裡就行了。或者運到山裡去埋掉就好了。就像我埋葬沙丁魚一樣。這樣的話誰也不會發現。

或許是出車禍也不一定，我想。跟狄克諾斯一樣，也許在街上被車子撞死了。我也試著查了車禍事故。女人死掉的車禍。世上有很多事故，很多女人死掉。有交通事故，有燒死的，有瓦斯中毒的。但那些被害者中找不到像是奇奇的女人。

也有可能自殺，我想。心臟病發作而突然死掉或許也有可能。這些報紙就不會刊登了。世上充滿了各種死，不可能把這些死一一仔細刊登在報紙上。不，被報導出來的死是壓倒性的例外。大多的人都悄悄地死去。

所以有可能性。

奇奇或許是被殺了。或許被捲入某個意外事故而死了也不一定。或許自殺了也不一定。或許心臟病發作死掉了也不一定。

但沒有任何確實證據。既沒有已經死掉的確實證據，也沒有還活著的確實證據。

我有時候想到就會打電話給雪。我問，妳好嗎？她回答，還好。她每次都一副心不在焉的樣子，焦點不是對得很準的說話法。那說話法我實在不喜歡。

「沒什麼事啊。」她說；「沒什麼好也沒什麼壞……普通啊。活得普普通通。」

「妳母親呢？」

「……她恍恍惚惚的。也不太工作。一整天就坐在椅子上發呆。好像洩了氣似的。」

「有沒有我能做的事？買東西之類的？」

「買東西有歐巴桑幫忙做所以不用了。送貨也有人做。我們兩個人只要什麼都不做地發呆就行了。嘿……在這裡好像時間都停止了似的。時間有沒有在動？」

「很抱歉正好好地動著呢。時間是會不停地過去的。過去漸漸增加未來漸漸減少。可能性漸漸減少，後悔漸漸增加。」

雪沈默了一會兒。

「妳聲音不太有精神喏。」我說。

「是嗎？」

「是嗎？」我重複著。

「那是什麼意思？」

「那是什麼意思？」

「不要學人家嘛。」

「不是學人家啊。那是妳自己內心的回聲噢。爲了證明溝通的欠缺，活力和精力正強烈反彈。殺球！」

「還是怪人一個。」雪以很驚訝似的聲音說。「那不是跟小孩子一樣嗎？」

「不對。不一樣。我的是有深刻內省和實證精神在背後支撐的。這是隱喩上的自我。訊息上的遊戲。和單純的小孩模倣遊戲性質不同。」

「哼，像傻瓜一樣。」

「哼，像傻瓜一樣。」我重複著。

「少來了，夠了。」雪氣得大叫起來。

「不說了。」我說。」「再從頭來過。妳聲音不太有精神喏。」

她嘆一口氣。然後「嗯。也許吧。」她說。「跟媽媽住在一起……總是被媽媽的心情影響。在這層意義上她是個強人哪。有影響力喲，一定是。她，完全不考慮周圍的人怎麼樣。只考慮自己的事噢。那種人是很強的。你明白嗎？我就是這樣被捲進去的。在不知不覺之間變成這樣。她如果感到憂鬱，我也會變憂鬱。她精力充沛的時候我也會被觸發而變成精力充沛。」

我聽見用打火機點香煙的聲音。

「偶爾出來跟我兩個人玩一下比較好的樣子噢。」我說。

「也許。」

「明天我去那邊接妳好嗎？」

「嗯，好啊。」雪說。「跟你談話覺得好像精神變好一點了。」

「很好。」我說。

「很好。」雪模仿著。

「少來了。」

「少來了。」

「明天見。」我說著在她來不及模仿之前把電話掛斷。

雨確實是正在發呆。她坐在沙發上美麗地盤著腿，以沒有深度的平板眼神看著放在膝上的攝影雜誌。就像印象派畫一樣的光景。窗戶敞開但因爲是沒風的日子，窗簾和雜誌頁都絲毫沒動。我走進室內時她只稍微抬起頭無依地微笑。像空氣晃動般淡淡的微笑。然後用纖細的手指抬起五公分左右示意要我坐對面的椅子。幫忙的女的端咖啡出來。

「行李已經送去狄克諾斯家了。」我說。

「見到他太太嗎？」雨問。

「不，沒見到。我只把行李交給門口出來的人。」

雨點頭。「總之謝謝你了。」

「哪裡。沒什麼。」

她閉上眼睛，兩手合在臉前面。然後張開眼睛環視屋內一圈。屋裡只有我和她。我拿起咖啡杯來喝。

她今天沒穿平常穿的粗布襯衫和皺巴巴的棉褲。她穿上有蕾絲的高雅白色襯衫和淺綠色裙子。頭髮整理得很好，也擦了口紅。她是個美麗的女人。雖然經常洋溢的活力消失了，但代替的是帶有危險感的纖細魅力像一層薄薄的蒸氣般包圍著她周圍。那蒸氣看來好像正飄飄忽忽快要消失了似的，但只是看來如此而已，其實一直還在她周圍飄浮著。她的美和雪的美是完全不同種類的東西。或許可以說是極端對比的。那是歲月和經驗所培養出來、磨練出來的美。也可以稱爲她自我證明的美。那美要說起來就是她自己本身。她確實地掌握著那美，懂得如何有效地使用在自己身上。跟這比起來，雪的美多半情況是無目的的，有些情況連她自己都不會處理。

我常常會想，看著美麗而有魅力的中年女人是人生的一大歡喜。

「爲什麼呢？」雨說。好像空中有什麼懸在那裡，而她一直注視著那個似的說法。

我默默繼續等待。

「爲什麼會變得這樣消沈呢？」

「因爲一個人死了啊。這是當然的事。人死掉是一件很大的事。」我說。

「是啊。」她無力地說。

「但是——」我說。

雨看著我的臉。然後搖頭。「你不是傻瓜。我想說的你明白吧？」

「不應該這樣的——是嗎？」

「對。嗯，就是這樣。」

「不是多怎麼樣的男人。也沒有什麼了不起的才華。但是個誠實的男人。把職責做得很好。經過長久歲月所獲得的重要東西卻爲了妳而捨棄，並且死去。死了之後才明白他的好處。」我想這樣說。但沒有說。有某種話是說不出口的。

「爲什麼呢？」她一面注視著浮在那空間的什麼一面說。「爲什麼和我在一起的男人都會變不行呢？爲什麼全都往奇怪的方向走掉呢？爲什麼我什麼都留不住呢？到底是什麼不行呢？」

那甚至不是問題。我一直注視著她襯衫領口的蕾絲。那看起來就像高尙動物清潔內臟的皺紋一般。煙灰缸中她的 Salem 靜靜升起狼煙般的煙。煙上升到很高再分解，和沈默的灰塵同化。

雪換好衣服出來，對我說走吧。我站起來，對雨說差不多要走了。

雨什麼也沒聽進去。雪怒吼道「嘿，媽，我們要出去了噢。」雨抬起臉點頭。然後又拿出新的煙點火。

「我們去兜一下風。不用等我吃晚飯。」雪說。

我們留下還坐在沙發上一動也不動的雨便出門了。那個房子裡好像還留著狄克諾斯的氣息似的。我心中也還留著他的氣息。我記得很清楚他的笑臉。切麵包是用腳嗎？我這樣問他時，他所露出覺得眞奇怪的笑臉。眞怪的男人，我想。死了以後還比較有存在感。

37

就這樣我跟雪見了幾次面。三次。正確地說。她對於在箱根山中和母親只有兩個人一起生活似乎並不特別感興趣。她並不覺得這種生活快樂，但也不討厭。她似乎並沒有特別覺得因為母親男朋友死了變得孤伶伶的很消沈，所以自己必須多少照顧母親才行。她只是像被風吹到那裡，於是存在那裡而已。在那邊的生活對各方面她都無感動。

和我見面，雪只有在這段時間裡稍微恢復一些精神。跟她開玩笑時也漸漸會有反應回來，聲音也恢復以前有點酷的緊張感。但一回到箱根家裡就又恢復為木頭人。她的聲音失去彈性，眼光變得無感動。簡直像為了節約能源而快要停止自轉的行星似的。

「嘿，妳要不要再到東京一個人住看看比較好呢？」我試著說：「可以轉換心情啊。不用很長。只要三天或四天就好了，換一下環境也不錯噢。在箱根好像漸漸變得沒精神了。看來跟在夏威夷時比起來好像是兩個人似的噢。」

「沒辦法啊。」雪說。「我很瞭解你說的意思。不過現在是這樣的時期。現在到什麼地方都一樣。」

「因爲狄克諾斯死了，妳母親變成那樣的狀態嗎？」

「是啊，那個也有。不過，我想不只因爲那個。並不是離開媽媽就可以解決的事情。靠我的力量無論如何都不行。怎麼說呢，結果就是那種流啊。星座的運轉逐漸變壞了。現在不管在什麼地方做什麼都一樣。身體和頭腦不能好好連接起來。」

我們躺在海岸望著海。天空烏雲密佈。溫熱的風搖晃著長在沙灘上的草葉。

「星座運轉。」我說。

「星座運轉。」雪虛弱地微笑著說：「不過是眞的噢。變壞了。我和媽媽好像有某種周波數是共通的噢。上次我好像也說過，如果媽媽有精神我也會變活潑，媽媽消沈下來我也就漸漸變不行了。雖然有時候也不太知道哪邊比較先。也就是說，不是媽媽在牽引著我，就是我在牽引著媽媽。但總而言之我覺得她跟我好像有什麼連繫著似的。不管是黏在一起也好，是分開來也好，都一樣。」

「連繫著？」

「對，精神上連繫著。」雪說。「有時候我會討厭這樣而反抗，有時候則精疲力盡變得無所謂。放棄了。常常怎麼說才好呢，我有時候會變得無法好好控制自己。覺得好像被什麼巨大的外力操縱著似的。變成這樣的時候，我會變得搞不清楚到什麼地方是自己，從什麼地方開始不是自己。所以就放棄了。一切都想丟掉。覺得好討厭。我還只是小孩子啊，想要這樣喊叫著蹲到房間的角落去。」

傍晚我送她回箱根家裡，然後回東京。雨邀我要不要一起吃飯，但我每次都拒絕。雖然覺得不太好，但跟她們兩個女人一起同桌吃飯我實在難以忍受。眼光混濁的母親，和無感動的女兒。死者的氣息。沈重的空氣。發出影響的東西和受影響的東西。沈默。聽不見任何聲音的夜晚。光想像著這種情景我的胃就僵硬起來。『愛麗絲夢遊仙境』裡出現的瘋狂帽子店的茶會還比較好。那裡雖然沒有條理，但至少還有所謂動這東西。

我打開車上音響一面聽著古老的搖滾樂一面開車回到東京。我一面喝著啤酒，一面做晚飯，然後一個人安靜地快樂地吃。

♪ ♪ ♪ ♪

跟雪見面並沒有特別做什麼。我們只是一面聽著音樂一面兜風，躺在海岸邊恍惚地眺望雲，到富士屋飯店吃吃冰淇淋，到蘆之湖去坐坐船。就這樣兩個人一面小聲地談著很多話一面度過下午的時間，望著日子一天一天過去。簡直就像靠退休金過活的人似的，我想。

有一天，雪說想看電影。我下到小田原去買報紙來看看，沒有什麼好電影。只有在二輪電影院放映著五反田君演的『單戀』而已。我說五反田君是我中學時的同班同學，現在也常常見面，雪似乎對這部電影感興趣。

「你看過那部電影嗎？」

「看過。」我說。不過當然沒說看過很多次。如果說看過很多次的話，就不得不從頭說明那理由了。

「有趣嗎？」雪問。

「沒趣。」我立即說。「很無聊的電影噢。表現得極保守，浪費膠捲。」

「你朋友怎麼說，對那部電影？」

「他說無聊的電影，浪費膠捲。」我笑著說。「演出的人自己都這樣說了所以不會錯啊。」

「不過我想看看。」

「可以呀，那麼現在就去看吧。」

「你沒關係嗎？看兩次？」

「沒關係吧。反正沒有別的事做，而且也沒什麼害的電影。」我說。「連害處都構不成呢。」

我打電話去電影院問『單戀』開演的時間，然後到城中動物園去磨時間。城裡有動物園的町竟然除了小田原之外沒有別的地方有。好奇怪的町。我大多在看猴子。看著猴子是不會膩的。大概是那光景令人聯想某種社會吧。有的鬼鬼祟祟。有的多管閒事。有的盛氣凌人。也有胖嘟嘟的醜猴子站在山頭上睥睨四方，態度雖然高傲但眼光卻充滿威脅和猜疑。而且眞的很髒。我眞想不通爲什麼會變成那樣肥胖醜陋而陰慘呢。但當然總不能去問猴子。

因爲是平日的白天，因此電影院不用說是空空的。椅子堅硬、有一股在壁櫥裡似的氣味。我在休息時間買了巧克力給雪。我也想吃點什麼，但遺憾的是賣店裡沒有一樣東西能夠引起我的食慾。賣東西的年輕女孩也不是那種積極向客人推銷東西的典型。於是，我只吃了一片雪的巧克力。我幾乎有一年左右沒吃巧克力了。我這樣說，雪便說「哦？」

「你不喜歡巧克力嗎？」

「我沒興趣。」我說。「不喜歡也不討厭。只是沒興趣。」

「怪人。」雪說。「對巧克力沒興趣，是精神異常噢。」
「一點也不怪。這種事也常有。妳喜歡達賴喇嘛嗎？」
「什麼啊？」
「西藏最偉大的和尚啊。」
「我不知道，這種事。」
「那麼妳喜歡巴拿馬運河嗎？」
「既不喜歡也不討厭哪。」
「或者，妳喜歡換日線或討厭？圓周率呢？喜歡禁止壟斷法嗎？侏儸紀喜歡或討厭？塞內加爾國歌呢？一九八七年十一月八日喜歡或討厭？」
「你眞嚕嗦，好煩。眞的像傻瓜一樣，還眞會想出一個又一個的。」雪似乎很厭煩地說。「我夠知道了，你既不喜歡也不討厭巧克力，只是沒興趣而已。我知道了。」
「妳知道就好了。」我說。
電影終於開始了。我因爲已經知道全部情節，因此也沒看電影只在想事情。雪似乎也覺得這電影很糟糕的樣子。偶爾嘆一下氣，鼻子哼一聲，由此可以知道。
「像傻瓜一樣。」她似乎忍無可忍了似地小聲嘀咕著。「什麼地方的傻瓜會特地去拍這樣糟糕的電影呢？」
「當然的疑問。」我說。「什麼地方的傻瓜會特地去拍這麼糟糕的電影呢？」
銀幕上英俊的五反田君正在講課。雖說是演技但他的教法很高明。他在說明文蛤的呼吸法，既容易懂，又親切，充滿幽默感。我佩服地看著他上課。演主角的女孩正托著腮一直注視著講台上的他。看了好幾次這電影了居然第一次看到這一幕。

「那是你朋友嗎？」

「對。」我說。

「看起來好像傻瓜一樣嘛。」雪說。

「確實。」我說。「本人正點多了。本人並沒有那麼糟糕。頭腦也不錯，是個滿有趣的人。是電影太糟糕了。」

「不要去演糟糕的電影就好了。」

「正論。不過這有很多複雜的情況。說來話長所以我不說。」

電影順著太過於理所當然的情節平凡地進展著。台詞平凡、音樂平凡。令人覺得乾脆進入時光隧道去貼上「平凡」的標籤埋進土裡算了。

終於出現奇奇演的那一幕了。這部電影裡相當主要的重點。五反田君和奇奇在牀上。星期天早晨的一幕。我深深吸一口氣，意識集中在銀幕上。星期天早晨的陽光從百葉窗照進來。那是和平常一樣的陽光。同樣的顏色，同樣的角度，同樣的亮度。我對那個房間的一切瞭若指掌。甚至可以吸進那房間的空氣。然後看得見五反田君。他的手在奇奇背上爬行。非常優雅，簡直像順著記憶的纖細溝渠前進一樣，輕輕地撫摸奇奇的背。奇奇的身體敏感地反應著。她的身體忽然顫動一下。像是皮膚無法感知的微妙空氣流動使蠟燭火焰微微搖曳一樣。那顫動令我窒息。五反田君的手指和奇奇背部的大特寫。終於攝影機移動了。看見奇奇的臉。主角女孩子出現。她走上公寓的階梯，咚咚地敲著門，門開了。爲什麼沒有上鎖呢？我再度感到疑問。但沒辦法。這怎麼說都是電影。而且是平凡的電影。總之她打開門走進去。然後目擊五反田君和奇奇在牀上擁抱著。她閉上眼停止呼吸，裝了餅乾或什麼的盒子掉落，她跑走了。五反田君從牀上起身，茫然地看著這個。奇奇出聲說：「嘿，這是怎麼一回事呢？」

一樣，每次每次都一樣。

我閉上眼睛，腦子裡又一次浮現那個星期天早晨的陽光，五反田君的手指，和奇奇的背。我感覺那好像是一個獨立存在的世界似的。那樣的世界浮在架空虛構的時空中飄著。

我一留神時，雪正向前彎腰臉朝下趴著，額頭搭在前排座位的靠背上。兩臂像在禦寒似地緊緊交抱在胸前。她無聲地，一動也不動。連呼吸的氣息都沒有。看來簡直就像凍僵在那裡死掉了似的。

「嘿，妳怎麼樣？」我問。

「不太舒服。」雪以擠出來似的聲音說。

「總之到外面去。怎麼樣，能動嗎？」

雪輕輕點頭。我挽著她變僵硬的手臂走出電影院。走過座位通路時，我們背後畫面上五反田君又站在講台上教著生物課程。外面細雨無聲地下著。風似乎是從海那個方向吹過來的，微微帶有海潮的氣味。我抓著她的手臂支持她的身體，慢慢走到停車的地方。雪緊緊咬著嘴唇，什麼也沒說。我也什麼也沒說。從電影院到停車的地方頂多不過二百公尺左右的距離，但那感覺卻是非常慢長的路。甚至令人覺得是不是會永遠繼續下去。

38

我讓雪坐上助手席，打開車窗。雨安靜地繼續下著。並沒有清楚映入眼簾的細雨，但卻令柏油路面逐漸染成淡墨色。也聞得出雨的氣味。有人把傘撐開，也有人不介意地就那樣走著。這種程度的雨。風也稱不上風。雨只是安靜筆直地在空中降落。我試著把手掌伸出窗外一會兒，只覺得好像有點濕而已。

雪把手腕放在窗框上托著下顎，歪著頭把半邊臉露出車外。並以那個樣子長久不動一下。只有背部配合著呼吸規則地起伏而已。那是非常微弱的起伏。只吸了一點氣，吐出一點氣的小呼吸。但總之是在呼吸著。看著那樣的背影時，好像只要施加一點力氣，手肘和脖子就會啪吱地折斷似的。爲什麼看起來會這麼脆弱而無防備呢？我想。那是因爲我已經是大人的關係嗎？儘管我是不完美的，但我也自有在這個世界活下去的技術，而這孩子卻還沒有學會這個嗎？

「有沒有我可以做的事？」我試著問。

「什麼都不用做。」雪小聲說，依然伏在車窗呑了一口唾液。呑的時候發出很不自然的巨大聲音。「帶我到沒有人的安靜地方。不太遠的地方。」

「海邊好嗎？」

「哪裡都可以。但請你慢慢開。不要太搖晃，不然說不定會吐。」

我把她的頭像處理容易破裂的雞蛋一樣地輕輕用手托著移進車裡，讓她靠在椅背的靠枕上，然後把車窗關上一半。並以交通情況容許的範圍內慢慢開車，開到國府津的海岸。把車子停在海邊，帶她到沙灘時，她說想吐。於是在腳下的沙灘吐了。胃裡沒有什麼東西。也沒有太多可以吐的東西。吐完黏稠的巧克力色液體之後，其他吐出的就只有胃液和空氣了。最難過的吐法。只有身體痙攣而已，什麼都吐不出來。覺得身體像被榨著似的。覺得胃好像縮成拳頭一般大小。我輕輕撫順著她的背。像霧般的雨依舊繼續下著，但雪似乎絲毫沒有留意雨的事情。我用指尖試著在她胃的後面一帶輕輕壓看看。肌肉簡直像變成石頭般僵硬。她穿著夏天的棉線衫和褪色的牛仔褲，紅色 Converse 籃球鞋，趴跪在沙灘上，閉著眼睛。我把她的頭髮綁成一束移到後面以免弄髒，手繼續在她背上慢慢地撫順著。

「好痛苦。」雪說。她眼睛滲著淚光。

「我知道。」我說。「我非常瞭解。」

「怪人。」她一面皺著眉一面說。

「我以前也有過這種吐法。非常痛苦。所以我很瞭解。不過馬上就會停止。再忍耐一下就過去了。」

她點點頭。然後身體又痙攣。

十分鐘左右痙攣退了。我用手帕擦擦她的嘴角，把吐的東西上面用腳撥沙蓋掉。然後扶著她的手肘，支持她的身體，帶她到可以倚靠著坐下的堤防那邊。

我和雪一面讓雨濡濕著，一面就那樣一直坐在那裡。靠著堤防，側耳聽著駛過西湘外環道的車輛輪胎聲，望著降落海面的雨。雨雖然細，但比剛開始下時稍微加強了些。海岸上站著兩、三個釣魚的人，但他們完全沒注意到我們這邊。甚至沒有回頭看過。他們戴著老鼠色雨帽，身上緊緊裹著雨衣，把巨大的釣魚竿像旗幟般立在海浪起伏的海邊，他們一直注視著海面。除了他們之外，看不見別人的蹤影。雪把頭軟趴趴地靠在我肩上。什麼也沒說。不知情的人從遠處看，一定以爲我們是感情很好的情侶吧。

雪閉著眼睛，依然非常安靜地呼吸著。看來簡直像是睡著了似的。一縷帶著濕氣的前髮貼在額上，配合著呼吸鼻腔微微震動。臉上一個月前曬的痕跡還像淡淡的記憶般殘留著，但在陰沈的天空下，那看來竟帶有某種不健康的顏色。我用手帕擦拭她被雨濡濕的臉，爲她擦掉眼淚的痕跡。在毫無遮蔽物的海上，雨正無聲地繼續下著。形狀如蜻蜓幼蟲般的自衛隊對潛戒哨機發出鈍重的聲音好幾次從頭上掠過。

終於她張開眼睛，頭還靠在我肩膀上以沈澱的視線轉向我。並從長褲口袋拿出 Virginia Slim 香煙，用火柴摩擦點火。但火總是點不著。沒有力氣擦火柴。但我放手不管。也沒說「現在抽煙不好。」她終於點著火，把火柴棒用手指彈掉。然後吸了兩口後皺起眉頭，把香煙也同樣用手指彈掉。香煙在水泥地上燃燒了一會兒，終於被雨濡濕而熄滅。

「胃還痛嗎？」我問。

「還有一點。」她回答。

「那麼再在這裡安靜休息一下。不冷嗎？」

「沒問題，淋著雨比較舒服。」

釣魚的人們依然繼續注視著太平洋。釣魚到底什麼地方有趣呢，我想。不是只有釣魚嗎？爲什麼只爲了這個而非要在下雨天一整天站在海邊盯著海不可呢？不過這是個人的喜好。如果要說跟一個神經質的十三歲女孩一起坐在海邊淋雨也算個人的喜好那就沒話說了。

「那個，你的朋友——」雪小聲地說。奇怪而僵硬的聲音。

「朋友？」

「嗯，演剛才那部電影的人。」

「他本名叫五反田君。」我說。「跟山手線的車站同名。目黑的下一站，大崎的前一站。」

「他把那個女人殺掉了噢。」

我把眼睛瞇細了看雪的臉。她臉上表情非常疲倦。呼吸凌亂，肩膀不規則地上下動著。簡直像快溺水時剛被救上來的人似的。她在說什麼呢？我一點都猜不透。「殺掉了？把誰？」

「那個女的。星期天早晨跟他一起睡覺的人。」

這樣我還是沒有弄清楚。我的頭腦毫無辦法地混亂著。狀況的某個地方施加了錯誤的力量。因此破壞了本來的流向。但那錯誤的力量是從什麼地方如何來的，我無從掌握。我半無意識地微笑著。「那部電影裡沒有人死掉啊。妳一定想錯什麼了。」

「我不是說電影。而是實際的這個世界裡，眞的殺掉了噢，我知道得很淸楚。」雪這樣說完便緊緊握住我的手腕。「好可怕。胃裡有什麼沈重的東西堵著似的。痛苦得快要不能呼吸了。可怕得不能呼吸。嘿，以前的那個又來了噢。我知道，很淸楚。你的朋友把那個女人殺了噢。我不騙你，是眞的噢。」

她要說什麼，我好不容易才瞭解。一瞬之間背脊凍僵了。我再也說不出其他的話。我在霧雨中讓身體一直僵硬著，我看著雪的臉。到底該怎麼辦才好呢？我想。一切的一切都致命地歪斜著。一切的一切都讓我束手無策。

「對不起。也許我不該說這種事。」雪說。並深深嘆一口氣。她把握緊我的手放開。「老實說，我並不清楚。我雖然能感覺到那是事實，但那是不是眞的事實我並沒有自信。而且說出這種事，你也會和其他人一樣恨我、討厭我也不一定。但我不能不說。不管那是眞的事情，或不是，我卻可以清楚地看到，因爲我無法一個人把它留在心裡。很可怕噢，非常。自己一個人沒辦法處理。所以拜託，不要生我的氣噢。如果你責怪我，我會受不了。」

「我沒有責怪妳，妳靜下來慢慢說吧。」我輕輕握住雪的手說。「妳能看得見那個嗎？」

「是啊，可以看得很清楚。這是第一次。是他殺的。他把電影中的女人勒死了。然後把屍體移到那部車子上。開到很遠的地方。那部車子，你有一次載我的義大利車噢。那部車子，是他的對嗎？」

「是啊。是他的車。」我說。「其他妳還知道什麼？靜下來慢慢想。不管多麼細微的事都可以。如果妳知道什麼請告訴我好嗎？」

她把頭從我肩上移開，像試了兩、三次似的左右搖搖。並用鼻子深深吸氣。「重要的事我不知道。只有泥土的氣味。鏟子。夜晚。鳥聲。這些而已。他把那個女的勒死，用那部車運到什麼地方埋掉。這樣而已。不過，很奇怪，我完全沒有感覺到惡意這東西。沒有犯罪似的感覺。簡直像儀式一樣。非常安靜。殺的這邊和被殺的這邊都非常安靜。出奇的靜。我無法適當表現。好像在世界盡頭一般的靜。」

我長久閉著眼睛。我想在那安靜的黑暗中整理思緒，但不行。總算伸出腳要踏進去想要在那裡停住腳步，但也不行。覺得記錄在腦子裡的全世界的事物和事象都在一瞬間紛紛崩潰似的。一切都粉碎，飛散化爲細碎的片斷。我只能單純地接受雪所說的話。就那樣既沒有相信，也沒有不相信。只能任由她的語言自然地滲進我心中。那充其量只是可能性而已。但那可能性所含有的力量卻是壓倒性、致命性的。只是她口中道出的可能性，卻把我這幾個月間在心中模糊形成的某種體制紛紛吹散。雖然那體制是模糊的暫定的，嚴密說來缺乏實證性的，但卻已經自然形成堅固的存在感和均衡性。然而那存在感和均衡性現在卻已經消失無蹤了。

有這可能性，我想。而且在這樣想的瞬間我覺得有什麼結束了似的。非常微妙，而決定性地，那個什麼便結束掉了。什麼到底是什麼呢？但我什麼都不想去想了。以後再想吧，我想。總之，我又變孤獨了。在雨中的沙灘，我一面和十三歲少女兩個人並肩坐著，一面感到受不了的孤獨。

雪悄悄握住我的手。

相當長的時間她握著我的手。小而溫暖的手，但有一點令人覺得不是現實的東西。那溫暖的小感觸令人覺得只不過是過去記憶的再現似的。是記憶，我想。溫暖。但那卻挽救不了什麼。

「回去吧。」我說。「我送妳回家。」

我送她回箱根的家。我和她都沒有開口。因爲受不了沈默，因此我拿起眼前看到的錄音帶放進汽車音響卡匣裡播放。傳出什麼音樂來，但我完全不知道那是什麼音樂。我集中意識在駕駛。我明確地掌握手和腳的動作，一面掌握，一面仔細地換檔、小心地握著方向盤。雨刷發出咔噠咔噠咔噠咔噠的單調聲音。

我不想見雨，因此在她家的階梯下和雪道別。

「嘿。」雪說。她在駕駛席窗外，很冷似地抱緊雙臂站著。「我說的事情你不要囫圇吞噢。我只是看見了而已。就像剛才說的那樣，我完全不知道是不是確實。嘿，請不要因爲這樣而恨我噢。如果被你憎恨的話，我會不知道該怎麼辦才好。」

「我不會恨妳的。」我微笑著說。「也不會把妳說的話囫圇吞。不過不管怎麼樣，遲早事情會眞相大白。像霧散後一樣地現出來。我知道。如果妳說的話是眞的，那只是眞實碰巧透過妳顯現出來而已。並不能怪妳。我很瞭解不能怪妳。不管怎麼樣，總之我會試著親自去確認。不這樣什麼都不能解決。」

「你要跟他見面嗎？」

「當然會見面。而且直接問他看看。只能這樣啊。」

雪聳聳肩。「你沒生我的氣嗎？」

「沒生氣呀，當然。」我說。「沒有理由生妳的氣不是嗎？妳沒有做錯任何事。」

「你人一直非常好。」她說。爲什麼用過去式說呢？我想。「我第一次遇見像你這樣的人。」

「我也第一次遇見像妳這樣的女孩子。」

「再見。」雪說。並一直看著我。她有一點不知如何是好的樣子。看來好像想要再補充說什麼，或握我的手，或在臉頰親吻一下的樣子。但當然並沒有這樣做。

回程的車上飄著她那不知如何是好的可能性。我聽著莫名其妙的音樂，精神一面緊緊投注在前方，一面開著車，回到東京。從東名高速公路出來的那一帶雨停了。但我一直到開進澀谷平常停的停車場把車停好爲止，竟忘了關雨刷。雖然留意到雨停了，但卻沒想到要關掉雨刷。頭腦正混亂著。不能不做點什麼。我在停好車的

Subaru裡握著方向盤長久發呆著。手從方向盤放下竟花了很長的時間。

39

整理情緒花了更長的時間。

首先第一個問題就是該相信雪的話或不相信。我把那當做純粹的可能性問題來試著分析。把眼前所能見到範圍內所有的感情性要素徹底排除。這並不是多困難的作業。因爲我的感情本來從最初開始便像被蜜蜂刺到一般模糊而痲痺。有可能性，我想。而且隨著時間的經過，那可能性在我心中逐漸越來越膨脹、增殖，帶上某種的確實感。有一種無法抗拒那流向的確實趨勢。我站在廚房燒開水，磨咖啡豆，花時間仔細地泡咖啡。從餐具架把杯子拿下來，注入咖啡，坐在牀上喝著。而在喝完左右的時候，可能性幾乎變成接近確信了。恐怕就是那樣吧，我想。雪正確地看見那意象。五反田君殺了奇奇然後把屍體運到某個地方埋了或怎麼樣了。

眞不可思議，我想。沒有任何確實證據。只是一個敏感的十三歲少女看了電影這樣感覺到而已的事。但不知道爲什麼我對她所說的事竟然無法夾進懷疑的念頭。當然打擊很大。但我幾乎直覺地接受了雪所見到的意象。為什麼呢？爲什麼有那樣的確信呢？不知道。

但雖然不知道總之我決定從這裡開始進行。

進行。下一個問題。爲什麼五反田君非要殺奇奇不可呢？

不知道。下一個問題。殺 May 的也是他嗎？如果是，那又爲什麼呢？爲什麼五反田君非殺 May 不可呢？

還是不知道。不管怎麼想，我都想不到五反田君非要殺奇奇，或 May 兩個人不可的理由。想不出任何一個理由。

不知道的事太多了。

結果正如雪也說過的那樣我只有跟五反田君見面，直接問他看看了。但到底該怎麼開口才好呢？我試著想像自己向他質問「你殺了奇奇嗎？」的情景。那總覺得很笨，怎麼想都怪異。而且骯髒。光想像開口提這種事的自己都覺得骯髒得噁心。其中顯然含有某種錯誤的要素。但不這樣做的話，就無法前進。已經不能夠適當讓事實繼續含糊下去而任其發展了。現在我已經沒有選擇餘地。不管怪異也好，含有錯誤的要素也好，那都是非做不可的事了。非做不可的事，就必須好好地做。我幾次想打電話給五反田君。但不行。我坐在牀上，深呼吸，把電話機放在膝上慢慢地撥著號碼。但每次都無法把那號碼撥到最後。我放棄地把聽筒放回去，就那樣躺在牀上望著天花板。五反田君對我的存在，比我所想的具有更大的意義。對，我和他是朋友。就算他殺了奇奇，他依然是我的朋友。而且我不想失去他。我已經失去太多東西了。不行。無論如何都不能打電話。

我把電話答錄設定好，就算電話鈴響我也絕對不拿起聽筒。因爲如果五反田君打電話來，現在這個樣子我也不知道該對他說什麼才好。一天裡電話響了幾次。不知道是誰打的。也許是雪，也許是 Yumiyoshi。但總之我沒有回應那呼喚。不管那是誰打來的，現在這情況我實在沒有心情跟任何人說話。每一通電話都響了七次或八次就停了。每次電話響起，我就想起在電信局上班的女朋友。「請你回去月球吧」她對我說。眞的，正如妳說的，我想。也許我眞該回月球比較好。這裡的空氣對我來說有點太濃了。這裡的重力對我來說有點太重了。

四天或五天，我一直繼續思考。爲什麼？我在那之間只吃了一點點東西，睡了一點點覺，一滴酒也沒喝。因爲覺得無法適當掌握身體的機能，因此幾乎沒有外出。我正失去各種東西，我想。繼續喪失。每次總是被孤伶伶地留下來。就這樣，每次都這樣。我和五反田君在某種意義上是同類的人。狀況不同，想法和感覺法不同。但我們是同類的人。我們都是繼續失去的人。而且我們正要彼此失去對方。

我思考奇奇的事。我想起奇奇的臉。「這到底是怎麼回事呢？」她說。她死了，躺在洞穴裡，上面覆蓋著泥土。和死掉的沙丁魚一樣。我覺得終究奇奇是應該死去而死去的。這是很不可思議的想法，但我只能如此感覺。我所感覺到的是看開了。像不斷下在廣大海面的雨一樣安靜的想開了。我連悲哀都沒有感覺。悄悄用手指在靈魂的表面滑走時便有粗粗的奇怪感觸。一切都無聲地過去了。好像畫在沙上的印記被風吹散了似的。這是誰都沒辦法阻止的事。

但是這樣子，很可能，又增加一個屍體了。老鼠、May、狄克諾斯，然後奇奇。這就四個了。還剩下兩個。除此之外還有誰要死去嗎？不過反正大家遲早都要死的，我想。或遲或早。而且化爲白骨，被運到那個房間。各種奇怪的房間和我的世界聯繫著。火奴魯魯市區的，聚集了屍體的房間。札幌飯店的，黑暗陰冷的羊男的房間。還有五反田君擁抱奇奇的星期天早晨的房間。到底到什麼地方是現實呢？我想。我的頭腦是不是怎麼樣了？我是正常的嗎？各種事情在非現實的房間裡發生，那感覺上是被徹底變形後帶進現實中似的。到底什麼是最初的現實呢？我越想越覺得眞實更離我遠去了似的。雪花紛飛的那個三月的札幌是現實嗎？那看起來像非現實。和狄克諾斯兩個人坐在馬卡哈海邊的事是現實嗎？那看來也像非現實。覺得過去好像曾經有過類似的事情，但那好像不是最初的現實似的。因爲單手的男人爲什麼能把麵包切得那麼漂亮呢？爲什麼火奴魯魯的應召女郎會把奇奇帶我去的死亡之屋的電話號碼寫下留給我呢？但那應該是現實啊。因爲那是我所記憶的現實啊。如果不承認那是現實的話，我的世界認識本身便要動搖了。

難道我的精神正呈現狂亂，我生病了嗎？

或者現實顯得瘋狂，而且生病了嗎？

不知道。不知道的事太多了。

但不管怎麼說，不管哪邊狂亂了哪邊生病了，我都必須把這半途而廢放任不管的混亂狀況好好整理起來才行。其中所包含的東西，不管是悲哀也好、憤怒也好、看開也好，我總之必須在這裡打上休止符才行。那是我的任務。那就是所有事物給我的暗示。因此我才會和各種人相遇，而被帶到這奇怪的地方來。

那麼，我想。再一次找回舞步吧。我必須跳得高明到讓人家佩服爲止。舞步，那是唯一的現實。那是確實決定好的事情。不需要思考。那在我腦子裡以百分之一千的現實刻進去了。跳舞吧。非常高明地。打電話給五反田君，這樣問他。「嘿，你殺了奇奇嗎？」

但不行。手不能動。只坐在電話機前，我的心毫無辦法地震動混亂著。就像承受強烈的横風時那樣，我身體搖晃，連呼吸都變困難了。我是喜歡五反田君的。他是我唯一的朋友，也是我自己。五反田君是我這個存在的一部分。我可以瞭解他。我撥錯了好幾次電話。撥幾次都無法排出正確的數字。而在第五次或第六次，我把聽筒丟在地上。不行。我做不到。無論如何都踩不好舞步。

屋子裡的安靜使我心情受不了。也討厭聽到電話響。我走出外面，在街上繞著走。簡直像在做復健的患者一樣，一面一一確認著腳的動作法、道路的橫越法一面走。並且走在人羣混雜裡，坐在公園看人的身影。我受不了的孤獨。我覺得想要抓住什麼。但環視周圍，竟沒有任何可以抓住的東西。我正在滑溜溜無處著力的冰冷迷宮中。黑暗是白色的，聲音是空空地迴響著的。我想哭。但連哭都哭不出來。對，五反田君就是我自己。而我正要失去我本身的一部分。

結果我終於沒有能夠打電話給五反田君。

在我能打電話之前，五反田君到我的公寓來找我了。

那又是個下雨的夜晚。五反田君穿著和上次我們兩人到橫濱去時一樣的白色雨衣，戴著眼鏡，和雨衣同色的雨帽。雨勢相當強，但他沒有打傘。水滴從帽子上紛紛滴落下來。他看見我的臉便咧嘴微笑。我也反射地微笑。

「你臉色好難看。」他說。「我打電話也沒人接就直接過來看看。你不舒服嗎？」

「是不太好吧。」我慢慢地選擇字眼說。

他瞇細了眼睛檢視了我的臉一會兒。「那麼要不要我下次再來？好像這樣比較好的樣子。不管怎樣，我這樣直接來造訪是不太好。等你精神恢復後再見面吧。」

我搖搖頭。然後吸一口氣尋找著適當的話。雖然找不到適當的話，但五反田君一直在等著我。「不，不是身體怎麼樣。」我說。「只是沒怎麼睡覺，沒怎麼吃東西所以看起來有點累而已。已經沒關係了，也有話想跟你說。到外面去吧。好久沒吃像樣東西了，想去吃一點什麼。」

我和他坐著瑪莎拉蒂上街。瑪莎拉蒂令我緊張。在滲入雨中的各色霓虹燈間，他讓車子漫無目的地跑了一會兒。五反田君換檔順暢而正確。車子絲毫不感覺震動。加速溫和，剎車安靜。街上的噪音像峭立的山谷般聳立在我們周圍。

「到什麼地方去呢。不擔心會遇到戴勞力士錶的業界熟人，可以兩個人安靜談話的地方，又可以吃像樣東西的餐廳。」他說。他瞥了我一眼。但我什麼也沒說地茫然望著外面的景色。大概團團轉了三十分鐘左右之後，他放棄了。

「要命，不知道怎麼搞的完全想不到。」五反田君嘆氣地說。「你呢？知道什麼地方嗎？」

「不，我不行。什麼都想不起來。」我說。眞的什麼都想不起來。頭腦還不能跟現實好好連接。

「OK，那麼用逆思考的方法試試看吧。」五反田君以清澈明朗的聲音說。

「逆思考法？」

「到徹底吵鬧的地方去。那樣的話反而可以兩個人單獨靜下來談話吧？」

「不錯，但例如哪裡？」

「Shakey's。」五反田君說。「要不要吃披薩？」

「我沒關係。不討厭披薩。不過到那種地方，你不怕被人家認出來嗎？」

五反田君無力地微笑。像從樹葉縫隙間漏出來的夏日黃昏最後的光一樣的微笑。「你曾經在Shakey's見過名人嗎？」

因爲是週末，所以Shakey's很多人，很吵雜。有樂隊的舞台，那邊穿著條紋襯衫的Dixieland美國南方爵士樂風的樂隊正演奏著『Tiger Rug』，好像喝了過多啤酒的學生團體正不服輸地高聲和那樂團競唱。光線陰暗，根本沒有人注意我們。店內飄著烤披薩餅的香氣。我們點了披薩，買了生啤酒，在最裡面懸著豪華第凡尼燈的那桌坐下。

「你看，正如我說的吧？又輕鬆，反而能鎮靜下來。」五反田君說。

「是啊。」我承認。確實好像方便談話的樣子。

我們喝了幾杯啤酒，然後嚼著剛出爐的熱披薩。我感覺到好久沒有感覺到的飢餓感。雖然很少想要吃披薩，不過吃了一口看看後覺得好像世上沒有比這更美味的東西了。我大概是非常餓了吧？五反田君也餓了的樣子，我們什麼也沒想地默默喝著啤酒，吃著披薩。披薩吃完後，又各買了一杯啤酒喝。

「好吃。」他說。「從三天前就一直想吃披薩。甚至還夢見披薩呢。烤箱裡面披薩發出嘰哩嘰哩的聲音烤著。在夢裡我只是一直看著那個。只有那樣的夢。沒有開始，也沒有結束。如果是容格的話會怎麼解釋噢？如果是我的話則會解釋爲『我想吃披薩』。好了，你想跟我談什麼呢？」

就是現在，我想。但沒辦法順利開口。五反田君看來非常放鬆地，正享受著夜晚的樣子。我看著他無邪的微笑時，語言竟然無法順利出來。不行，我想。現在實在說不出來。至少現在不行。

「你呢？」我說。喂，不能老是這樣繼續往後拖延哪，我想。不過不行。就是說不出口。無論如何都不行。

「工作還是老樣子。」五反田君撇著嘴說。「還是一樣啊。我想做的工作不來。不想做的工作則大量湧來。像雪崩一樣大量湧來。朝向雪崩大聲吼叫誰也聽不見。只有喊痛喉嚨而已。太太方面——不過很奇怪喲，已經分手了還一直叫她太太——跟我太太那次以來只見過一次。嘿，你在汽車旅館或賓館裡跟女人睡過覺嗎？」

「工作方面，還有你太太方面怎麼樣？」

「不太有，幾乎沒有。」

五反田君搖搖頭。「那是很奇怪的事噢。繼續下去，會很累。房間裡非常暗。窗戶都關閉著。因爲是爲了做愛的房間，不需要什麼窗戶。沒有光線就行了。簡單說，只要有浴室和牀就行了似的。其他只要背景音樂（BGM）電視和冰箱。這樣就可以了，即物式的。只放有必要的東西。當然是做那個方便的地方。我在那樣的地方跟老婆做。眞的是在做著的感覺。嗯，跟她做是很棒噢。安心，而快樂。心情可以變得很溫柔。做完之後還想一直溫柔地緊緊擁抱著她。不過，卻沒有光線照進來。被關在密室裡。一切都是人工性的噢。在那種地方，我一點都不喜歡。但我卻除了那裡之外無法和老婆見面。」

五反田君喝一口啤酒，用紙餐巾擦擦嘴角。

「我不能帶她到我住的大廈來。那樣做的話立刻會被週刊雜誌揭發。眞的噢。那些傢伙對這種事立刻嗅得出來。不知道爲什麼，不過就是會知道。也不能兩個人到什麼地方去旅行。沒辦法湊出那麼多時間。而且首先一到什麼地方立刻都會被認出來。因爲我們好像在零售隱私一樣。結果只能到什麼便宜的汽車旅館去。這種事情實在眞……」五反田君說到這裡停下來望著我的臉。然後微笑。「又發牢騷了。」

「沒關係呀。不管發牢騷也好，什麼都好，想說什麼就盡管說好了。我一直在聽著。今天，我與其說不如聽比較輕鬆。」

「不，不只是今天。你每次都在聽我發牢騷。我卻從來沒聽你發過牢騷。願意聽別人說話的人不太多噢。大家都只想說。其實並沒有什麼了不起的事可說，我也是其中之一。」

Dixieland的爵士樂隊正演奏著『Hello Dolley』。我和五反田君暫時傾聽著那個。

「嘿，還要不要再多吃一點披薩？」五反田君問我。「再各吃半個的話我倒還可以吃得下。不知道爲什麼，今天覺得肚子好餓。

「好啊，我也還很餓。」

他走到櫃台去點了鯷魚披薩。等披薩烤好之後我們又什麼都不說地默默把那鯷魚披薩各吃了一半。學生團體依然大聲喧鬧。終於樂隊演奏完最後的曲子。班究琴、小喇叭和伸縮喇叭都各別收進盒子裡，樂手們從舞台上消失。只剩下一台演奏型鋼琴。

吃完披薩後，我們暫時什麼也不說地一直注視著空空的舞台。音樂消失後，人們的說話聲似乎帶著奇怪的硬質性。那是一種模糊的硬質性。實體是柔軟的，但存在狀況卻是硬質的。來到身旁之前顯得非常堅硬，但碰觸身體時則柔軟地碎掉了。那像波浪一樣地衝擊我的意識。慢慢地湧來衝擊意識，然後退下。那反覆了好幾次又好幾次。我暫時側耳傾聽著那波浪。我的意識從我自己離開跑到非常遠的地方去。遙遠的波浪，衝擊著遙遠的意識。

「爲什麼要殺奇奇呢？」我問五反田君看看。不是想問而問的。而是忽然脫口而出的。

他以好像在一直望著遠處的什麼似的視線看著我的臉。嘴唇稍微張開一下，從那之間露出白色漂亮的牙齒。長久之間，他一直盯著我的臉看。喧鬧聲在我腦子裡忽而變大忽而變小。簡直像和現實的接觸忽而拉近忽而遠離似的。我記得他端正的十根手指整齊地互相交叉著。和現實的接觸遠離時，那看來像是精巧的工藝品似的。

然後他微笑著。非常安靜的微笑。

「我殺了奇奇嗎？」他緩慢地把字切開似地說。

「開玩笑的噢。」我也微笑著說。「只是有點想這樣說說看而已。有一點想說看看。」

五反田君的視線落在桌上，看著自己的手指。「不，不是開玩笑噢。那是非常重要的事。是必須好好思考才行的事。我殺了奇奇嗎？不得不認眞思考。」

我看著他的臉。嘴角雖然在微笑著，但眼睛是認眞的。他不是在開玩笑。

「爲什麼你要殺奇奇？」我問。

「爲什麼我要殺奇奇嗎？爲什麼噢？我也不知道。爲什麼噢？」

「嘿，我眞搞不淸楚。」我笑著說。「你到底殺了奇奇，還是沒有殺？」

「所以我正在想啊。我殺了奇奇嗎？或者我沒有殺奇奇？」

五反田君喝了一口啤酒，把玻璃杯放在桌上，托著腮。「我也不能確定。這種說法，聽起來很愚蠢吧？但是眞的噢。我不能確定。我覺得我好像勒死奇奇了似的。在我那個房間裡我把奇奇勒死了。我這樣覺得。爲什麼呢？爲什麼我會在那個房間裡和奇奇單獨兩個人在呢？我並不想和她兩個人獨處的啊。但不行，我想不起來。總之我和奇奇兩個人在我的房間。——我把她的屍體用車子運到某個地方去埋掉。某個地方的山中。但我不確定那是不是事實。我不覺得那是眞的發生過的事。只是這樣覺得而已。不能證明。關於這個我一直在想。但不行。不知道。重要的地方被呑進空白裡去了。我試著想想有沒有什麼具體的證據。例如鏟子。我埋她應該是用過鏟子的。如果能找到那個，就可以知道是現實。但也不行。我試著追溯零零碎碎的記憶。我在某個園藝店買了鏟子。並且用那個挖掘了洞穴把她埋掉。鏟子丟在什麼地方。我這樣覺得。但想不起細節來。在什麼地方買的鏟子，把那丟在什麼地方了呢？沒有證據。首先，我把她埋在什麼地方了呢？我只記得是山裡。那像夢一樣斷斷續續。事情好像到那邊去了卻又回這邊來了。錯綜在一起。沒辦法依照順序去追溯。記憶是有噢。但那是眞的記憶嗎？或者那是我配合狀況適當地做出來的呢？我想我一定有什麼問題。我和太太分手之後，那種傾向便越來越嚴重。我好累。而且絕望。絕望性的絕望。」

我沈默著。停了一會兒。五反田君繼續說。

「到底到什麼地方是現實？而從什麼地方開始是妄想呢？到什麼地方是眞實呢？而從什麼地方開始是演技呢？我想要確認這個。我想我跟你這樣交往之間也許會弄淸楚吧。從你第一次來找我問起奇奇的事時開始我就一直這樣想。你也許可以幫我解開這混亂吧。好像打開窗戶讓新鮮的冷空氣進來一樣。」他又交叉起手指。然後一直看著那手指。「但如果是我殺了奇奇的話，那是爲什麼呢？我有什麼理由殺奇奇呢？我喜歡她。我喜歡跟她睡覺。我絕望的時候，她和 May 是我唯一能放鬆休息的安慰。那麼，爲什麼卻偏要殺她呢？」

「你也殺了 May 嗎？」

五反田君長久之間一直盯著放在桌上自己的雙手。然後搖頭。「不，我想我沒有殺 May。那天晚上幸虧我有不在場證明。我從傍晚到深夜都在電視台做對嘴錄音，然後就和經紀人一起坐車到水戶去。所以不會錯。如果不是這樣的話，如果沒有人證明我一直在電視台的話，我想我也許會認眞地煩惱自己是不是殺了 May。不過，雖然如此我還是對 May 的死覺得好像是自己的責任。爲什麼噢？明明有確實的不在場證明，但總覺得好像是我親手殺她的似的。覺得她是爲我而死的。」

又停了一段時間。沈默長久繼續著。他一直盯著自己的十根手指。

「你太累了。」我說。「只是這樣。也許你誰也沒有殺。奇奇只是不知道消失到什麼地方去了而已。那女孩跟我在一起的時候也是這樣忽然消失的。不是第一次了。你只是心情變得想要責備自己而已。所以把一切的一切都往責備自己的方向去聯想。」

「不，不是。不只是這樣。事情沒有這麼簡單。我大概是殺了奇奇喲。我大概沒有殺 May 吧。但我覺得我殺了奇奇。勒死她的感觸還留在這雙手上。也記得用鏟子鏟土時的手感。我殺了她。在實質上。」

「但你爲什麼殺奇奇呢？不是沒有意義嗎？」

「不知道。」他說。「大概是某種自我破壞的本能吧。我以前就有過這種傾向。一種緊張。我自己和所演出的自己之間如果有落差存在時，經常會發生這種事。我可以親眼實際上看見那落差。簡直像因爲地震而形成的地裂一樣，那裡張開一個洞。深深的，黑暗的洞穴。眼睛都會發昏的那麼深。而且那樣的時候，就會無意識地破壞。當我一留神時已經正在破壞著。這種事我從小就常發生。把東西敲壞。鉛筆折斷。玻璃打破。塑膠模型踩壞。但我不知道爲什麼會做這種事情。當然在人家面前不會這樣做噢。只有自己一個人的時候才會做。不過小學生的時候，我曾經推同學的背讓他跌落山崖下。爲什麼做這種事我不知道。但我發現時已經做了。還好不是太高的山崖，那時只受了輕傷而已。我同學也以爲是意外被碰到的。可能是身體碰巧撞到或怎麼樣。因爲誰也沒想到我會故意去做那樣的事。不過事實上卻是。我自己知道。是我親手把那個朋友推下去的噢。這種事其他還有很多。高中的時候我燒過幾次信箱。我把著了火的布丟進信箱。卑鄙而無意義的事。但卻去做了。一留神時自己正在做。不這樣做便無法忍受。因爲這樣做，會覺得由於做這種無意義而卑鄙的事好像終於找回自己了似的。眞是無意義的行爲。但只記得那感觸。這種感觸一一確實地滲入我的雙手。怎麼洗也洗不掉。到死都不會掉。眞糟糕的人生。我已經無法忍受了。」

我嘆一口氣。五反田君搖搖頭。

「但我無從確認。」五反田君說。「沒有我殺的確實證據。沒有屍體，也沒有鏟子。長褲上沒沾上泥土。手上也沒長繭。雖然挖一個可以埋人的洞不見得手就會長繭。但也不記得埋在那裡。就算去警察局自首，誰相信？如果沒有屍體那連殺人都不成立。我連贖罪都不行。她消失了。淸楚的只有這一點。我好幾次想向你坦白供出這件事。但說不出來。我想如果我說出口的話，我們之間親密的空氣就會消失掉。嘿，我跟你在一起的時候心情可以非常放鬆。我可以不感覺到那落差。那對我來說是非常貴重的事情。而且我不想失去這種關係。因此，我逐漸往後拖延。等下次再說吧，再過一陣子好了……結果拖到現在。本來應該由我來主動坦白的噢。」

「不過不管你坦白說或怎麼樣，都正如你說的那樣沒有確實證據對嗎？」我說。

「這不是確實證據怎麼樣的問題。而是應該由我自己的嘴裡向你說出的事。我卻隱瞞了。問題是這個。」

「不過就算眞的有這件事，假定你殺了奇奇，但其實你並沒有打算殺她的。」

他把兩手的手掌張開一直盯著看。「沒有啊。不可能有啊。爲什麼我非要殺奇奇不可呢？我喜歡她啊。我跟她雖然是在極有限的形態下，但也算是朋友啊。我們談過很多話。我跟她談過我太太的事。奇奇好好地聽我說。我爲什麼非殺她不可呢？但卻殺了，以這雙手。沒有什麼殺意。我好像在殺自己的影子一般把她勒死了。我在勒著她的時候，心裡想著這是我的影子。我想只要殺了這個影子我就可以順利過下去。但那並不是我的影子。是奇奇。不過那是在黑暗的世界裡發生的。**和這裡不同的世界**。你明白嗎？不是這裡喲。而且引誘我的是奇奇。她說勒死我吧，奇奇這樣說。她說沒關係呀，請你勒死我吧。她引誘我，容許我。我沒有說謊噢，眞的是這樣。我也不明白。會有這種事發生嗎？我覺得一切的一切都像夢一樣。越想得多現實就越溶解下去。爲什麼奇奇要引誘我呢？爲什麼會叫我殺她自己呢？」

我喝著已經變不涼的剩餘的啤酒。香煙的煙停滯在上方，配合著空氣的流動像某種心靈現象般飄飄忽忽地搖晃著。有人碰到我的背說「對不起」。店內廣播喊著烤好的披薩號碼。

「要不要再喝一杯啤酒？」我問他看看。

「還想喝。」他說。

我到櫃台去買了兩杯啤酒回來。於是我們什麼也沒說地默默喝著。餐廳裡像尖峰時候的秋葉原車站一般混亂吵雜，我們桌子旁邊經常有人來來往往地走過，但誰都沒有注意我們。誰都沒有在聽我們講話，誰都沒有看五反田君的臉。

「我說過了吧。」五反田君嘴角一面露出感覺良好的微笑一面說。「這裡是漏洞噢。在 Shakey's 沒有人會看名人。」

五反田君把剩下三分之一左右啤酒的玻璃杯，像在搖實驗試管似地呼啦呼啦地搖晃著。

「忘掉吧。」我以安靜的聲音說。「我可以忘掉。你也忘了吧。」

「我能忘得了嗎？嘴巴說起來簡單。因爲又不是你用自己的手把她勒死的。」

「嘿，你聽我說，沒有任何確實證據說你殺了奇奇。沒有確實證據的事就不要這樣自責了。也許只是你把自己的罪惡感跟她的失蹤連結起來而在無意識地做著演技而已呢。也有這種可能性吧？」

「那麼就來談談可能性吧。」五反田君說，他把雙手伏著放在桌上。「我最近經常在思考有關可能性的事。有各種可能性。例如我也有殺太太的可能性。對嗎？我覺得如果她跟奇奇那樣說容許我那樣做的話，說不定我也會勒死她也不一定。我最近老是在想這件事。而且越想那可能性越在我心中膨脹起來。停不下來。我覺得無法控制自己了。不只是燒了信箱而已。我也殺過幾隻貓。以各種方式殺。停不下來呀。半夜裡我會用彈弓射石頭把附近人家的窗戶打破。然後騎腳踏車逃走。我停不下來呀。這件事我從來沒有跟誰提過。這是第一次跟你講。說出來之後覺得鬆了一口氣。但並不會因此就停止。不會停止的。做演技的我，和根源的我之間的鴻溝如果不能填起來，那就會永久繼續下去。這個我自己也知道。自從我當了職業演員之後，那鴻溝逐漸加大。隨著演技的範圍加大，那反動也變大。毫無辦法。我現在或許會殺我太太。我無法控制自己。**因爲那不是在這個世界發生的事**。我一點辦法也沒有。已經被刻進遺傳因子裡了，清清楚楚地。」

「你想得太深刻了。」我勉強微笑道。「要追溯遺傳因子開始想的話，是不會有結論的。你最好休息不要工作了。休息不工作，也暫時不要跟她見面。只有這樣做。把一切都放掉吧。跟我一起到夏威夷去。每天躺在沙灘上，喝 Pina Colada 水果酒。那是個好地方噢。可以什麼都不想。從早上開始喝酒、游泳、兩個人買女孩子。租一部 Mustang 車，一面聽著 Doors 或 Sly & The Family Stone 或 Beach Boys 什麼都行，一面把速度開到一五〇公里去兜風。讓心情解放。如果想認眞思考什麼的話，在那之後再重新開始想吧。」

「還不壞啊。」他說。然後眼睛旁邊堆起細小的皺紋笑著。「再叫兩個女孩子，四個人玩到天亮。那時候眞開心。」

咕——咕，我說，官能性的剷雪。

「我隨時都可以去。」我說。「你呢？工作要多少時間才能結束？」

五反田君一面不可思議似地微笑著一面看我。「你眞的是什麼都不瞭解。工作永遠都不會結束。只能全部丟掉不管喏。而且如果這樣的話，我一定會被永遠趕出這個世界沒錯。永遠喏。而且同時，正如以前說過的那樣，我會失去我太太。永遠地。」

他把啤酒喝乾。

「不過沒關係。一切的一切都失去，我都不在乎了。我可以放棄。正如你說的那樣。我太累了。該是到夏威夷去讓頭腦一片空白的時候了。OK，把一切都丟下吧。跟你一起到夏威夷去。以後的事，先讓腦子完全變空白一次之後再考慮吧。我──對了，想做一個正常人。也許已經不行了。但確實值得再試一次。交給你噢。我信賴你。眞的噢。自從你打電話給我那時候開始，我就這樣覺得了。爲什麼噢？你有非常正常的地方。而且那個正是我一直在追求的東西。」

「我才不正常呢。」我說。「我只是嚴守著步法而已。只是在跳舞而已。沒有什麼意義。」

五反田君雙手在桌上張開五十公分左右。「什麼地方有什麼意義呢？我們活著的意義到底在那裡？」並且笑了。「不過沒關係，這都無所謂了。我已經想開了。我也在學你喲。從一部電梯試著轉到另一部電梯去。那並不是不可能的事。只要想做什麼都做得到。因爲我是頭腦靈光、英俊而令人有好感的五反田君哪。好啊，到夏威夷去吧。你明天就去訂機票。頭等艙兩張。要頭等艙才行噢。這是一定的。汽車是賓士車，手錶是勞力士，大廈是港區，飛機是頭等艙。後天就整理好行李起飛。當天之內就到夏威夷了。我穿夏威夷襯衫很配噢。」

「你穿什麼都配。」

「謝謝。剩下僅有的一點點自尊也被你搔到癢了。」

「首先就到沙灘的酒吧，去喝 Pina Colada。冰得透透的。」

「不壞。」

「不壞。」

五反田君一直注視著我的眼睛。「嘿，你眞的可以忘記我殺了奇奇的事嗎？」

我點頭。「我想我可以忘記。」

「我還有話沒有說。以前什麼時候我曾經說過我被關進居留所兩個星期之間完全沉默對嗎？」

「說過。」

「那是謊話。我什麼都一五一十地供出來立刻就被放出來了。不是因爲害怕，而是因爲想傷害自己。想貶低自己。是很卑鄙的事噢。所以你爲了我一直保持沉默，我眞的很高興。好像，連自己的卑鄙都得救了似的。雖然也覺得這是很奇怪的感覺方式，但確實這樣覺得。好像你把我的卑鄙部分洗清了似的。不過今天一整天談了好多剖白的話啊。全部傾吐出來了。不過能讓我說出來眞好。鬆一口氣了。雖然對你也許很不愉快。」

「沒這回事。」我說。我覺得比以前更接近你了。我想。而且大概應該這樣說吧。但我決定把這個稍微保留到以後再說。其實沒有這必要的。但那時候覺得這樣比較好似的。覺得不久的將來會有機會把這種話說得更有力。「沒有這回事。」我再重複一次。

他拿起搭在靠背的雨帽，檢查一下那濕的程度，然後又再放回去。「基於朋友之誼，想拜託你一件事。」他說。「我想再喝一杯啤酒。但我現在沒有力氣站起來走到那邊去。」

「可以呀。」我說。於是走到櫃台去，又買了兩杯啤酒。櫃台很多人，花了些時間才買好。兩手拿著玻璃杯回到裡面的桌子時，他已經不見了。雨帽也消失了。停車場的瑪莎拉蒂也不見了。眞要命，我想。然後搖搖頭。但一點辦法也沒有。他失蹤了。

40

瑪莎拉蒂從芝蒲的海裡被拖上來是第二天的中午過後。正如預料的一樣，因此我並沒有吃驚。從他失蹤開始，我就知道了。

不管怎麼樣屍體又增加了一個。老鼠、奇奇、May、狄克諾斯、還有五反田君。總共五個。還剩下一個。我搖搖頭。很討厭的展開。接下來什麼會來臨呢？接下來誰會死呢？我忽然想到Yumiyoshi小姐的事。不，不可能是她。那未免太過分了。Yumiyoshi小姐不應該死掉或消失。如果不是Yumiyoshi小姐那麼會是誰？雪？我搖搖頭。那孩子才十三歲。沒有理由讓她死。我試著在腦子裡排列出可能化為死者的名單。這樣做著時，我覺得自己好像變成死神了似的。我在無意識之間選擇著死者的順位。

我到赤坂警署去見文學，告訴他昨天晚上我和五反田君在一起的事。我有點覺得好像預先跟他說了會比較好的樣子。但當然沒有說他也許殺了奇奇的事。那已經是過去的事了。連屍體都沒有。我只說五反田君在死之前還跟我在一起，他顯得非常疲倦而且有點精神衰弱的樣子。貸款累累，又被不想做的工作壓得喘不過氣來，也爲了離婚的事而消沉，我說。

他把我的話簡單記在調查書上。和上次不同的非常非常簡單的調查書。我在上面簽名。花不到一個小時。寫完調查書後，他手指之間還夾著原子筆看著我的臉。「你周圍眞的是經常有人死掉啊。」他說。「過著這樣的人生是交不到朋友的噢。會被大家討厭。被大家討厭的話眼神就會變壞，皮膚會變粗。不是好事噢。」

然後他深深嘆氣。

「不過那是自殺。這個很淸楚。也有目擊者。但是眞可惜啊。再怎麼樣，也不必因爲是明星，就把什麼瑪莎拉蒂開進海裡吧。喜美或可樂娜就夠了啊。」

「因爲有保險所以沒問題呀。」我說。

「不，自殺的情況不行吧，再怎麼樣保險也不會付吧。」文學說。「不過不管怎樣，都太傻了。我因爲沒錢所以總會想到給小孩買腳踏車。我有三個小孩。有三個是很花錢的。每個都想要有自己的腳踏車噢。」

我沉默著。

「好了，可以回去了。你的朋友眞可憐。謝謝你專程來告訴我們。」他送我到出口。「May 小姐的事件還沒有解決。不過我們還是確實在繼續搜查中。總有一天會解決。」他說。

長久之間，我一直覺得好像是自己殺了五反田君似的。我無論如何都無法拭去那沉重痛苦的感覺。我試著一一回想在Shakey's和他談的話。對那每一句話，如果我能更巧妙地回答的話或許可以挽救他也不一定。那麼現在我們兩個人豈不正躺在夏威夷毛伊島的海灘喝著啤酒嗎？

不過大概不行吧我想。他終究還是一開始就決定了。他只是等待著契機來臨而已。他一直在想把瑪莎拉蒂開進海裡去。他知道那是唯一的出口。他一直手抓著那出口門扉的把手等待著。他腦子裡已經描繪過無數次瑪莎拉蒂沉到海底的光景。水從窗戶縫隙進入車裡變成無法呼吸的那光景。以玩弄那自我毀滅的可能性終於把自己和現實的世界連接上。但那卻不能永久繼續。總有一天必須打開門扉。這個他也知道。他只是在等著契機來臨。

May的死帶給我的是古老夢的死，和那喪失感。狄克諾斯的死帶給我某種諦觀。但五反田君的死所帶來的是沒有出口的鉛箱般的絕望。五反田君的死沒有所謂的救贖。五反田君自己無法適度同化自己心中的衝動。而且那根源的力量把他推進到極限的地步。意識領域的最末端。直到那境界線彼方的黑暗世界去。

有一段期間，週刊雜誌、電視和體育報紙拚命啃噬著他的死。他們就像甲蟲十分美味地齧食著腐肉一般。我光看到那種標題就覺得噁心。他們寫些什麼說些什麼我不看不聽都可以想像得到。這些傢伙我眞想趕盡殺絕地把他們一一勒死。

用金屬棒打死就好了，五反田君說。那樣比較簡單、又快。不，不是這樣，我說。這樣快就殺死太可惜，要慢慢勒死。

然後我躺在牀上閉上眼睛。從黑暗的深處「咕——咕」May說。

我在牀上恨著世界。打內心底下，激烈地，根源性地，憎恨世界。世界充滿了餘味惡劣不合條理的死。我很無力，而且沾滿了生之世界的污物。人們從入口進來，從出口出去，出去的人永遠不再回來。我望著自己的雙手。我的手上也一樣滲進了死亡的氣味。怎麼洗都洗不掉。五反田君說。嘿，羊男，這就是你世界的連繫法嗎？我是被無止盡的死連繫在這世界上的嗎？除了這些之外我還要再失去什麼呢？也許正如你說的那樣我已經不能變幸福了。那也沒關係喲。不過這也未免太殘酷了。

我忽然想起小時候讀過的科學書。那上面有一項「如果沒有摩擦世界會變怎樣？」那書上寫著「如果沒有摩擦的話，由於自轉的離心力，地球上的一切便可能會飛到宇宙太空中去。」我眞的覺得這樣。

「咕——咕」May 說。

41

五反田君把瑪莎拉蒂沈進海裡的三天後我打電話給雪。老實說我並不想跟任何人說話。但只有雪我不能不說。她是無力的，孤伶伶的一個人。還是個小孩子呢。能夠庇護她的人除了我沒有別人。而最重要的是，她是活著的。我有責任讓她繼續活下去。至少我這樣覺得。

雪不在箱根的家。雨來接電話，說女兒前天到赤坂的公寓去了。雨好像正在睡覺被吵醒似的，說話聲音非常含糊。她不太說什麼，這對我來說反而方便。我打電話到赤坂。雪好像在電話旁邊似的立刻就拿起聽筒。

「妳不用在箱根住了嗎？」我問。

「不知道。不過我想暫時一個人靜一靜。再怎麼說，媽媽都是大人不是嗎？我不在她也會好好過的。我想要思考一下自己的事。以後要怎麼樣，之類的。我想差不多是該認眞考慮的時候了。」

「也許是。」我同意。

「我看到報紙了。你的朋友，死了噢。」

「對，被詛咒的瑪莎拉蒂。正如妳說的那樣。」

雪沈默著。沈默像水一般浸入我耳朵裡。我把聽筒從右耳移到左耳。

「要不要去吃飯？」我說。「反正妳一定沒有好好吃東西吧？兩個人去吃一點像樣些的東西吧。其實這幾天我也不太有吃。一個人沒什麼食慾。」

「我兩點鐘跟人家有約，在那之前倒是可以。」

我看看手錶，十一點過。

「可以呀。我現在就準備然後去接妳。三十分鐘到那邊。」我說。

我換了衣服，從冰箱拿出橘子汁來喝，把車鑰匙和皮夾放進口袋。想道「好了。」但覺得好像忘了什麼。對，忘了刮鬍子。我到洗臉台去，仔細地刮鬍子，並一面照鏡子，一面試著想想，說是二十幾歲還能通過嗎？也許。不過不管我看起來是不是還二十幾歲，大概誰都不會在意吧，我想。都無所謂了。然後我再刷一次牙。

外面天氣很好。夏天已經來到那邊了。只要不下雨的話是感覺非常好的季節。我穿著短袖襯衫薄棉長褲，戴上太陽眼鏡，開著Subaru車到雪住的大廈去。甚至吹起口哨。

咕・──咕・，我想。

夏天了。

我一面開著車一面想起林間學校的事。在林間學校三點有午睡時間。但我實在不能睡午覺。人家就是叫我睡我也沒辦法睡，我想。不過大部分人都沈沈入睡。我一個鐘頭一直望著天花板。一直望著天花板時，覺得天花板像是獨立世界似的。覺得如果去到那裡就會進入完全不同的世界似的。價值轉換上下顚倒的世界。像愛麗絲夢遊仙境裡的『鏡之國』一樣。我一直在想那種事。所以在林間學校我能想到的只有天花板而已。咕──咕。

後面的日產 Cedric 按了三次喇叭。紅綠燈變綠了。靜下來，我想。急也沒用，又不能到什麼不得了的地方啊？我慢慢把車開出。

總之是夏天了。

我按了大廈門口的門鈴，雪立刻就下來了。她穿著高雅的印花布短袖洋裝和涼鞋，肩上背著深藍色皮包。

「今天穿得很時髦嘛。」我說。

「我不是說兩點跟人有約嗎？」她說。

「非常搭配。品味很好。」我說。「看來好像長大了。」

她只微笑著什麼也沒說。

我們走進附近的餐廳，吃了有湯、鮭魚醬義大利麵、鱸魚和沙拉的午餐。因爲還不到十二點因此店裡還很空，味道也很正點。過了十二點上班族全都湧上街頭的時分我們走出餐廳，坐上車子。

「要到哪裡？」我問。

「隨便都可以。只要在附近團團轉就好了。」雪說。

「這是反社會性行爲。浪費石油。」我說。但她沒有理會。裝作沒聽見。算了，我想。反正本來就是很糟糕的街頭。就算空氣再污染一點，交通再混雜一點，也沒有誰會在意吧？

雪按下汽車音響。裡面有 Talking Heads 的錄音帶。大概是『Fear of Musik』吧。到底是什麼時候放進去的？很多事情都從記憶中脫落了。

「我決定跟家庭老師學習。」她說。「所以今天要跟那個人見面。是女的。爸爸幫我找的。我跟爸爸說我想讀書，他第二天就幫我找好了。說是個很認眞的好人。雖然說起來很奇怪，不過看過那部電影之後，我就不知道怎麼想要讀書了。」

「哪部電影？」我反問道。「妳是指『單戀』嗎？」

「是啊，就是那部。」說著雪有點臉紅起來。「像傻瓜一樣，我自己也這樣覺得。不過總之看完那部電影之後，忽然想讀書了。我想大概是因爲看了你的朋友演老師的角色的關係吧。那個人，看著的時候雖然覺得像傻瓜一樣，但好像有某種說服力似的噢。大概是有才華吧。」

「是啊。有某種才華噢。這是眞的。」

「嗯。」

「不過那當然是演技也是虛構的。和現實不同。這點妳知道噢？」

「知道。」

「他演牙醫也很高明。手法非常俐落。但那是演技。只是看起來手法俐落而已。是印象。眞的要做什麼的話其實是很悽慘，混亂又辛苦噢。太多沒有意義的部分了。不過想要做什麼是一件好事。如果沒有這個就不能好好活下去。五反田君如果聽到了會很高興噢。」

「你跟他見過面了？」

「見過了。」我說。「見面談過了。談了很長的話。非常坦白地談了。而且他就那樣死掉了。跟我談完之後，立刻把瑪莎拉蒂開到海裡去。」

「這要怪我嗎？」

我慢慢搖著頭。「不能怪妳。誰都不能怪。人死都有他的理由。看來單純的事也不單純。跟根一樣。露出上面的部分雖然只有一點點，但一拉起來卻會連著拉出一串來。人類的意識這東西是活在深深的黑暗中。糾纏在一起，是複合的……太多無法解析的部分。眞正的理由只有本人才知道。或許連本人都不知道。」

他一直手抓著那出口門扉的手把，我想。他在等待著契機。誰都不能怪。

「不過你一定爲那件事在恨我。」雪說。

「我不恨妳。」我說。

「現在就算不恨，以後也會恨。」

「以後也不會恨。我不會這樣就恨人的。」

「就算不恨，但一定有什麼會消失吧。」她小聲地說。「眞的噢。」

我瞄了她的臉一眼。「眞不可思議，妳跟五反田君說的一模一樣。」

「眞的？」

「對。他也一直在意著什麼會消失。但是，爲什麼那樣在意什麼呢？任何東西終究有一天會消失的。我們大家都是在移動著活著。我們周圍大多的東西都配合著我們的移動遲早會消失的。這是沒辦法的事。該消失的時候到了就消失。而且在消失的時候來臨之前不會消失噢。例如妳會成長。再過兩年，這件美麗的洋裝尺寸就不合了。Talking Heads 或許聽起來就會覺得過氣了也不一定。而且妳可能不會再想跟我兜風了也不一定。那是沒辦法的事。只好順其自然了。多想也無濟於事。」

「不過我想我會一直喜歡你。我想這跟時間沒有關係。」

「妳這樣說我很高興，我也希望能這樣想。」我說。「但公平地來說，妳對時間的事還不太瞭解。最好不要把很多事預先在腦子裡決定掉。時間這東西就跟腐敗一樣。預想不到的東西會以預想不到的方式改變。誰也不知道。」

她長久沈默著。錄音帶A面放完了，自動迴帶。

是夏天了。眼睛不管往街上什麼地方轉都看到的是夏天。警察、高中生、巴士司機全都穿短袖。也有穿無袖衣服走著的女孩子。喂，不久以前還下雪呢，我想，我在雪花紛飛之中還和她兩個人唱『Help Me Rhonda』呢。自從那次以來才只不過經過兩個半月而已呀。

「你眞的不恨我？」

「當然。」我說。「才不會恨呢。不可能的。在這不確定的世界，只有這個我有確實的信心說。」

「絕對？」

「絕對。百分之二千五百不可能。」

她微笑了。「我想聽這個。」

我點點頭。

「你喜歡五反田君吧？」雪問。

「喜歡哪。」我說。這麼一說，我突然聲音哽住。眼睛深處湧出眼淚。但我好不容易把它壓抑住了。並深呼吸。「每見一次面就更喜歡他。雖然這種事情不太會有。尤其到了像我這種年紀之後。」

「他殺了她嗎?」

我暫時透過太陽眼鏡眺望著初夏的街頭。「這個誰也不知道。不過怎麼樣都無所謂了。」

他只是在等待著契機而已。

雪在窗框上托著腮,一面聽著Talking Heads一面眺望窗外的景色。她看來好像比我第一次見到她時稍微大人氣一些了。不過大概是心理作用吧。才經過兩個半月而已呢。

夏天了,我想。

「你以後打算怎麼樣?」雪問。

「不知道怎麼樣。」我說。「什麼都還沒決定。該做什麼才好噢?不過不管怎樣,我想再回札幌一次。也許明天或後天,我還有事情必須回札幌去做才行。」

我必須去見Yumiyoshi小姐。還有羊男。那裡有爲我而存在的地方。我是被含在那裡的。而且有人爲我而哭。我必須再回去那裡一次把鬆開的輪子再栓緊才行。

到了代代木八幡車站附近時她說要在那裡下車。「我搭小田急線去。」她說。

「我開車送妳到目的地呀。反正今天下午閒著。」我說。

她微笑著。「謝謝。不過不用了。滿遠的,電車比較快。」

「眞怪。」我摘下太陽眼鏡說。「妳說『謝謝』了。」

「說了也沒什麼關係吧?」

「當然可以呀。」我說。

她看著我的臉十秒或十五秒。沒有露出特別像表情的表情。很奇怪沒有表情的孩子。只有眼睛閃光的方式和嘴形稍微各變化一點而已。嘴唇撇了幾分，眼光銳利，含著生氣。那眼光令我想起夏天的陽光。銳利地射入水中曲折閃爍又散開的那種夏日陽光。

「我只是單純地感動而已。」我說。

「怪人。」雪說。然後下車，啪達地關上車門，也沒回頭就走掉了。我一直目送著雪苗條的背影消失在人羣中。她的身影不見之後，我心情變得非常悲哀。簡直像失戀了似的。

我一面用口哨吹著Lovin' Spoonful的『Summer In The City』一面經過表參道開到青山大道去想到紀伊國屋去買東西。但車子開進停車場時，對了，我想到明天或後天已經要去札幌了。既不必做飯也就不必買菜了。想到這裡我忽然沒事可做了。眼前沒有任何事可做。

我又在街上漫無目的地繞一圈，然後回到公寓。公寓的屋子裡看來非常空蕩。要命，我想。於是往牀上一倒望著天花板。這種情況可以取一個名字吧，我想。喪失感，我脫口而出說看看。不是什麼感覺多好的字眼。

咕——咕，May說。那在空蕩蕩的屋子裡大聲回響著。

42

〈奇奇的夢〉

我夢見奇奇。我想那大概是夢吧。要不然就是類似夢的行爲。所謂「類似夢的行爲」到底是什麼？我也不知道。不過是有這種東西。在我們的意識邊境存在著各式各樣無法命名的東西。但是我決定簡單地稱它爲夢。因爲我覺得那表現畢竟還是最接近實體的。

♪ ♪ ♪ ♪

我在黎明時分夢見奇奇。

在夢中時間也是黎明。

我正在打電話。國際電話。我撥著像奇的女人在夏威夷市區那個房間的窗框上留下的電話號碼。咔噠咔噠咔噠咔噠地傳來電話線連繫過去的聲音。是連繫著的，我想。號碼一一順序連接上。然後過了一會兒，聽得見電話呼叫鈴開始響起。我把聽筒緊緊貼在耳朵上，數著那不清楚的聲音。五次、六次、七次、八次，我數著。第十二次時有人來接。而且就在那同時我人已經身在那個房間裡了。在火奴魯魯市區那個空蕩蕩的「死亡之屋」裡了。時刻像是中午，陽光從天花板的採光窗筆直地射下來。光化爲幾根粗壯的柱子直立在地板上，可以看見那光裡面細微的塵粒正飛舞著。那光柱像用利刃切割下來般呈清晰的銳角，將南國太陽的激烈送進房間裡來。沒有光的部分則黑暗而冰冷。那差別實在太對比了。簡直像在海底一樣，我想。

我坐在那個房間的沙發上，拿聽筒貼著耳朵。電話線長長地橫切過地板延伸著。電話線橫過黑暗的部分，穿過光亮中，然後又消失到模糊的淡淡暗影中。非常長的電話線。我從來沒看過這麼長的電話線。我把電話機放在膝蓋上，環視房間裡。

房間裡的家具配置和我上次看到的一樣。牀、桌子、沙發、椅子、電視、立燈。這些東西極不自然地散置著。房間的氣味也一樣。像長久關閉著的房間氣味。空氣沈澱著，而且帶有黴味。但六具白骨卻不見了。牀上、沙發上、電視前面的椅子上、餐桌前，都沒有看見白骨。全都消失了。餐桌上放著正在用餐中的餐具也消失了。

我把電話放在沙發上站起來。但頭有一點痛。好像聽到極高的音階時那樣嘰嘰地痛。因此我又坐回那裡。

最遠的，陰暗中一張椅子上似乎看得見有什麼在動的樣子。我睜著眼注意看。那個什麼便忽然站起來，發出喀吱喀吱的皮鞋聲往這邊走來。是奇奇。她緩慢地從黑暗中出現，橫切過光中，在餐桌的椅子上坐下。她和以前穿著一樣。藍色洋裝，白色肩帶皮包。

奇奇坐在那裡，一直盯著我看。她的表情非常安穩。她既不在光的領域裡也不在影子的領域裡，正好在那中間一帶的位置上。我想站起來走過去那邊，但又有點畏縮地作罷。而且太陽穴的疼痛還微微地留著。

「白骨到什麼地方去了？」我說。

「噢。」奇奇微笑著說。「大概消失了吧。」

「是妳弄消失的嗎？」

「不，只是消失了啊。不是你弄消失的嗎？」

我忽然瞄一眼放在身傍的電話機。而且用指尖輕輕按著太陽穴。

「那到底意味著什麼呢？那六具白骨。」

「是你自己呀。」奇奇說。「這是你的房間噢，在這裡的全都是你自己喲。一切的一切。」

「我的房間。」我說。「那麼，海豚飯店呢？那裡又是怎麼回事呢？」

「那裡也是你的房間哪，當然。那邊有羊男。而這邊有我。」

光柱並沒有動搖。是堅硬、均質的。只有那裡面的空氣輕微地搖著。我無意間看見那搖動。

「在各種地方都有我的房間。」我說。「嘿，我一直在做夢噢。海豚飯店的夢噢。有誰在那裡爲我而哭。我每天都夢見那同樣的夢。海豚飯店形狀非常細長，在那裡有誰爲我而哭著。我以爲那是妳。所以，我覺得無論如何都必須見妳一面。」

「大家都在爲你而哭噢。」奇奇說。非常安靜，好像在撫慰神經似的聲音。「因爲那是爲了你而存在的地方啊。在那裡大家都爲你而哭噢。」

「可是妳在呼喚著我。所以我爲了見妳而到海豚飯店去。而且從此以後……開始發生各種事情。跟以前一樣。遇見了各種人。各種人死去了。嘿，是妳在呼喚我的對嗎？而且是妳在引導我對嗎？」

「不對。在呼喚你的是你自己喲。我只不過是你自己的投影而已。透過我你自己在呼喚你，在引導你喲。你是以自己的影法師爲舞伴在跳著舞噢。我只不過是你的影子而已。」

「可是爲什麼大家都在爲我哭泣呢？」

我在勒著她的時候，覺得那是我自己的影子，五反田君說，我想把這影子殺掉我就可以順利地活下去。

對這個她沒有回答。她悄悄站起來，鞋子發出咯吱咯吱的聲音走過來，站在我前面。並跪在地上伸出手來，用手指抵在我的嘴唇上。光滑纖細的手指。然後她又用手指觸摸我的太陽穴。

「爲了你不能哭的東西我們哭噢。」奇奇安靜地說。就像說給人聽似地慢慢地。「爲了你無法流淚的東西我們流淚，爲了你不能出聲的東西我們出聲哭噢。」

「妳的耳朵還跟以前一樣嗎？」我試著問。

「我的耳朵——」說著她咧嘴笑了。「還是一樣啊。跟以前一樣。」

「可以再讓我看一次耳朵嗎？」我說。「我想重溫一下那種感覺。妳有一次在餐廳裡讓我看耳朵的時候，那種，世界好像整個改變了似的感覺。我一直在想這件事。」

她搖搖頭。「以後再說吧。」她說。「但今天不行。那不是隨時都可以看的東西。那個其實，只有在適合看的時候才能看的。那個時候適合，但今天不適合。下次再讓你看。在你眞的需要它的時候。」

她又站起來，進入從天窗筆直射進來的光柱之中。並且一直不動地站在那裡。在強烈的光塵中，她的身體看來好像立刻就要分解掉消失掉似的。

「嘿，奇奇，妳死了嗎？」我問道。

在光中她一個旋轉把身體轉向我這邊。

「五反田君的事？」

「是啊。」我說。

「五反田君自己以爲殺了我。」奇奇說。

我點點頭。「是啊，他這樣想。」

「他也許殺了我。對他來說是這樣。對他來說，他殺了我。那是必要的事噢。他由於殺了我才能夠解決自己。他有必要殺我。他如果不這樣哪裡都去不成噢。可憐的人。」奇奇說。「但我沒有死。只是消失了而已。消失了。移到另外一個世界了。就像換車到旁邊並行著行駛的電車上一樣。那就叫做消失。你懂嗎？」

不懂，我說。

「很簡單哪，你看。」

奇奇這樣說著便橫越過地板，朝向牆壁快步走去。來到牆壁前面也不減緩步調。並且就那樣筆直被吸進牆壁裡去消失了。鞋聲也消失了。

我一直望著她被吸進的牆壁部分。那只是單純的牆壁而已。房間裡靜悄悄的。只有光塵依舊不變地慢慢在空中飄著。太陽穴又有一點痛。我用手指按著太陽穴，一直安靜地看著那面牆壁。那時候，在火奴魯魯的時候，她也同樣被吸進牆壁裡去，我想。

「怎麼樣？很簡單吧？」聽得見奇奇的聲音。「你也做做看吧。」

「我也能嗎？」

「我不是說過很簡單嗎？你試做看看哪。筆直地就那樣走就行了。那樣就可以到這邊來了。不要害怕噢。因爲沒有什麼可怕的。」

我拿著電話機從沙發上站起來，一面拖著電話線一面朝把她吸進去的那一帶牆壁走去。逼近牆壁時我有一點畏縮，但仍然沒有放慢步調地就那樣碰上牆壁。但身體碰到牆壁也沒有什麼衝擊。我的身體只是擦過不透明的空氣層而已。只覺得空氣的質好像有點變化而已。我還提著電話機就那樣穿過那一層，並回到我房間的牀上。

我坐在牀上，把電話機放在膝上。「很簡單。」我說。「非常簡單。」

我把聽筒抵在耳朵上試看看，但電話斷了。

那是夢嗎？

是夢，大概。

但誰會知道這種事？

43

我到達海豚飯店時，服務櫃台站著三個女孩子。她們和以前一樣穿著沒有一絲皺紋的外套和純白襯衫微笑著迎接我，但其中並沒有 Yumiyoshi 小姐的影子。我因此非常失望。不，甚至可以說是絕望。我腦子裡一直深信只要到這裡來的話當然立刻就可以再見到 Yumiyoshi 小姐的。因此我無法適當開口說話。我連自己的名字都沒辦法好好發音，結果接待我的對方女孩的微笑便像油已耗盡了似地稍微變僵硬。她以懷疑的眼光看了我的信用卡後插入電腦，確認那是不是偷來的。

我進入十七樓的房間把行李放下，在洗臉台洗了臉，又下到門廳。然後在軟綿綿的上等沙發坐下，一面假裝在看雜誌一面眼睛不時往櫃台瞄著。或許 Yumiyoshi 小姐只是暫時休息一下也不一定。但四十分過去了，Yumiyoshi 小姐依然沒有出現。只有梳同樣髮型分不出彼此的三個女孩子一直在工作著而已。等了正好一小時後我放棄了。Yumiyoshi 小姐不只是暫時休息一下。

我走出街上，買了晚報。然後進到喫茶店一面喝咖啡，一面看看說不定有什麼我感興趣的報導刊出。

但沒有什麼。五反田君的事和 May 的事都沒有登。只刊登了別的殺人和別的自殺報導。我一面看報紙，一面想回到飯店說不定 Yumiyoshi 小姐已經站在櫃台了。必須是這樣才行。

但一小時後依然不見 Yumiyoshi 小姐的蹤影。

我忽然想到她會不會因爲某種原因而突然從世界上消失呢？例如就像被吸進牆壁裡去了一樣。一想到這裡，我心情變得非常不安。因此我打電話到她住的公寓看看。電話沒人接。我試著打電話到櫃台問 Yumiyoshi 小姐在嗎？「Yumiyoshi 小姐從昨天就請假休息了。」別的女孩子告訴我。說是後天才回來上班。眞要命，我想。爲什麼不事先打電話給她呢？爲什麼沒想到要打電話呢？

不過我滿腦子只有總之搭上飛機立刻趕到札幌這件事。而且深信到了札幌的話立刻就可以見到 Yumiyoshi 小姐。眞是愚蠢。我在這以前大概是什麼時候打電話給她的？五反田君死後一次也沒打過，不，在那之前也沒打啊，我想。從雪在海邊吐，對我說五反田君殺了奇奇時開始就一直沒有打。是相當長的期間。我一直把 Yumiyoshi 小姐丟著不管。在那期間不知道發生了什麼。有可能發生各種事。很簡單地發生各種事。

但是，我想，我什麼都不能說。眞的是什麼都不能說。雪說五反田君殺了奇奇。而五反田君開著瑪莎拉蒂衝到海裡。我跟雪說「沒關係，不能怪妳」。奇奇對我說我只不過是你的影子而已。我到底能說什麼呢？什麼都不能說。我首先只想看到 Yumiyoshi 小姐的臉。然後再思考自己應該對她說什麼。電話上什麼都不能說。

但是我很不安。Yumiyoshi 小姐會不會已經被吸進牆裡去了，而我已經永遠見不到她了呢？對，那白骨總共有六個。已經知道五個是誰了。但還留有一個。那是誰的白骨呢？開始想這個之後我的心情變成坐立不安起來。胸部猛跳呼吸困難。心臟咚咚地膨脹著，甚至覺得要撐破肋骨了似的。這種心情是有生以來的第一次。我愛著 Yumiyoshi 小姐嗎？不知道。不見個面試試看，什麼都不能想。我試著往 Yumiyoshi 小姐的公寓打了無數次電話，撥得手指都痛了。但誰也沒有來接。

我沒辦法睡好。強烈的不安感好幾次把我的睡眠打斷。我渾身是汗地醒過來，打開電燈看時鐘。是兩點、三點十五分、四點二十分。而四點二十分之後終於再也睡不著。我坐在窗邊一面聽著心臟的聲音一面一直望著街上逐漸變亮的樣子。

嘿，Yumiyoshi，請妳不要再讓我孤伶伶一個人了，我想。我需要妳。我已經不想孤獨一個人了。沒有妳我覺得好像要被離心力吹散到宇宙的邊緣去了似的。拜託妳讓我看到妳的臉，希望妳把我繫在什麼地方。我希望能跟現實世界連繫在一起。我不想變成妖怪組的成員。我是個極普通而平凡的三十四歲男人。我**需要妳**。

我從早上六點半開始一直繼續撥她家的電話號碼。每隔三十分我就坐在電話前撥號碼。但沒有人來接。札幌的六月是美麗的季節。溶雪在更早之前已經結束，才幾個月前還堅硬凍結的大地現在已經變成黑黑的，飄溢著柔軟的生命氣息。樹木長滿茂盛的綠葉，清潔而溫柔的風搖曳著那些枝枝葉葉。天空高爽而透明，把雲的輪廓清晰地襯托出來。那樣的風景震撼我的心。但我一直留在飯店的房間裡，繼續撥著她家的電話號碼。到了明天她就會回來了，我只要等到那時候就好了啊，我每隔十分就這樣對自己說。但我無法等到明天。誰又能保證明天會到來？我繼續坐在電話機前面撥著號碼。而不打電話的時候便躺在牀上迷迷糊糊，不經意地一直望著天花板。

從前這裡曾經是海豚飯店，我想。很糟糕的飯店。但裡面保留有各種東西。人們的意念和時間的殘渣，都保留在那地板的每一聲碾軋和牆壁的每一個漬痕裡。我深深坐進椅子裡把腳架到桌子上，閉起眼睛試著回想海豚飯店的光景。從那入口大門的形狀，從快要磨光的地毯上，從變了色的黃銅鑰匙上，從角落裡積著灰塵的窗框上。我可以走過那走廊，打開門，進入房間。

舊海豚飯店消失了。但那影子和氣息還留在這裡。我可以感覺到那存在。海豚飯店潛藏在這新的巨大『Dolphin Hotel』中。閉上眼睛時我就可以進入那裡面。也可以聽見那咯噠咯噠咯噠咯噠，像老狗咳嗽般的電梯震動聲。那就在這裡。雖然誰都不知道。然而卻在這裡。這個地方是我連繫的結。沒問題，這是爲了我的地方，我說給自己聽。說她一定會回來。說只要一直安靜等待就行了。

我叫客房服務送晚餐到房間，從冰箱拿出啤酒來喝。而且八點時再試打一次 Yumiyoshi 的電話。沒有人來接。

我打開電視看棒球轉播到九點。消掉聲音只看畫面。因爲是很無聊的比賽，而且也不是特別想看棒球比賽。我只是總之想看看生身的人類動作著的樣子而已。不管是羽毛球賽也好，水球賽也好，都無所謂。我並不深究比賽的勝負可能，只看著人在投球、揮棒、跑壘的姿勢。以非常遙遠的，和自己無關的某人的生之片斷來看。簡直像在眺望流過天空遙遙的雲一般。

到了九點我又再試打電話。這次只響一次她就來接了。我有一會兒無法相信她眞的來接電話。覺得好像被突如其來的巨大一擊，把我和世界連繫在一起的綱纜切斷了似的。身體力量盡失，堅硬的氣塊湧上喉頭。Yumiyoshi 就在那裡。

「現在剛剛旅行回來。」Yumiyoshi 以非常冷靜的聲音說。「我請假到東京去了。到親戚家去。打了兩次電話到你家噢，可是沒有人接。」

「我到札幌來，一直打電話給妳呢。」

「剛好錯過了。」她說。

「剛好錯過了。」我這樣說著握緊聽筒，暫時一直睨著電視無聲的畫面。想不起適當的言語。我毫無辦法地混亂著。該怎麼說才好呢？

「嘿，怎麼樣了？喂喂！」Yumiyoshi 說。

「我在呀。」

「你的聲音好奇怪喲。」

「很緊張啊。」我說明。「不直接跟妳見面我就沒辦法好好說。我一直很緊張，電話上那種緊張放不開。」

「我想明天晚上可以見面。」她想了一下說。大概用手指推一下眼鏡樑架吧，我想像。

我還把聽筒貼著耳朵在地上坐下，靠著牆壁。「嘿，我覺得明天好像會太遲。我想今天現在就見面。」

她發出否定的聲音。雖然是不成聲音的聲音，但那確實地把那否定的空氣傳了過來。「現在非常疲倦哪。累趴趴的。我不是說過我才剛回來嗎？所以你說現在就要見面我也很困擾。明天早上就不得不去工作了，現在只想睡覺而已。明天，工作結束後見面吧。這樣好嗎？還是明天就不在這裡了？」

「不，我還會暫時一直留在這裡。我也知道妳很累。可是老實說我有點擔心明天妳會不會已經消失了呢？」

「消失？」

「從這個世界上消失。消滅。」

Yumiyoshi 笑了。「不會這樣就消失的。沒問題，你放心。」「嘿，不是這樣。妳不知道噢。我們一直在繼續移動著噢。而且配合著那移動，各種東西，我們周圍的各種東西便消失掉了。這是毫無辦法的事。沒有一件會留下來喲。在意識中會留下。但卻會從這個現實世界消失而去。我是擔心這個。嘿，Yumiyoshi，我需要妳。我非常現實上地需要妳。我幾乎從來沒有這樣需要過什麼。所以我不希望妳消失。」

Yumiyoshi 想了一下我說的。「好奇怪的人。」她說。「不過我跟你約定。不會消失。而且明天跟你見面。所以你就等到那個時候吧。」「我明白了。」我說。並且放棄了。不能不放棄。光是知道她還沒有消失已經很好了，我對自己這樣說。「晚安。」她說。於是掛斷電話。

我在房間裡繞著走了一會兒。然後到二十六樓的酒吧去，喝伏特加蘇打。我第一次見到雪的酒吧。酒吧裡人很多。吧台有兩個年輕女孩在喝著酒。兩個人都穿著很時髦的衣服。穿法也很高明。一個腿很漂亮。我坐在桌子席位上沒有什麼特別用意地一面望著她們一面喝伏特加蘇打。然後也眺望夜景。我用手指按按太陽穴。並不痛。然後我用手指沿著頭蓋骨形狀摸下去。我的頭蓋骨。慢慢花時間確認完自己頭蓋骨的形狀之後，接下來試著想像坐在吧台的女人們的骨形。從頭蓋骨、脊椎到肋骨、骨盤、手臂、腳、關節。非常漂亮的腿裡面非常漂亮的白骨。像雪一般潔白，清潔而無表情的骨。腿漂亮的那個女的朝我這邊瞄了一眼。大概察覺我的視線了吧。我想向她說明。我並不是在看妳的身體，只是在想像骨的形狀而已。但當然我沒有這樣做。我喝了三杯伏特加蘇打後回房間睡覺。由於已經確認過 Yumiyoshi 的存在了，我可以好好地沈睡。

♪ ♪ ♪ ♪

Yumiyoshi 來的時候是凌晨三點。凌晨三點門鈴響了。我打開牀頭的燈，看了手錶。於是披上浴袍，什麼也沒想地打開門。非常睏，沒有餘裕好好想什麼，只是起身走步，開門而已。打開門時，Yumiyoshi 站在那裡。她穿著淺藍色制服的西裝外套。她和每次一樣從門縫裡溜進房間來。我把門關上。

她站在房間正中央，喘著大氣。然後無聲地把西裝外套脫下，把它好好披在椅背上以免弄皺。就跟每次一樣。

「怎麼樣？沒消失吧？」她說。

「沒消失。」我以含糊的聲音說。我還無法適度掌握現實和非現實的分界。我連驚奇都還不能。

「人是不會那麼簡單消失的。」Yumiyoshi 刻意咬字清晰地說。

「妳不知道，這個世界什麼都可能發生啊。什麼都可能。」

「不過總之我在這裡呀。沒有消失。這個你承認吧？」

我環視周遭，深呼吸，看 Yumiyoshi 的眼睛。是現實。「我承認。」我承認。「妳好像沒有消失。但半夜三點鐘爲什麼妳會到我房間來呢？」

「睡不著啊，睡不好。」她說。「從那以後睡是立刻睡著了，但一小時後眼睛就忽然張開醒來，然後就完全睡不著了。我一直掛心你說的事。說不定就這樣消失掉也不一定你說。所以我就決定叫計程車到這裡來了。」

「可是半夜三點鐘妳來上班大家不會覺得很奇怪嗎？」

「沒問題，大家都沒發現。這個時間大家都在睡覺。雖說是二十四小時全天候服務，但夜裡三點鐘啊，也沒有什麼特別的事可做。只有櫃台和客房服務有關的人才會好好醒著待機。我從地下停車場從業員用的門上來的話就沒人會知道。而且就算被發現，因爲這裡從業員多所以並不會一一弄清楚誰是值班誰不是值班的，就算知道也可以說要去休息室睡覺，完全沒問題。這種事，我以前也做過幾次。」

「以前也做過？」

「嗯，睡不著覺的時候我會半夜悄悄到飯店來。然後一個人東走西走的。這樣一來就能夠鎮靜下來。像傻瓜一樣對嗎？不過我喜歡這樣。待在飯店裡覺得好安心。我一次也沒有被發現喏。所以請你放心。不會被發現，就算被發現也可以想辦法自圓其說。當然，如果被知道進入這個房間的話，是會有些問題，要不然就沒關係。我可以在這裡待到早晨，上班時間到了再悄悄出去。可以嗎？」

「我是可以呀。上班時間是幾點？」

「八點。」她說。然後看看手錶。「還有五個鐘頭。」

她以神經質的手法從手腕上取下手錶，發出咯咚一聲微小的聲音放在桌上。然後在沙發坐下，把裙子下擺拉得筆挺，抬起臉來看我。我坐在牀邊逐漸恢復意識，「那麼——」Yumiyoshi 說。「你正需要我嗎？」

「非常強烈。」我說。「很多事情都繞了一個圈子。團團轉一圈。而我正需要妳。」

「強烈地。」她說，然後又拉一下裙擺。

「對，非常強烈地。」

「繞一圈回到哪裡呢？」

「回到現實啊。」我說。「雖然花了很長的時間，不過我回到現實來了。穿過各種奇怪的東西過來。各種人死了。失去各種東西。曾經非常混亂，那混亂並沒有解除。我想混亂大概還繼續保持混亂吧。不過我感覺到了。我因爲這樣子而繞了一圈。而這裡是現實。我在繞一圈之間搞得疲倦不堪。不過總算是繼續在跳舞。確實地踏著舞步沒有停下。所以才能夠回到這裡來。」

她看著我的臉。

「詳細情形現在實在無法說明。不過希望妳相信我。我需要妳，那對我來說是非常重要的事。而且對妳也是非常重要的事。我沒騙妳喲。」

「那麼，我該怎麼辦才好呢？」Yumiyoshi 表情沒變地說。「感動之餘和你睡覺就好了嗎？很棒，這樣被需要眞是太棒了！這樣子嗎？」

「不是，不是這樣。」我說。然後尋找著適當的字眼。但當然沒有適當的字眼。「該怎麼說才好呢？那是注定的事噢。我一次也沒懷疑過。妳會跟我睡覺，我從第一次就這樣想。不過第一次不能做到。因爲那是不適當的。所以等到繞了一圈。現在繞完一圈了，不會不適當了。」

「所以你是說現在我應該跟你睡覺嗎？」

「我想理論上確實太走捷徑了。以說服法來說大概是最差勁的。這點我承認。不過要老實說的話就變成這樣。除了這樣我沒辦法表現。嘿，我如果處於普通狀況的話，是會依循更正常的途徑向妳求愛的噢。我也知道那種做法。結果順不順利另當別論，方法上我可以更正式更平常地向妳求愛。不過這不一樣。這是更單純的事。是太明白不過的事了。所以只能像這樣表現。不是做得高明不高明的問題。我跟妳睡覺噢。這是已經注定的。已經注定的事我就不想拐彎抹角。因爲如果這樣做的話，裡面重要的東西反而會破壞掉。眞的噢，不是謊言。」

Yumiyoshi 望著放在桌上自己的手錶一會兒。「不能算很正常。」她說。然後嘆一口氣開始解開襯衫的扣子。

「不要看。」她說。

我躺在牀上望著天花板的角落。那裡有別的世界，我想。但我現在在這裡。她慢慢地脫著衣服。細微的絲帛磨擦聲繼續著。她似乎脫下一件衣服，便把它摺疊起來整齊地放在什麼地方。也聽得見把眼鏡放在桌上時咔噹的一聲。非常性感的聲音。然後她走過來。她把枕邊的燈關掉，來到我牀上。滑溜溜地，非常安靜地溜進我身旁來。就像從門縫溜進房間裡時一樣。

我伸手抱住她的身體。她的肌膚和我的肌膚接觸。非常滑，我想。而且那裡有某種重量感。是現實。和 May 不同。May 的身體像夢一樣美麗。但她是活在幻想中的。她自己的幻想，和包含她的幻想，的二重幻想之中。咕——咕。然而 Yumiyoshi 的身體則存在於現實世界裡。那溫暖、那重量和震動都是眞正現實的東西。我一面撫摸她的身體一面這樣想。愛撫奇奇的五反田君的手指也存在於幻想中。那是演技，是畫面上光的移動，是從一個世界往另一個世界掠過的影子。但這不同。這是現實。咕——咕。我現實的手指撫摸著 Yumiyoshi 現實的肌膚。

「是現實。」我說。

Yumiyoshi 把臉埋在我的頸彎裡。我感覺到她鼻尖的感觸。在昏暗中我一一確認她身體的每一個部分。從肩、肘、手腕、手掌，一直到十根手指尖。多麼細微的地方我都不遺漏。我以手指探索，以嘴唇像封印般親吻。其次我一一確認著乳房、腹部、腰部、背後和腳，這些的形狀，並封印。有必要這樣做。不這樣做不行。然後我用手掌溫柔地撫摸她柔軟的陰毛，也在上面親吻。咕——咕。然後還有性器。

是現實，我想。

我什麼也沒說，她也什麼都沒說。她只是安靜地呼吸著。不過她也同樣需要我。我可以感覺到這個。她知道我需要什麼，並配合著那而微妙地變換姿勢。我把她的身體全部確認完畢之後，再一次將她緊緊擁入懷裡。她的手臂也緊緊擁抱我的身體。她的吐氣溫暖、濕潤。那將不成語言的語言送出空中飄浮著。於是我進入她裡面。我的陰莖非常堅硬，而且熱。我是如此激烈地需要她。我一直非常乾渴。

最後 Yumiyoshi 在我手臂上激烈地咬緊至瘀血。但沒關係。這是現實。痛和血。我一面抱著她的腰，一面慢慢射精。非常緩慢地，像在確認著順序似地。

「好棒。」稍過一會兒後 Yumiyoshi 說。

「所以是注定的啊。」我說。

Yumiyoshi 就那樣在我臂彎裡睡著了。非常安靜的睡眠。我沒有睡。完全不睏，而且抱著睡著的她非常美好。終於天空微明，晨光逐漸淡淡地照亮室內。桌上放著她的手錶和眼鏡。我看著不戴眼鏡的 Yumiyoshi 的臉，不戴眼鏡的她也很漂亮。我在她額頭輕輕親吻。我又再堅硬地勃起。想要再一次進入她裡面，但她正非常舒服地沈睡著，我不想打擾那睡覺。於是依舊抱著她的肩，望著光的領域在房間角落逐漸擴散，而黑暗則後退消失的樣子。

椅子上疊放著她的衣服。裙子、襯衫、絲襪和內衣。還有黑皮鞋整齊地並排在椅子腳邊。是現實。現實的衣服避免弄皺而現實地疊放著。

七點鐘我叫醒她。

「Yumiyoshi，起牀時間了。」我說。

她睜開眼睛看我。然後又把鼻子貼在我脖子上。「好棒。」她說。然後像魚一樣溜下來，赤裸地站在晨光中。

簡直像在充電似的。我一隻手肘支著枕頭，望著她的身體。我幾小時前確認過、封印過的身體。

Yumiyoshi 去沖淋浴，用我的髮刷梳頭，簡潔而確實地刷牙。然後仔細穿上衣服。我望著她穿衣服。她小心注意地一一扣上白襯衫的扣子，穿上西裝外套，站在可以照出全身的鏡子前確認沒有皺紋也沒有沾上髒東西。Yumiyoshi 小姐對這種事非常認眞。看著她這種舉止動作很舒服。所謂早晨的感覺傳了過來。「化粧品放在休息室的衣帽櫃裡。」她說。

「這樣就很漂亮了。」我說。

「謝謝。但是不化粧會被罵。化粧也是工作之一。」

我站著在房間正中央再抱一次 Yumiyoshi。擁抱穿著淺藍色制服戴著眼鏡的 Yumiyoshi 也很舒服。

「天亮了還需要我嗎？」她問。

「非常需要。」我說。「比昨天更強烈。」

「嘿，我第一次被人家這樣強烈需要。」Yumiyoshi 說。「這種情形可以很清楚地感覺到。自己正被需要著。我第一次這樣感覺。」

「到目前爲止沒有人向妳求愛過嗎？」

「沒有像你這樣。誰都沒有。」

「被需要是什麼樣的感覺？」

「非常放鬆。」Yumiyoshi 說。「很久沒有能夠這麼放鬆了。就像在一個溫暖舒適的房間裡一樣的感覺。」

「希望能一直在裡面就好了。」我說。「誰也不要出去，誰也不要進來。只有我和妳。」

「留在這裡噢？」

「是啊，留在這裡。」

Yumiyoshi 抬起臉稍微離開看著我的眼睛。「嘿，今天晚上我也來住這裡好嗎？」

「妳來住這裡我完全沒關係。但對妳來說不是太危險嗎？因爲，如果事情曝露了，說不定妳會被開除噢。與其這樣不如到妳的公寓，或到別的飯店住比較好吧？那樣不是比較輕鬆嗎？」

Yumiyoshi 搖搖頭。「不，這裡好。我喜歡這地方。這裡既是你的地方，同時也是我的地方。我想在這裡被你擁抱。如果你可以的話。」

「我在哪裡都沒關係。只要妳喜歡就好。」

「那麼今天傍晚。在這裡。」她說。於是把門打開一個小縫，探看外面的樣子後，身體一偏便一溜煙地消失了。

♪ ♪ ♪ ♪

我刮了鬍子，沖過澡後，走到外面在早晨的街頭散步著，然後走進 Donkin' Donuts 去吃了甜甜圈。喝了兩杯咖啡。

街上充滿了上班人潮。望著這種光景時，我又感覺到不得不開始工作了。雪好像已經開始讀書，我也不得不開始工作。變現實吧。我會在札幌找工作嗎？那也不壞，我想。並且跟 Yumiyoshi 一起生活。Yumiyoshi 到飯店去上班，我做我的工作。什麼工作呢？沒關係，總有什麼可以做吧。就算不能馬上找到工作，也還可以夠吃幾個月。

寫點什麼東西也不錯，我想。我並不討厭寫東西。在三年左右毫不間斷地做了剷雪工作之後，我的心境變得想要爲自己寫一點什麼文章了。

對，我在追求這個。

單純的文章。既不是詩，不是小說，不是自傳也不是信，只是爲自己寫的單純文章。既沒有預約邀稿也沒有截稿期限的**單純文章**。

不壞。

然後我又再想起 Yumiyoshi 的身體。我還記得她身體的每一個細部。我確認過、封印過了。我以幸福的心情走在初夏的街頭，吃了美味的午餐喝了啤酒。坐在飯店門廳盆栽陰影後面看了一會兒 Yumiyoshi 在櫃台工作的身影。

44

Yumiyoshi在傍晚六點半來到。她依然穿著制服，但襯衫則換了不同的樣子。而且這次還帶了裝有替換衣服、盥洗用具和化妝品的小塑膠袋。

「遲早會被發現。」我說。

「沒問題。我很小心不會疏忽。」Yumiyoshi說著咧嘴微笑，脫下西裝外套掛在椅背上。於是我們在沙發上擁抱。

「嘿，我今天一直在想你。」她說。「而且這樣想。我每天白天在這家飯店工作，晚上就像這樣悄悄躲進你房間來，兩個人擁抱著睡覺，然後早上又那樣直接去上班不知道有多棒啊。」

「辦公室和住家接近。」我笑著說。「但很遺憾我沒有經濟餘裕可以永遠繼續住在這裡，而且每天這樣的話遲早總會被發現。」

Yumiyoshi不服氣地在膝蓋上幾次把手指小聲地弄得啪吱啪吱響。「這個世界眞不順利啊。」

「確實。」我說。

「不過你還會再住幾天吧？」

「這倒是。我想大概會。」

「那麼只要這幾天就行了。兩個人在這飯店裡一起生活吧。」

然後她脫下衣服，又再一件一件地疊好。這是癖好吧。拿下手錶和眼鏡，放在桌上。然後我們花了一小時左右做愛。我跟她都果眞精疲力盡了，但那是非常舒服的疲勞感。

「好棒。」Yumiyoshi 說。並且又在我的臂彎裡迷迷糊糊地睡著了。她放鬆了。我去沖過澡，從冰箱裡拿出啤酒來一個人喝著。並坐在椅子上望著 Yumiyoshi 的睡臉。看來她是非常舒服地睡著。

八點前她醒過來說肚子餓了。我們查看客房服務的菜單，點了焗義大利麵糊和三明治。她把衣服和鞋子藏進衣櫥，服務生敲門時，她便迅速地躲進浴室。服務生把食物排在桌上走出去後，我輕聲敲敲浴室門。

我們把焗義大利麵和三明治各分一半吃，喝了啤酒。然後談往後的事。我說要從東京搬到札幌來。

「在東京也沒辦法，已經沒意思了。」我說。「今天白天我一直在想這個。我決定在這裡安定下來。並且試著尋找我能做的工作。因爲在這裡就可以跟妳見面。」

「要留下來噢？」她說。

「對，留下來。」我說。搬家的行李量大概不會太多吧。唱片、書、廚房用品，這種程度。放在 Subaru 車上開著上來搭渡輪過海運來。大件的東西賣掉或丟掉，再買新的就好了。牀、冰箱都差不多該換新的時候了。大體上我用東西就太過於愛惜地用太久了。

「在札幌租公寓住。開始過新生活。妳想來的時候就來，可以住下來。暫時就這樣試著過過看。我想我們應該會處得很好。我可以回到現實，妳可以放鬆下來。就這樣兩個人留在這裡。」

Yumiyoshi 微笑地親吻我。「很棒。」她說。

「以後的事我也不知道。不過有好的預感。」我說。

「以後的事誰也不知道。」她說。「不過現在非常棒。眞是棒極了。」

我再打一次電話叫客房服務，點了一大桶冰塊。她又再躲進浴室。冰塊來了，我拿出白天在街上買的半瓶伏特加和番茄汁，調了兩杯血腥瑪麗。雖然沒有濘檬片和 Lea & Perrins，但總之是血腥瑪麗。我們以這個輕輕舉杯慶祝。需要背景音樂，於是我把枕邊的有線電台打開，把頻道轉到「熱門音樂」。Mantvani 交響樂團正華麗地演奏著『魅惑之夜』。好得沒話說，我想。

「你這個人還眞細心。」Yumiyoshi 佩服地說。「其實我從剛才就一直想如果能喝到血腥瑪麗該有多好啊。你怎麼會知道呢？」

「只要側耳傾聽就可以聽見需求的聲音。只要睜眼細看就能看見需要的東西。」

「像標語一樣。」她說。

「不是標語。只是把生活的姿勢化做語言而已。」我說。

「你，可以去做專門寫標語的專家噢。」一面咯咯笑著 Yumiyoshi 一面說。

我們各喝了三杯血腥瑪麗，然後又再赤裸地擁抱，溫柔地相交，我們非常滿足。抱著她時有一次我覺得好像聽見那咔噠咔噠咔噠舊海豚飯店老式電梯的震動聲。對，這裡是我連繫的結，我想。我是被包含在這裡的。而且最重要的是，這是現實。沒問題，我已經哪裡也不去了。我是緊緊地連繫著的。我恢復了連繫的結，而且和現實連繫上了。我在追求這個，羊男把它繫上。十二點時，我們睡著了。

♪ ♪ ♪ ♪

Yumiyoshi搖著我的身體。「嘿，該起來了。」她在我耳邊喃喃低語。她不知道什麼時候已經整齊地穿上制服。周圍還是暗的，我頭一半還留在溫暖的泥般無意識的領域裡。牀頭燈亮著。枕邊的鐘指著三點過後。我首先想道發生什麼不妙的事了。大概是她到這裡來被上司發現了。Yumiyoshi以非常嚴肅的表情抓著我的肩膀搖晃，時刻又是半夜三點。而且她整齊地穿著衣服。我只能這樣想，怎麼辦？我想。但我的思路卻無法往前進。

「起來呀，拜託，起來。」她小聲說。

「起來了。」我說。「發生了什麼事？」

「你不用問，快點起來穿衣服。」

我什麼也沒問地快速穿上衣服。把T恤衫從頭套下，穿上藍牛仔褲、布鞋，穿上夾克，拉鏈拉到脖子上。花不到一分鐘。我穿上衣服之後，Yumiyoshi牽著我的手走到門邊。並把門打開一個小縫。只有二公分或三公分。

「你看。」她說。我從那縫隙往外窺探。走廊黑漆漆的。什麼都看不見。像果凍般濃厚冰冷的黑暗。好像一伸手就會被吸進去似的深深黑暗。還有那熟悉的氣味。黴臭味，舊紙張的臭味。從古老時間的深淵吹進來風的氣味。

「那個黑暗又來了。」她在我耳邊低語。

我伸手挽住她的腰悄悄抱緊她。「沒問題。不用害怕。這是爲我而存在的地方。不會發生什麼不好的事。第一次也是妳告訴我關於這黑暗。所以我們才認識的。」但我沒有自信。我毫無辦法地覺得可怕。那是什麼道理都說不通的根源性恐怖。那已刻在我的遺傳因子裡，從太古時代營營傳承下來的恐怖。黑暗這東西不管有什麼樣的存在理由都依然是可怕而恐怖的。那可能會將人類整個吞噬，使其存在歪曲、撕裂或消滅也不一定。到底有誰在完全的黑暗中能夠抱有確實信心的呢？黑暗的存在理由——到底誰會相信這種東西？在黑暗中所有的東西都容易扭曲、轉換、消滅。而做爲黑暗的邏輯——虛無則將一切都覆蓋掉。

「沒問題，沒有什麼可怕的。」我說。但這只是說給自己聽的。

「怎麼辦？」Yumiyoshi 問。

「兩個人走到前面去看看。」我說。「我回到這家飯店來目的是爲了見兩個人。一個是妳，另一個就是那個對方。他在這黑暗深處。而且在那裡等著我。」

「在那個房間的人嗎？」

「對。就是他。」

「可是好可怕啊。眞的非常可怕。」Yumiyoshi 說。她的聲音尖銳而抖顫。沒辦法，連我也害怕啊。

我在她眼瞼上輕輕親吻。「不用怕。這次有我在一起。我們手要一直互相握緊噢。只要不放手就沒問題。不管發生任何事都不可以放手噢。要一直連在一起喲。」

我回到房間，把皮包裡預先準備好的筆型手電筒和 Bic 打火機拿出來，放在夾克口袋裡。然後慢慢打開門，牽著Yumiyoshi的手，把腳踏出走廊。

「往哪邊走呢？」她問。

「右邊哪。」我說。「每次都是右邊哪。這是一定的。」

我用筆型手電筒一面照亮腳下一面走在走廊。在黑暗中和以前曾經感覺到的一樣，那不是Dolphin Hotel的走廊。而是更老舊更老舊建築物的走廊。紅色地毯已經磨得脫了毛，走廊有好幾個地方下陷。壁上油漆像老人斑似的染上宿命性污點。是海豚飯店，我想。正確說不是海豚飯店本身。但這裡是像海豚飯店的什麼。海豚飯店式的什麼。筆直前進一會兒後，走廊便也跟上次一樣向右轉。我轉過走廊。但和上次有什麼不同。看不見光。看不見從遠方門縫裡透出來蠟燭的微弱光線。我為了愼重起見把手電筒關掉。但也一樣。那邊沒有光。完全的黑暗像狡猾的水一般無聲地包圍著我們。

Yumiyoshi把我的手用力握緊。「看不見光。」我說。我的聲音非常乾。那聽起來完全不像我的聲音。「那邊門裡看不見光，跟上次一樣的光。」

「我那次也是那樣。看得見那邊有光。」

我在那個彎角站定一會兒。並思考。羊男身上發生什麼事了？他正在睡覺嗎？不，不是這樣。他應該總是在那裡點著燭光的。就像燈塔一樣。那是他的任務。就算在睡覺，光總是應該經常在那裡。不能沒有。討厭的預感。

「嘿，我們還是就這樣回去吧。」Yumiyoshi說。「這實在太暗了。回去，等下次的機會吧。那樣比較好。不要勉強。」

她說的有道理。這實在太暗了。而且覺得好像發生了什麼不妙的事情似的。但我並沒有退回去。

「不，我很擔心。想到那邊去看看究竟發生了什麼。他也許由於某種原由正需要我也不一定。所以才把我們跟這個世界再連繫上噢。」我再把筆型手電筒點亮。細細的黃色光柱在黑暗中瞬間射出。「走吧。一直牽著手噢。我需要妳，妳也需要我。不用擔心什麼。我們要留著。哪裡也不去。會好好回來。不用擔心。」

我們一面慢慢確認著腳下，一面一步步前進。在黑暗中可以微微感覺到 Yumiyoshi 潤絲精的香氣。而那香氣使我尖銳的神經浸在甜蜜中。她的手纖細、溫暖而堅硬。我們在黑暗中連繫著。

羊男所在的房間立刻就知道了。因為只有那裡門開著，從那縫隙間溢出冷冷的黴臭空氣。我試著在那門上輕輕敲著。那跟第一次一樣發出大得不自然的聲響。簡直就像在敲巨大耳朵裡的巨大增幅器官一般。我叩叩叩地敲了三次門，並等候。等候了二十秒或三十秒。但沒有反應。羊男怎麼樣了？他說不定死掉了吧？這麼說來，上次見面時，他樣子顯得非常疲倦蒼老。令人覺得就那樣死掉也不奇怪似的。他已經活非常久了。但他畢竟也會年老。而且遲早會死。跟別人一樣。這麼想時我忽然不安起來。如果他死掉的話，有誰來為我和這個世界連繫下去呢？有誰會為我繫上那結呢？

我打開門，牽著她的手悄悄進入那房間裡，以手電筒照地板看看。房間裡的樣子和上次看見時完全一樣。舊書在地上擁擠地堆滿了，只留下狹小的空間，擺著小書桌，上面放著代替燭台的粗糙碟子。蠟燭在剩下五公分左右的地方熄滅了。我從口袋拿出打火機來點上蠟燭，關掉手電筒放進夾克口袋裡。

房間裡四處都看不見羊男的影子。

他到什麼地方去了，我想。

「到底是誰在這裡？」Yumiyoshi 問。

「羊男。」我回答。「羊男管理著這個世界。這裡是連接點，他爲我把各種東西連接上。就像電話的配電盤一樣。他穿著羊皮，從很久以前就一直繼續活著。並且住進這裡來。隱藏起來。」

「從什麼隱藏起來呢？」

「從什麼噢？從戰爭、從文明、從法律、從組織系統……從一切不是羊男式的東西。」

「可是他不見了是嗎？」

我點頭。我一點頭，壁上被誇張的影子便大大地搖晃著。「對，不見了。爲什麼呢？他不能不在呀。」我覺得好像站在世界邊緣似的。古代人所想的世界邊緣。一切都變成瀑布般掉落無底的地獄深淵似的，世界邊緣。我們正站立在那突出的盡頭。只有兩個人。我們前面什麼也沒有。只有黑暗的虛無延伸擴展。房間的空氣透骨般冰冷。我們彼此勉強從對方的掌心互相獲取些微的溫暖。

「他或許已經死了。」我說。

「不可以在黑暗的地方想不好的事。凡事要往光明面想。」Yumiyoshi 說。「也許去什麼地方買東西了也不一定吧？也許蠟燭存貨用完了。」Yumiyoshi 說。

「或許去領回所得稅的退稅額。」我說。於是我用手電筒的光照著她的臉。她只以嘴角稍微微笑。我把手電筒關掉，在幽暗的燭光中把她的身體抱近。「嘿，休假日我們兩個人到很多地方去玩噢。」

「當然哪。」她說。

「我把 Subaru 車子開來。雖然是中古的，年份也舊了，不過卻是一部好車。我很喜歡。我也開過瑪莎拉蒂，但老實說我覺得 Subaru 好多了。」

「當然。」

「還附有空調，連汽車音響都有。」

「好像沒得挑剔嘛。」

「沒得挑剔。」我說。「我們開著到各種地方去噢。而且兩個人一起看很多東西。」

「理所當然的想法。」

我們擁抱了一會兒之後身體離開，我又打開手電筒。她彎身撿起地上的一本薄書。那是名叫『約克夏種綿羊品種改良研究』的說明書。封面已經變成茶色，上面的白色塵埃像牛奶膜一樣地積著。

「這裡有的全都是有關羊的書。」我說。「從前老海豚飯店一部分是有關羊的資料室。經理的父親是研究羊的專家。那些全都集中在這裡。羊男後來繼續管理著。已經沒有任何用處。現在誰都不再讀這個了。但羊男卻還保留著。也許那對這個地方是非常重要的東西吧。」

Yumiyoshi 拿起我的手電筒翻開那本說明書，靠在牆上閱讀。我一面望著牆上自己的影子一面模糊地想著羊男。他到底消失到什麼地方去了呢？然後忽然有一個很糟糕的預感。心臟吊起到喉頭來。有什麼錯了。什麼糟糕的事正要發生。到底是什麼？我集中意識在那什麼上。然後忽然發現。不行，糟了，我想。我和 Yumiyoshi 的在不知不覺之間放開了手。手不能離開的，絕對。一瞬之間全身毛孔冒出汗來。我急忙伸手要抓 Yumiyoshi 的手臂。但那時已經太遲了。在我伸出手的完全同時，她的身體已經忽然咻地被吸進牆裡去了。和奇奇在那死亡之屋被吸進牆裡時一樣。Yumiyoshi 的身體就像被吞進流沙中一樣一瞬之間便消失了。她的蹤影消失，手電筒的光也熄滅了。

「Yumiyoshi！」我大聲叫。

誰也沒有回答。沈默和冷氣化爲一體支配著房間。黑暗感覺更加深一層似的。

「Yumiyoshi！」我再叫一次。

「嘿，很簡單哪。」聽得見牆壁那頭 Yumiyoshi 含糊的聲音。「眞的很簡單。只要穿過牆壁立刻就可以到這邊來了啊。」

「不對啦！」我怒吼道。「看起來簡單。但一到了那邊，就回不來了啊。妳不知道。那邊不一樣。那邊不是現實噢。那是那邊的世界。是跟這邊的世界不一樣的地方啊。」

她沒有回答。深深的沈默再度充滿房間。簡直像在海底一樣沈默沈重地壓在我身上。Yumiyoshi 消失掉了。不管怎麼伸出手都到達不了她。我跟她之間隔著那道牆。太殘酷了，我想。無力感。太殘酷了。我跟 Yumiyoshi 一定必須在這邊。我爲了這個努力到現在。我爲了這個一面踏著複雜的舞步一面來到這裡。

但我沒有思考的餘裕。沒有猶豫不決的時間。我追隨著 Yumiyoshi 朝牆壁踏出腳步。除此之外沒有別的辦法。因爲我愛 Yumiyoshi。而且和奇奇的時候一樣我穿過了牆壁。和上次一樣。不透明空氣層。粗粗的硬質感觸。水一樣的冷。時間搖晃、連續性扭曲、重力震動。可以感覺到太古的記憶像從時間的深淵蒸發一般上升起來。那是我的遺傳因子。我感覺到自己肉中進化的亢奮。我超越自己自身那互相複雜糾纏的巨大ＤＮＡ。地球在熱脹，然後冷縮。洞窟裡潛藏著羊。海洋是巨大的思念，那表面正無聲地降著雨。沒有臉的人們站在波濤起伏的海邊凝視海面。看得見無止盡的時間化爲巨大的毛線球浮在空中。虛無吞噬著人們，更巨大的虛無又將那虛無呑噬。人們的肉溶化，現出白骨，並化爲塵埃被風吹散。非常地完全地死著。是誰這樣說過的。咕——咕，是誰這樣說過的。我的肉分解了，飛濺迸散了，然後又凝結成一體。

穿過那混亂而渾沌的空氣層後，我赤裸地躺在牀上。周圍完全漆黑。並不是漆黑的黑暗。但什麼都看不見。只有我一個人。伸出手，身邊沒有任何人。我是孤獨的。我又孤伶伶一個人被遺留在世界的邊緣了。「Yumiyo-shi！」我費盡力氣大聲叫。但實際上叫聲卻出不來。只漏出乾乾的氣息而已。我想再叫一次，但這時聽見啪吱一聲，地板立燈打開。房間忽然明亮起來。

而且 Yumiyoshi 就在這裡。她身上穿著白襯衫、裙子和黑皮鞋，坐在沙發上，一面溫柔地微笑著一面看我。書桌椅背上淺藍色西裝外套像她的分身般掛著。使我身體僵硬的力量，像轉鬆螺絲般逐漸慢慢放鬆。我發現自己的右手正緊緊抓著牀單。我的手放開牀單，擦擦臉上的汗。這裡是這邊吧？我想。這燈光是眞正的光吧？

「嘿，Yumiyoshi。」我以沙啞的聲音說。

「什麼？」

「妳眞的在這裡嗎？」

「當然。」她說。

「沒有消失到任何地方去噢？」

「沒有消失。人是不會那麼簡單就消失的。」

「我做夢了。」我說。

「我知道。我一直在看著你。看你睡著了做夢喊著我的名字。在黑暗中。嘿，如果想要認眞看什麼的話，在完全黑暗中也能看見啫。」

我看看時鐘。是四點稍前。黎明前的一點時間。思慮深沈曲折的時間。我的身體冰冷，還僵硬著。那眞的是夢嗎？在那黑暗中羊男消失了，而且Yumiyoshi也消失了。我可以淸淸楚楚記起那時候無處可去的絕望孤獨感。也可以記起Yumiyoshi手的感觸。那還確實留在我身上。那比現實還要眞實。現實還沒有充份恢復眞實感。

「嘿，Yumiyoshi。」我說。

「什麼？」

「妳爲什麼穿上衣服？」

「我想穿上衣服看你呀。」她說。「不爲什麼。」

「可以再脫一次嗎？」我問。我想確認。確認她是不是眞的在這裡。而且這是不是這邊的世界。

「當然。」她說。她把手錶拿下放在桌上。把皮鞋脫掉在地上排整齊。一顆顆解開襯衫的扣子，脫掉絲襪，脫下裙子，把那些整齊折疊好。眼鏡拿下，就像每次那樣發出咔噹一聲放在桌上。然後赤著腳無聲地走過地上，輕輕地掀起毛毯進到我旁邊來。我緊緊把她抱近。她的身體溫暖、光滑，而且確實擁有現實的重量。

「沒有消失。」我說。

「當然。」她說。「我不是說過了嗎？人是不會這麼簡單就消失的。」是嗎？我一面緊緊擁抱她一面想。不，什麼樣的事情都有可能發生，我想。這個世界是脆弱的，而且危險的。這個世界任何事情都可能很簡單地發生。而且那個房間裡的白骨還留有一個。那是羊男的骨嗎？或者是別的什麼人的死已經預先爲我準備好了呢？不，或許那白骨是我自己的也不一定。那在遙遠昏暗的房間裡一直繼續在等候我的死也不一定。我在遙遠的地方聽見海豚飯店的聲音。簡直就像從遠方乘著風傳來深夜火車的聲音一樣。電梯一面發出咔噠咔噠咔噠咔噠的聲音一面上升，並且停止。有人走在走廊。有人打開門，有人關上門。是海豚飯店。我知道是。一切的一切都發出碾軋聲，一切的一切都發出陳舊的聲音。我被包含在那裡面。有人爲我流淚。爲了我無法哭的東西有人在流著眼淚。

我親吻 Yumiyoshi 的眼瞼。

Yumiyoshi 在我臂彎裡沈沈睡著。我卻無法入睡。我身體裡一片睏意都不存在。簡直像乾枯的井一般我醒著。我把她的身體像包起來似地繼續輕輕擁著。有時不出聲地哭。我爲已經失去的東西而哭，爲尚未失去的東西而哭。但實際上只哭了很少而已。Yumiyoshi 的身體柔軟，並在我臂彎裡溫暖地刻著時間。時間刻著現實。終於安靜地天亮了。我抬起臉，一直看著枕邊鬧鐘的時針配合著現實的時間慢慢迴轉著。一點一點一點一點逐漸往前進。Yumiyoshi 的吐氣吹在我手臂內側，只有那個部分是溫暖而濕潤的。

是現實，我想。我正留在這裡。

終於時針指著七點，夏日清晨的光從窗戶射進來，在房間地板上畫出稍微有些歪斜的四角圖形。Yumiyoshi 沈沈睡著。我靜靜把她的頭髮撩起來露出耳朵，在那上面輕輕親吻。怎麼說才好呢？我就那樣思考了三分或四分左右。有各種說法。有各種可能性，和表現法。聲音是否能順利出得來？我的訊息能夠順利震動現實的空氣嗎？我試著在嘴裡唸著幾種字句。然後選了其中最簡單的。

「Yumiyoshi，早晨了。」我小聲說。

後記

這本小說從一九八七年十二月十七日開始寫，一九八八年三月二十四日寫完。對我來說是第六本長篇小說。主角「我」原則上和《聽風的歌》、《1973年的彈珠玩具》、《尋羊冒險記》的「我」是同一個人物。

一九八八年三月二十四日

London　村上春樹

藍小說 911

舞・舞・舞（下）

作　者─村上春樹
譯　者─賴明珠
主　編─鄭麗娥
編　輯─黃嬿羽
校　對─魚蘭、賴明珠

董 事 長─趙政岷
出 版 者─時報文化出版企業股份有限公司
108019台北市和平西路三段二四〇號三樓
發行專線─（〇二）二三〇六─六八四二
讀者服務專線─〇八〇〇─二三一─七〇五
（〇二）二三〇四─七一〇三
讀者服務傳真─（〇二）二三〇四─六八五八
郵撥─一九三四四七二四時報文化出版公司
信箱─一〇八九九臺北華江橋郵局第九九信箱
時報悅讀網─http://www.readingtimes.com.tw
法律顧問─理律法律事務所　陳長文律師、李念祖律師
印　刷─家佑印刷有限公司
初版一刷─一九九六年十一月十一日
初版二十九刷─二〇二三年五月二十三日
定　價─新台幣二三〇元
（缺頁或破損的書，請寄回更換）

時報文化出版公司成立於一九七五年，
並於一九九九年股票上櫃公開發行，於二〇〇八年脫離中時集團非屬旺中，
以「尊重智慧與創意的文化事業」為信念。

DANSU, DANSU, DANSU
by Haruki Murakami

Originally published in Japan by Kodansha Ltd., Tokyo.
Chinese (in complex character only) translation rights arranged with
Haruki Murakami, Japan
through THE SAKAI AGENCY and BARDON-CHINESE MEDIA AGENCY.

ISBN 957-13-2199-0（下冊）
ISBN 978-957-13-2199-8（下冊）
Printed in Taiwan

舞・舞・舞 / 村上春樹著；賴明珠譯. -- 初版. -- 臺北市：時報文化, 1996〔民85〕
冊；　公分. --（藍小說；910-911）（村上春樹作品集）
ISBN 957-13-2197-4（一套：平裝）. -- ISBN 957-13-2198-2（上冊：平裝）. -- ISBN 957-13-2199-0（下冊：平裝）
ISBN 978-957-13-2197-4（一套：平裝）. -- ISBN 978-957-13-2198-1（上冊：平裝）. -- ISBN 978-957-13-2199-8（下冊：平裝）

861.57　　85011953

編號：AI 911	書名：舞・舞・舞（下）
姓名：	性別：________ 1.男　2.女
出生日期：　年　月　日	身份證字號：

________ **學歷**：1.小學　2.國 中　3.高中　4.大專　5.研究所（含以上）

________ **職業**：1.學生　2.公務（含軍警）　3.家管　4.服務　5.金融　6.製造　7.資訊　8.大眾傳播　9.自由業　10.農漁牧　11.退休　12.其他

地址：__________縣（市）__________鄉鎮區__________村__________里

________鄰__________路（街）_____段_____巷_____弄_____號_____樓

郵遞區號 ______________

（下列資料請以數字填在每題前之空格處）

________ **您從哪裡得知本書／**
1.書店　2.報紙廣告　3.報紙專欄　4.雜誌廣告　5.親友介紹
6.DM廣告傳單　7.其他 ________

________ **您希望我們爲您出版哪一類的作品／**
1.長篇小說　2.中、短篇小說　3.詩　4.戲劇　5.其他 ________

您對本書的意見／

________ 內　容／1.滿意　2.尚可　3.應改進
________ 編　輯／1.滿意　2.尚可　3.應改進
________ 封面設計／1.滿意　2.尚可　3.應改進
________ 校　對／1.滿意　2.尚可　3.應改進
________ 翻　譯／1.滿意　2.尚可　3.應改進
________ 定　價／1.偏低　2.適中　3.偏高

您的建議／

____

____

____

請沿虛線撕下後對折裝訂寄回，謝謝！

請沿虛線摺下裝訂，謝謝！

廣告回信
台北郵局登記證
台北廣字第2218號

時報出版
CHINA TIMES PUBLISHING COMPANY
尊重智慧與創意的文化事業

地址：108019台北市和平西路三段240號3樓
讀者服務專線：0800-231-705・(02)2304-7103
讀者服務傳真：(02)2304-6858
郵撥：19344724 時報文化出版公司

請寄回這張服務卡（免貼郵票），您可以——
●隨時收到最新消息。
●參加專為您設計的各項回饋優惠活動。

無限馳騁藍色想像空間——無國界的小說新地帶。

藍小說

揮發感性筆觸；捕捉流行語調—湛藍的、海藍的、灰藍的……

寄回本卡，掌握藍小說系列的最新訊息

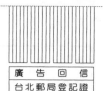